MW00595476

DE PASEO

Curso intermedio de español

Diario de actividades

De Paseo

Curso intermedio de español

Diario de actividades

Donna Reseigh Long • Janice Lynn Macián
THE OHIO STATE UNIVERSITY

Heinle & Heinle Publishers
I ⓉP **A** division of International Thomson Publishing, Inc.
Boston, Massachusetts 02116 USA

New York • London • Bonn • Boston • Detroit • Madrid • Melbourne • Mexico City • Paris
Singapore • Tokyo • Toronto • Washington • Albany NY • Belmont CA • Cincinnati OH

The publication of **De paseo** was directed by the members of the Heinle & Heinle College Spanish and Italian Team:

Vincent R. Di Blasi, Team Leader, Vice President of Sales & Marketing
Carlos Davis, Editorial Director
Patrice Titterington, Production Services Coordinator
Marisa Garman, Marketing Development Director

Also participating in the publication of this program were:

Publisher: Stanley J. Galek
Editorial Production Manager: Elizabeth Holthaus
Managing Development Editor: Beth Kramer
Manufacturing Coordinator: Jerry Christopher
Project Manager: Angela M. Castro
Interior Designer: Greta D. Sibley
Cover Designer: Claudio Vera
Illustrator: Len Shalansky

Copyright © 1995 by Heinle & Heinle Publishers
All rights reserved. No parts of this publication may be reproduced or transmitted in any form or by any means, electronic or mechanical, including photocopy, recording, or any information storage and retrieval system, without permission in writing from the publisher.

Manufactured in the United States of America
ISBN 0-8384-2582-8

Heinle & Heinle Publishers is a division of International Thomson Publishing, Inc.

10 9 8 7

A nuestros alumnos

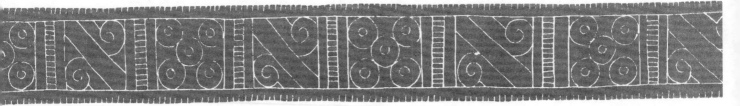

Contents

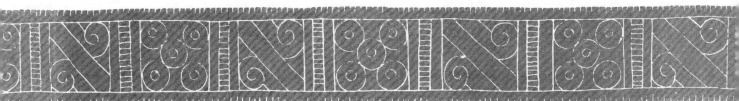

To the student

The **Diario de actividades** is your out-of-class textbook. The **Diario** will help you to expand your vocabulary and learn how to use different types of dictionaries (*Estudio de palabras*). You will also be able to test your reading strategies using a variety of texts from magazines and newspapers from many different Spanish-speaking countries (*Lectura*). The *Estructuras* stage presents additional grammar explanations and *Prácticas* that correspond to those presented in your in-class text. *¡A escuchar!* provides you with the opportunity to listen to native Spanish speakers from different countries discussing a wide range of topics in different formats. *¡A redactar!* will help you to polish and refine your writing skills by systematically presenting the most common writing formats with pre-writing, writing, and post-writing activities. The homework guides (*Tarea*) offer a quick visual reference to your in-class text to remind you which segments should be completed before beginning work in your **Diario.**

CAPÍTULO 1

Nuestra música

Propósitos

Tema: **La música hispana**

Primera etapa: **Preparación**

Estudio de palabras: Cómo utilizar un diccionario bilingüe

Lectura: "El *rap* ¡ahora en español!"

Segunda etapa: **Estructuras**

Primera estructura: El presente

Segunda estructura: **Gustar** y otros verbos parecidos

Tercera etapa: **¡A escuchar!**

Sugerencias para escuchar mejor: Cómo completar tablas de información

Primer encuentro: Una entrevista con Roxette

Segundo encuentro: Hasta la próxima...

Cuarta etapa: **¡A redactar!**

Introducción a la escritura: La descripción

Mi diario personal

PRIMERA ETAPA: Preparación

Tarea: Complete these sections (*Estudio de palabras* and *Lectura*) before going on to the *Así es* section on page 10 of your in-class textbook.

 ## ESTUDIO DE PALABRAS

◉ ◎ ◉ ◎ ◉ ◎ ◉ ◎

Cómo utilizar un diccionario bilingüe

Using a Spanish-English dictionary. A bilingual dictionary can be of great help in your study of the Spanish language. If you do not already own one, it's a good time to think about buying one. Remember that the smaller the size of the dictionary, the smaller the quantity of information than it can provide. Therefore, although they are convenient to carry arround, it's probably best not to buy one of the mini-dictionaries that fit into the palm of your hand. When you go shopping for a dictionary, look through several in your price range and check to see whether they include the following: modern word usage; entries that give the part of speech, gender of nouns, and idiomatic expressions; and the usual equivalents of words and phrases. Also look for verb charts and other grammar information (usually in the middle of the dictionary), lists of abbreviations, and pronunciation guides. If you can't buy your own Spanish-English dictionary right now, the reference room of your library should have several on hand.

It is important that you understand the information contained in typical dictionary entries in order to be able to use the words and phrases correctly. Determine whether your own dictionary has a section that explains how the entries are organized. Next, study the sample entry shown below:

> tocar 73 *tr* to touch; to touch on, to feel, to ring, to toll, to strike; to come to know, to suffer, to feel; (*el cabello*) to do; (*un tambor*) to beat; (*música*) to play; (*pintura*) to touch up // *intr* to touch; **tocar a** to knock at; to pertain to, to concern; to fall to the lot of; to be the turn of; (*el fin*) to approach; **tocar en** (*un puerto*) to touch at; (*tierra*) to touch; to touch on; to approach, border on // *ref* to put one's hat on, to cover one's head; to touch each other; to be related; to make one's toilet; to become mentally unbalanced; (*el sombrero*) to tip

As you can see, this is a fairly extensive entry. In order to understand it fully, you should take the time to read the whole thing. If you were reading an article or story about music, and you saw the word *tocar*, the equivalent **to touch** might not make much sense in your reading. However, if you keep reading, you see the entry for music (*música*) and the equivalent **to play,** as well as the entry for drum (*un tambor*) and the equivalent **to beat.** In addition to the field of music, there are other specialized entries having to do with hair, painting, etc.

In addition to the English equivalents for *tocar,* the number 73 refers you to a model verb chart, so that you will know how to conjugate the verb. The *tr* refers to the transitive uses of *tocar* (i.e., how it can be used with a direct object) and the *intr* refers to the intransitive uses. *Ref* indicates that tocar may be used as a reflexive verb when combined with the reflexive pronouns.

Having studied a sample entry, it's now time for you to put your skill into practice.

Prácticas

A. **Familiarizing yourself with a bilingual dictionary.** Beginning with the Spanish-to-English side of your dictionary, locate the sections listed below. Your dictionary may not have all of them. Put a check mark in front of every section that is a part of your dictionary.

_____ 1. preface/prologue
_____ 2. labels and grammatical abbreviations
_____ 3. Spanish pronunciation
_____ 4. alphabetical listings of Spanish words (remember that the Spanish alphabet contains letters not found in the English alphabet: *ch, ll, ñ, rr*)
_____ 5. model verbs
_____ 6. review of grammar principles
_____ 7. English pronunciation
_____ 8. alphabetical listings of English words

B. **Dictionary entries.** Referring to the end-of-chapter vocabulary list in your in-class textbook, look up the entries for five new words in your dictionary. Include different parts of speech (noun, verb, preposition, etc.). Now, study each entry carefully and write a sentence that corresponds with each new word.

Ejemplo: *tocar (v)*   *El músico tocó la guitarra.*

_____   _____
_____   _____
_____   _____
_____   _____

C. **Finding the right equivalent.** Notice that throughout this section, the word **equivalent,** rather than **translation,** has been used. This is to remind you that there are seldom one-to-one correspondences between languages. Therefore, when you use a bilingual dictionary to look up a word, you are looking for the best representation of that word in the target language. For example, suppose you want to know how to say the phrase **major bummer** in Spanish. If you look under **bum** you will most likely find words referring to vagrants, not the idea you had in mind. What you must do is think of a synonym for the phrase. A **major bummer** would be synonymous with a big disappointment. Therefore, you would look up the equivalent for disappointment, *una gran desilusión*. Using this strategy, find equivalents for the following slang expressions and write them in the space provided.

1. stressed out   _____

2. chill   _____

3. out to lunch   _____

4. the bottom line   _____

5. carry a tune   _____

CH. Multiple equivalents. One last difficulty in using a bilingual dictionary occurs when there are multiple entries, as in the case of *tocar*, and you are unsure of which one to use. In this case, you must think of a context for the word you want and read through the complete entry in order to find the correct equivalent.

Ejemplo: *I bought my cat a <u>can</u> of tuna fish.*

After making up a context for your word or phrase, you must identify the part of speech from context. In the example sentence, **can** is a noun. Then, you look up the entry for **can** in your dictionary and find the following nouns: *bote, envase, lata.* Now, you must look up all three words in order to find the correct one. Finally, you use the equivalent in your new sentence:

Ejemplo: *Le compré una <u>lata</u> de atún a mi gato.*

Using the strategy outlined above, give the Spanish equivalents for the underlined words in the following sentences from "El *rap* iahora en español!"

1. That music <u>drives</u> my neighbors <u>crazy</u>.

_____

2. Kid Frost is an ex-<u>gang</u> member.

_____

3. Their new record is a big <u>hit</u>.

_____

4. He gives the rhythm a special <u>twist</u>.

_____

5. A music genre was <u>launched</u>.

_____

LECTURA

Introducción

Uno de los aspectos que destaca en cualquier cultura es la música. En el caso de los países de habla hispana, hay una multitud de culturas e igual profusión de estilos de música. Un tipo de música muy contemporáneo es el *rap*, o la popular rima rítmica de la cultura estadounidense. Últimamente esta música tan creativa ha comenzado a hacerse bilingüe. Antes de leer el artículo sobre el fenómeno del *rap* en español, haz las actividades siguientes.

Antes de leer

A. El *rap*. ¿Qué es la música *rap*? Escribe una definición breve para explicar este tipo de música.

_____

_____

_____

_____

B. Gustos diferentes. Escribe oraciones cortas explicando por qué o por qué no te gusta este tipo de música.

_____

_____

_____

_____

_____

_____

_____

_____

_____

_____

_____

 **¡A leer!**

A. Vocabulario esencial. Estudia las palabras y frases siguientes antes de leer "El *rap* ¡ahora en español!"

El *rap* ¡ahora en español!

adquirir *to acquire*
aviso *warning, advice*
barrio *neighborhood*
borroso/borrosa *blurred, fuzzy*
callejero/callejera *pertaining to the streets*
compás (m.) *rhythm*

complejo/compleja *complex*
criarse *to grow up*
desafiante *challenging, defiant*
guayabera *loose-fitting man's shirt*
idioma (m.) *language*
jerga *slang*

limpiaparabrisas (m.) *windshield wipers*
onda *wave*
pandillero *gang member*
rayar *to scratch*
sumergirse *to submerge oneself*

B. Comprensión. Lee el artículo de la página siguiente sobre el fenómeno del *rap* en español y contesta las preguntas brevemente.

1. ¿Por qué se consideraba antisocial el *rap*?

_____

2. ¿Qué es el *spanglish*?

_____

3. ¿Quiénes inspiraron a Mellow Man Ace a hacerse *rappero*?

_____

4. ¿Dónde comenzó su carrera?

_____

5. ¿Cuáles son algunas diferencias entre el *rap* en inglés y en español?

_____

6. ¿Qué grandes artistas cubanos influyeron en la música de Mellow Man Ace?

_____

7. ¿Cuál es el propósito de la música de Kid Frost, KT Boston y Puerto Rock Rodríguez?

_____

8. ¿Cuáles son algunos temas comunes del *rap*?

_____

El rap ¡ahora en español!

E l *rap*, esa rima rítmica con fondo musical, comenzó como la desafiante y orgullosa poesía de los jóvenes de las "minorías" en las grandes ciudades. Hace algunos años se le consideraba una moda antisocial, pero ahora, la mayoría de los críticos lo describen como uno de los lenguajes musicales más creativos que existen. Y lo es, por más de un motivo. Entre ellos: el *rap* (un término callejero que significa "hablar", en inglés) se está volviendo bilingüe.

La guayabera y el sombrero panamá son parte muy importante del atuendo del autor de "Mentirosa", Mellow Man Ace

Pese a que en los barrios pobres de este país, muchachos latinos se iniciaron en el *rap* junto a jóvenes negros norteamericanos, y que latinos como Charlie Chase, Ruby Dee y Prince Whipple-Whip son venerados entre los grandes del *rap*, el *rap* en español sólo ahora adquiere forma propia.

Ulpiano Sergio Reyes, más conocido como Mellow Man Ace, es un joven cubanoamericano de sólo 23 años que fue el primer *rappero* que capturó la atención de la industria musical cantando en *spanglish* (la mezcla callejera de inglés y español ultilizada por tantos hispanos que nacen o se crían en este país).

Mentirosa", una tonada de su LP *Escape from Havana* (Capitol Records), ganó un disco de oro el verano pasado. "Los muchachos hispanos estaban hambrientos de *rap*", dice; "yo no pensé que se podía hacer. Pero en el '85, escuché que un grupo anglo llamado Mean Machine incluyó 20 segundos en español en su tema *rap* "Disco Dream". Me volví loco. Mi hermano menor y yo comenzamos entonces a probar *raps* en español en pequeños clubes de mi barrio en Los Angeles".

Mientras tanto, Capitol Records, una importante firma discográfica, había comprobado que los latinos estaban comprando grandes cantidades de discos del alegre género del *rap*. "De pronto", recuerda Mellow Man, "Capitol me estaba ofreciendo un contrato". Y así quedaba lanzado un género musical que, aunque parecido, no ha resultado idéntico al *rap* en inglés.

Para empezar, los cambios inglés/español del *rap* bilingüe le añaden un compás más complejo a las rimas. Y luego, está el fondo musical. En *rap*, los mismos tocadiscos se convierten en instrumentos musicales; el *deejay* deliberadamente raya partes del disco para que una parte de él, rítmicamente, se repita.

Pero el *rap* en español usualmente añade percusión en distintos niveles—congas, timbales, maracas—sobre las "rayaduras" de los discos. Y el *rap* latino tiene otra herencia: hay otro tipo de disco que puede ser utilizado en estas "rayaduras". Mellow Man, a quien le agradan su guayabera, su sombrero panamá y sus habanos, se crió escuchando a Celia Cruz. Así que realmente no es tan raro que haya hecho historia al usar la sabrosa versión de Santana del "Oye como va", de Tito Puente, como fondo musical de su "Mentirosa". Ni que ahora quiera conseguir algunas de las antiguas grabaciones de Celia Cruz y Desi Arnaz y también darles un giro propio a su estilo.

¿Y encuentra Mellow Man que su *rap* cambia sutilmente al pasar de un idioma a otro? "Es gracioso", comenta. "Me siento más fuerte cuando hago un *rap* callejero en español, pero también puedo volverme más suave en español que en inglés".

A pesar de las complejas distinciones culturales entre cubanos, chicanos y puertorriqueños, todos los estilos de *rap* hispano se parecen mucho entre sí. Todos, por ejemplo, se sumergen en el cofre de tesoros de la percusión cubana (La fuerza de "La raza"—que Mellow Man Ace califica de "himno nacional del pueblo chicano"—por el chicano Kid Frost, de la disquera Virgin, radica en su puro ritmo de salsa). Los *rapperos* hispanos podrán recitar en la jerga chicana, o en los diferentes modismos de cada una de las islas del Caribe, pero todos son artistas del *spanglish*, moviéndose sin esfuerzo y con naturalidad entre el español y el inglés.

Y, ya sea el estilo jovial de Mellow Man Ace, una onda humorística que dice "levántate y baila", o el feroz y misterioso sonido de Kid Frost (A. Arturo Molina, Jr.), el *rap* latino se distingue por insistir en un mensaje positivo. "Lo que más quiero es ser una conciencia para muchachos que no la tienen", afirma el ex pandillero Kid Frost. "Lo que hago es darles un aviso. No quiero ver a los muchachos caer en lo que yo caí. Quiero que sepan que si yo salí del barrio detrás de un sueño, cualquiera puede hacerlo", continúa diciendo.

Con intenciones similares, el Latin Empire, dos *rapperos* neoyorquinos llamados Anthony "KT" Boston y Ricardo "Puerto Rock" Rodríguez, se proclaman "los limpiaparabrisas del *rap*". Afirman: "Aclaramos la visión de los jóvenes para que dejen de ver todo borroso y lo vean claro y correcto". Dice Rodríguez: "Nuestro *rap* es, en su mayor parte, sobre la paz del mundo y lo terrible que es la pérdida de una mente joven. La gente de la comunidad nos pide siempre que vayamos a tocar *rap* en escuelas secundarias o centros juveniles".

 *Después de leer*

A. Vocabulario *rappero*. Escribe una lista de cinco palabras y expresiones de la lectura que se refieran al *rap*. Después, escribe una definición breve para cada palabra o expresión.

Ejemplo: *rap   un término callejero que significa "hablar"*

1. _____ _____

2. _____ _____

3. _____ _____

4. _____ _____

5. _____ _____

B. ¿Eres compositor? Escribe unas líneas de *rap* en español basándote en un tema que te interese.

_____

_____

_____

_____

_____

C. La censura. Algunas personas piensan que los discos deben tener avisos advirtiendo al público que las letras pueden ser consideradas ofensivas. Escribe un párrafo explicando si los productos musicales deben o no deben tener estos avisos.

_____

_____

_____

_____

_____

_____

_____

_____

SEGUNDA ETAPA: Estructuras

Tarea: Complete this section *(Primera estructura)* before beginning the *Primera función* section on page 15 of your in-class textbook. You may also wish to review the grammar terms in *Appendix A* of this book before beginning the *Primera estructura*.

 ## PRIMERA ESTRUCTURA

El presente

Regular -ar, -er, and -ir verbs. The Spanish present tense corresponds to the English simple present (I buy), to the emphatic present (I do buy), and to the progressive (I am buying). It is also used to express near-future events (I'll buy tomorrow). The regular Spanish -ar, -er, and -ir verbs have the forms indicated in the chart below. Note that in the present indicative -er and -ir verbs differ only in the *nosotros/nosotras* and *vosotros/vosotras* forms.

El presente del indicativo

	-ar	-er	-ir
yo	compro	creo	escribo
tú	compras	crees	escribes
usted/él/ella	compra	cree	escribe
nosotros/nosotras	compramos	creemos	escribimos
vosotros/vosotras	compráis	creéis	escribís
ustedes/ellos/ellas	compran	creen	escriben

Now, study the following examples and their English equivalents. Since the verb endings indicate the subject of the sentence, the subject pronouns are used mainly to avoid confusion or for emphasis.

(Yo) **Bailo** *el tango.*	I **dance** the tango.
(Tú) **Asistes** *a todas las fiestas.*	You **attend** all the parties.
Usted **cree** *que es fácil tocar el piano.*	You **believe** it is easy to play the piano.
Ramón **escribe** *canciones.*	Ramón **writes** songs.
Mi hermana **insiste** *en ver a Los Lobos.*	My sister **insists** on seeing Los Lobos.
(Nosotros) No **vivimos** *lejos del teatro.*	We **do** not **live** far from the theater.
(Vosotros) **Compráis** *muchos discos.*	You (all) **buy** a lot of records.
Los estudiantes **necesitan** *más práctica.*	The students **need** more practice.

Remember that certain verbs change their stems, but use these same endings. Verbs like *pensar* change the -e of the stem to -ie; verbs like *poder* change the -o to -ue; and other verbs, like *pedir*, change the -e to -i. See *Appendix F* for examples of stem-changing verbs. Other verbs change their internal spelling, but still use the regular present-tense endings. See *Appendix G* for examples. Finally, there are still other verbs that are irregular in the present tense.

▲   Some verbs are irregular in the first-person singular of the present tense.

Verbos irregulares en primera persona

caber	quepo, cabes, ...	saber	sé, sabes, ...
caer	caigo, caes, ...	salir	salgo, sales, ...
conocer	conozco, conoces, ...	traducir	traduzco, traduces, ...
dar	doy, das, ...	traer	traigo, traes, ...
hacer	hago, haces, ...	valer	valgo, vales, ...
poner	pongo, pones, ...	ver	veo, ves, ...

Verbos parecidos

conocer	aborrecer, agradecer, aparecer, carecer, crecer, desaparecer, desconocer, establecer, merecer, nacer, obedecer, ofrecer, parecer, permanecer, pertenecer, reconocer
hacer	deshacer, satisfacer
poner	componer, disponer, exponer, imponer, oponer(se), proponer
traducir	conducir, producir, reducir
traer	atraer

▲   Some verbs are irregular in the first person, their stems, or both.

Otros verbos irregulares

	estar	ir	oír	ser	tener	venir
yo	estoy	voy	oigo	soy	tengo	vengo
tú	estás	vas	oyes	eres	tienes	vienes
usted/él/ella	está	va	oye	es	tiene	viene
nosotros/nosotras	estamos	vamos	oímos	somos	tenemos	venimos
vosotros/vosotras	estáis	vais	oís	sois	tenéis	venís
ustedes/ellos/ellas	están	van	oyen	son	tienen	vienen

Now, it's time to practice using verbs in the present indicative. Complete the following *Prácticas*.

Prácticas

A. ¿Qué hacen las siguientes personas? Escribe la forma adecuada de los verbos siguientes añadiendo las palabras necesarias para completar la oración.

Ejemplo: yo / cantar   *Canto en la bañera.*

1. mis amigos / silbar _____

2. el músico / describir _____

3. ellos / componer _____

4. tú / preferir _____

5. los conjuntos / poder _____

6. el director / pedir _____

7. nosotras / continuar _____

8. yo / conocer _____

9. los cantantes / ser _____

10. José José / ir _____

B. Músicos y aficionados. Completa las oraciones siguientes seleccionando el verbo adecuado de la lista. No repitas verbos.

ver	poder	asistir	tocar	bailar
encontrar	costar	estar	elegir	preferir

1. Carlos Montoya y Andrés Segovia _____ la guitarra.

2. Gloria Estefan _____ cantar en español e inglés.

3. Las entradas para los espectáculos de música _____ mucho dinero.

4. El panameño Rubén Blades _____ la música salsa para sus conciertos.

5. Los discos compactos se _____ en todas las tiendas de música.

6. ¿Ustedes _____ con frecuencia los vídeos de música?

7. En las fiestas en Puerto Rico la gente _____ en las calles.

8. Los aficionados _____ a sus grupos favoritos.

9. Nosotros siempre _____ a los conciertos de rock.

10. Muchos músicos hispanos _____ en Los Ángeles.

C. El cine clásico. Lee los siguientes anuncios para el programa de televisión *Cine Clásico* y subraya los verbos regulares en el presente. Después, escribe seis oraciones originales sobre los anuncios con verbos diferentes en el presente.

BARRERAS DE TERROR. ("Action of the Tiger"). (1957). Acción. Dir.: Terence Young. Filme de aventuras que narra las experiencias de un viril norteamericano que rescata a unos refugiados albaneses prooccidentales. Van Johnson, Martine Carlo. B. 94m. 1 (9:00 am, 2:00 am).

DRACULA. ("Dracula"). Terror. Con este mismo título que alude al legendario conde transilvano fueron filmadas películas en 1931, 1958, 1973 y 1979, sin contar con otras que versan también sobre el vampiro. Su más popular protagonista fue Bela Lugosi. B. 31 (8:00 pm).

CARTA PARA EVA, UNA. ("A Letter for Evie"). (1945). Drama. Dir.: Jules Dassin. La protagonista debe decidir sus sentimientos hacia un admirador por correspondencia. Marsha Hunt, John Carroll. B. 89m. 16 (3:00 pm, 12:00 am).

ARMONIAS DE JUVENTUD. ("Strike Up the Band"). (1940). Musical. Dir.: Busby Berkeley. Un grupo de chicos participan en un concurso nacional de bandas de hot swing. Mickey Rooney, Judy Garland. A. 120m. 1 (10:55 am, 4:00 am).

DULCE PAJARO DE JUVENTUD. ("Sweet Bird of Youth"). (1989). *** Drama. Dir.: Nicolas Roeg. Película desarrollada para la televisión sobre el clásico de Tennessee Williams acerca de una estrella del cine y su ambicioso y joven amante. Elizabeth Taylor, Mark Harmon. B. 100m. 26 (8:00 pm).

ANGEL SIN ALAS. ("The Bride Goes Wild"). (1948). Comedia. Dir.: Norman Tourog. Chistosa historieta en donde el protagonista pretende ser el padre de otro para cortejar a una chica. Van Johnson, June Allyson. A. 98m. 7 (11:00 am, 4:00 am), 25 (6:00 am), 26 (6:00 am).

ABBOTT Y COSTELLO EN HOLLYWOOD. ("Abbott & Costello in Hollywood"). *** (1945). Comedia. Dir.: S. Sylvan Simon. Abbott y Costello pretenden hacerse grandes estrellas cinematográficas en la Meca del celuloide. Bud Abbott, Lou Costello. A. 83m. 4 (9:30 am).

1. _____
2. _____
3. _____
4. _____
5. _____
6. _____

CH. Tu agenda para la semana. Escribe diez actividades que tengas que hacer esta semana.

Ejemplo: *Esta semana tomo un examen en la clase de computación.*

1. _____
2. _____
3. _____
4. _____
5. _____
6. _____
7. _____

8. _____

9. _____

10. _____

D. Canciones. Termina estos títulos de canciones y después da el equivalente en inglés.

Ejemplo: (Yo) Te _____*quiero*_____ (querer).   *I love you.*_____

1. Si tú no _____ (venir) conmigo.   _____

2. Mi chica me _____ (mentir).   _____

3. Ni tú ni ella _____ (entender).   _____

4. Nuestro día ya _____ (venir) llegando.   _____

5. (Nosotros) _____ (cerrar) la puerta.   _____

E. Preguntas. Usando los verbos de la lista siguiente, escribe seis preguntas que te gustaría hacerle a tu cantante favorito/favorita.

Ejemplo: *¿Se opone usted a la censura?*

conocer	hacer	poner	saber	salir
agradecer	aborrecer	oponerse	reconocer	ofrecer

1. _____

2. _____

3. _____

4. _____

5. _____

6. _____

F. Síntesis. Escribe un párrafo de seis oraciones sobre tu canción favorita.

_____

_____

_____

_____

_____

_____

SEGUNDA ESTRUCTURA

Gustar y otros verbos parecidos

Tarea: Complete this section *(Segunda estructura)* before beginning the *Segunda función* section on page 18 of your in-class textbook. In addition, you may wish to review the grammar terms in *Appendix A* of this book before beginning the *Segunda estructura*.

Expressing feelings and reactions. Some very important Spanish verbs that express personal feelings and reactions work differently from other *-ar* verbs. The person who experiences the reaction is not the subject of these verbs, but rather the indirect object.

▲ The verb *gustar* may confuse you because its structure is quite different from that of the English verb **to like.** *Gustar* really means **to please X** or **to be pleasing to X.**

*Esta canción **me gusta.***	**I like** this song. (This song **pleases me.**)
*Esta canción **no me gusta.***	**I don't like** this song. (This song **displeases me.**)
***Me gustan** las canciones.*	**I like** the songs. (The songs **please me.**)
***No me gustan** las canciones.*	**I don't like** the songs. (The songs **displease me.**)

▲ When using *gustar* or related verbs followed by the infinitive form, only the singular form (*gusta*) is used.

*Me **gusta tocar** el piano.*	**I like to play** the piano.
*No me **gusta cantar.***	I **do** not **like to sing.**

▲ As you study the chart below, notice that an optional prepositional phrase with *a* + a pronoun or noun may be used with *gustar* (or related verbs) for emphasis or to clarify the meaning of who experiences the reaction.

Gustar y otros verbos parecidos

A mí me **gusta** estudiar en la biblioteca.	I **like** to study in the library.
A ti te **interesan** las matemáticas, ¿no?	You **are interested in** mathematics, right?
A usted no le **importan** las notas.	You **do** not **care about** grades.
A Pedro le **encanta** la arquitectura.	Pedro **loves** architecture.
A Diana le **entusiasma** el *rock.*	Diana **is enthused by** rock.
A nosotros nos **falta** el libro para el curso.	We **need** the book for the course.
A vosotros os **fascina** el jardín botánico.	You (all) **are fascinated by** the botanical garden.
A ustedes les **quedan** tres lápices.	You (all) **have** three pencils **left.**
A mis compañeros les **molesta** el ruido.	My classmates **are bothered by** the noise.
A ellas les **parece** aburrido el concierto.	The concert **seems** boring to them.

Similar verbs: agradar, animar, aburrir, caer bien/mal, disgustar, doler (ue), encantar, enojar, entusiasmar, faltar, fascinar, importar, interesar, molestar, parecer, preocupar, quedar, sobrar, sorprender.

Prácticas

A. Gustos y preferencias. Completa las oraciones siguientes con el pronombre correspondiente y la forma adecuada del verbo entre paréntesis.

Ejemplo: A usted _____*le encanta*_____ (encantar) la poesía.

1. A mí _____ (gustar) tocar el piano.

2. A algunas personas _____ (fascinar) la vida de los cantantes.

3. A mi profesor _____ (faltar) paciencia.

4. A Miguel y a Ana no _____ (importar) recibir malas notas.

5. A nosotros _____ (aburrir) las novelas rosas.

B. Conciertos. ¿Cuáles son algunas opiniones sobre la música? Escribe diez oraciones completas según el ejemplo.

Ejemplo: a mí / gustar / música rock
   A mí me gusta la música rock.

1. a mí / aburrir / ópera _____

   _____

2. a Manuel / no caer bien / cantantes de rock _____

   _____

3. a nosotros / disgustar / precios de los discos _____

   _____

4. a ti / doler / oídos en los conciertos de heavy metal _____

   _____

5. a mis amigos / encantar / conciertos en vivo _____

   _____

6. a vosotros / fascinar / vida de los cantantes _____

   _____

7. a ti y a mí / no importar / precios de las entradas _____

   _____

8. a Roberto y a Miguel / interesar / música folklórica _____

_____

9. a mí / molestar / música muy alta en las películas _____

_____

10. a Diana / parecer / fascinante / músicos de rock _____

_____

C. **Oraciones incompletas.** Completa las oraciones siguientes con el pronombre correspondiente y la forma adecuada de los verbos de la lista.

caer bien   quedar   molestar   faltar   parecer   encantar

1. A los estudiantes _____ dinero para comprar discos nuevos.

2. A mí sólo _____ trescientas pesetas.

3. A ustedes, ¿qué _____ el nuevo disco de Roxette?

4. Cuando voy a los conciertos _____ la gente que hace ruido.

5. A los jóvenes _____ vestirse como sus cantantes favoritos.

6. ¿A ti _____ los cantantes de heavy metal?

CH. **Comentarios personales.** Completa las frases siguientes seleccionando el verbo adecuado de la lista.

Ejemplo: *A mi madre le cae mal Julio Iglesias.*

aburrir	importar	parecer
faltar	encantar	doler (ue)
quedar	disgustar	molestar
caer bien (mal)	interesar	fascinar

1. A mí _____

2. A mi familia _____

3. A los miembros de la clase _____

4. A ti _____

5. A mis amigos _____

D. Síntesis. ¿Qué opinas de los siguientes músicos? Elige seis y escribe oraciones completas expresando tu opinión. Si no reconoces a estos músicos, elige otros que conozcas.

Ejemplo: Carlos Santana   *A mí me interesa mucho la música de Santana.*

Linda Rondstadt	Carlos Santana	Gloria Estefan	Jon Secada	?
Carlos Montoya	Plácido Domingo	Texas Tornados	Los Lobos	?

1. _____

2. _____

3. _____

4. _____

5. _____

6. _____

TERCERA ETAPA: ¡A escuchar!

Tarea: Complete these sections (*Sugerencias* and *Primer encuentro*) before beginning the *Primer encuentro* section on page 21 of your in-class textbook.

⊙⊙⊙⊙⊙⊙⊙⊙

Sugerencias para escuchar mejor

Cómo completar tablas de información. Occasionally, you may find it necessary to take down information transmitted to you orally, either in the form of notes or sometimes in special formats. Common formats include "while you were out" notepads and other information grids of various types. In the next group of *Prácticas*, you will work with an information grid. Before completing any grids look over the format and try to predict what type of information might fit into each one.

 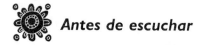

Una entrevista con Roxette

 Antes de escuchar

Preguntas, preguntas. Piensa en el tipo de preguntas que normalmente se les hacen a cantantes o músicos durante las entrevistas y escribe cinco o seis de las más comunes.

_____

_____

_____

_____

_____

_____

_____

 **Comprensión**

Play student tape: *Una entrevista con Roxette*

A. Entrevista. Este grupo sueco ha logrado estar en primer lugar en el competitivo mercado musical. Escucha tu cassette y completa el esquema a continuación con los datos adecuados.

nombre	*Marie*	*Per*
país de origen		
personalidad		
tipo de música		
trabajo anterior		
pasatiempos		

HIT PARADE

Inventa Moda en tu Pelo

Geles Fijadores y Espumas Moldeadoras

WELLA

by New wave

1 **THE LOOK**
   Roxette

2 **IBIZA**
   Amnesia

3 **MAS Y MAS**
   La Unión

4 **EXPRESS YOURSELF**
   Madonna

5 **LULLABY**
   The Cure

6 **PROMISED LAND**
   Joe Smoot

7 **SHE DRIVES ME CRAZY**
   Fine Young Cannibals

8 **LIKE A PRAYER**
   Madonna

9 **THE SOUND OF THE...**
   Confetti's

10 **HAND ON YOUR HEART**
   Kylie Minogue

B. Hablando con Roxette. Escucha en tu cassette las opiniones de Per Gessle y Marie Fredriksson sobre la fama, su futuro y su carrera musical. Después contesta las siguientes preguntas.

1. ¿Qué opinan de sus *fans*?

   _____

2. ¿Qué tipo de música interpretan?

   _____

3. ¿Qué es Roxette?

   _____

C. ¿Quién habla? Escucha el cassette otra vez e indica si Per o Marie dijo las siguientes oraciones.

1. Nuestros *fans* son maravillosos. Nos apoyan y nos toman muy en serio.　　　Per　Marie

2. Somos una banda de *rock and roll* puro, como las de antes, y no cantantes　　Per　Marie
   de *rap*, *hip-hop* o música bailable.

3. Quisiéramos que nuestra música fuera tomada más en serio que la de ABBA.　　Per　Marie
   Nosotros nunca hemos participado como ellos en concursos, como el Festival
   de Eurovisión.

4. Creemos que Roxette va a ser algo más grande... tuvimos el honor de aparecer　　Per　Marie
   recientemente en una estampilla de correos sueca.

5. Yo trabajé en muchos lugares distintos, como, por ejemplo, en un supermercado.　　Per　Marie
   Tenía que levantarme a las siete de la mañana....

6. Yo trabajé en un hospital durante dos años.　　Per　Marie

7. Me gusta pintar y tocar el piano.　　Per　Marie

8. Yo juego mucho al tenis. También me interesan los vinos.　　Per　Marie

9. El suroeste de los Estados Unidos es como otro planeta.　　Per　Marie
   En el desierto de California... la vegetación y el carácter de ese lugar
   son extraños, locos....

10. Quiero que la gente comprenda que Roxette no soy solamente yo, sino dos　　Per　Marie
    personas.

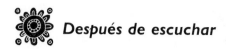

Después de escuchar

Datos divertidos. Durante las entrevistas, el público se entera siempre de algunos detalles divertidos sobre el/la artista. Escribe una biografía breve de un/una artista que conozcas incluyendo su nombre, su edad, el tipo de música que interpreta y uno o dos datos interesantes sobre el/ella.

_____

_____

_____

_____

_____

_____

SEGUNDO ENCUENTRO

Hasta la próxima...

Tarea: Complete this section (Segundo encuentro) before beginning the Segundo encuentro section on page 24 of your in-class textbook.

Antes de escuchar

Un poco de todo. Lee los anuncios de radio de la página siguiente e indica la estación donde se escuchan y la clase de música o programación que los acompaña.

estación	clase de música o programación
_____	_____
_____	_____
_____	_____
_____	_____
_____	_____

UN TOQUE DE

Jazz

Refresca tus oídos con el ritmo
y sabor del mejor jazz de Europa,
Brasil, Estados Unidos, Japón
y Puerto Rico. Un toque
elegante a tus oídos.
Escogido y presentado
por The Music Man.

Refrescando tu zona... DOMINGOS
DE 10:30 A.M. AL MEDIODIA (¡Pásalo!)

WZAR 101 Sólida

Heineken
Vive el Gran Sabor

SONY
Líder Mundial en Audio Digital

CONSTELACIÓN DE ESTRELLAS...

... CUBRIENDO EL OESTE Y MAS

Asi es COSMOS 94:
Una Constelación de Estrellas Musicales
Cubriendo, las 24 horas. Mayaguez.
Ponce y Arecibo.

COSMOS 94
TU VARIEDAD MUSICAL PERFECTA

Tel. 1-800-462-2108

SABOREA LA MEZCLA TROPICAL PERFECTA

...CON LOS EXITOS DE AYER, HOY
Y MAÑANA; EL GUFEO MATUTINO;
CONCURSOS; LOS MEJORES D.J.'S
Y MUUUUCHA DIVERSION.

Z-93 LA MEZCLA TROPICAL PERFECTA

UN DIA MAS
CON ROBERTO VIGOREAUX

**COMIENZA TU DIA
CON ALEGRIA,
VARIEDAD, DEPORTES,
LLAMADAS DEL
PUBLICO Y MAS.**

Todas las mañanas
a las 6:00. de lunes
a viernes. Roberto
vuelve a la carga con
sus ocurrencias junto a
**Elsa Fernandez Miralles,
Cucho Viera y Héctor
Vazquez Muñiz** a través
de WRAI 1520, WMIA
1070 y WAEL Radio 600

**Todas las mañanas pon
a Roberto y... olvídate
del resto.**

15·20
WRAI
Radio Aeropuerto

wmia

WAEL

1991

La nueva KQool Van de KQ-105

Ahora escuchas la música de KQ-105
¡en vivo!
Con nuestros DJ's iremos a tu pueblo,
a la playa, a conciertos, a dondequiera
que tú te encuentres.
Durante todo el año baila al ritmo
de la **KQool Van**.

KQ 105
FM
La Primera

 *Comprensión*

🎧 Play student tape: *Hasta la próxima...*

A. **El mundo de la música.** Frecuentemente las estaciones de radio ofrecen comentarios sobre los discos más populares. Escucha tu cassette y escribe los nombres de cinco músicos que se mencionan y uno de los comentarios que hace el locutor.

Ejemplo: *Barbra Streisand*   *Lanza un paquete de cuatro discos nuevos.*

nombre   **comentario**

_____   _____

                       _____

_____   _____

                       _____

_____   _____

                       _____

_____   _____

                       _____

_____   _____

                       _____

B. **¿Quiénes son?** Escucha el cassette otra vez y escribe los nombres de los músicos a los que se refiere la siguiente información.

1. una de las grandes cantantes populares de este siglo   _____

2. un conjunto de *rap* mexicano   _____

3. un pianista que va a tocar en los centros nocturnos de México _____

4. un compositor/cantante que acaba
   de hacer una antología de su música   _____

5. dos cantantes con mucho éxito que van a actuar en México   _____

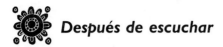 *Después de escuchar*

A. Preferencias. Elige dos artistas musicales que te gusten. Escribe cinco oraciones explicando por qué prefieres a cada artista.

_____

_____

_____

_____

_____

_____

_____

_____

_____

_____

B. Tu estación preferida. Escribe un anuncio para tu estación de radio preferida.

_____

_____

_____

_____

_____

_____

_____

_____

_____

_____

CUARTA ETAPA: ¡A redactar!

Phrases/functions: Describing objects; writing about the structure (of a work); expressing an opinion; asserting and insisting; agreeing and disagreeing; expressing a wish or a desire.
Vocabulary: Musical instruments; body: *senses* (el oído)
Grammar: Adjective agreement; adverbs; verbs: *present indicative (regular & irregular)*.

Phrases/functions

- writing an introduction
- linking ideas
- sequencing events

- making transitions
- writing an essay
- writing a conclusion

Tarea: Complete these sections (*Antes de redactar, Introducción a la escritura, Modelo,* and *Bosquejo*) before beginning the *Lectura* section on page 27 of your in-class textbook.

Antes de redactar

A. Genera ideas. Elige un disco o cassette con una canción o una pieza instrumental. Puede ser un disco que conozcas bien o uno completamente nuevo. Luego, escucha el disco y haz una lista de tus impresiones. Piensa en los adjetivos que mejor lo describan. Escribe por lo menos veinte adjetivos o frases descriptivas en español.

_____   _____

_____   _____

_____   _____

_____   _____

_____   _____

_____   _____

_____   _____

_____   _____

_____   _____

B. Revisa tu lista. Revisa tu lista de impresiones y forma dos categorías, una con las favorables y otra con las negativas.

impresiones favorables

_____

_____

_____

_____

_____

_____

impresiones negativas

_____

_____

_____

_____

_____

_____

C. Toma una decisión. ¿Qué te parece el disco? ¿Te gusta o lo odias? ¿Te deja simplemente perplejo/perpleja? Toma una decisión en pro o en contra.

conclusión _____

_____

 # INTRODUCCIÓN A LA ESCRITURA

La descripción

Antes de escribir una descripción es necesario pensar bien cómo vas a organizarla. Hay un sinfín de posibilidades; la dificultad es elegir una. A continuación se presentan algunas sugerencias que corresponden a la música.

- **Comparación y contraste**
  Primero, comenta las semejanzas del disco que elegiste con otros del mismo artista o con ese tipo de música en general. Luego, comenta lo novedoso del disco (instrumentos, ritmo, calidad, etc.) comparado con otros del mismo artista o con los discos de ese tipo en general.

- **Causa y efecto**
  Comunica los sentimientos que experimentas al escuchar el disco. Luego, menciona por qué te afecta así.

- **Definición**
  Define la clase de música a la que pertenece el disco. Luego, explica por qué este disco pertenece a esta categoría.

Modelo

Lee los siguientes artículos breves sobre varios músicos hispanos e identifica la organización de cada uno. Luego, completa el esquema dado a continuación.

artista/grupo	clase de música	descripción
_____	_____	_____
_____	_____	_____
_____	_____	_____
_____	_____	_____

Más RECOMIENDA ♫♪

La música y los artistas que marcan el paso

Freddy Fender
The Freddy Fender Collection, Reprise

Desde que comenzó a cantar *rock* en Texas hasta sus actuales éxitos con los Texas Tornadoes, Freddy Fender ha tenido sus altas y bajas. Pero, como lo demuestra en este álbum, su calidad de baladista se ha mantenido constante. En él interpreta éxitos como *Wasted Days and Wasted Nights*, su canción tema, y *Before the Last Teardrop Falls*, y una excelente versión bilingüe del clásico de la música *country*, *Since I Met You Baby*. Un LP de colección.

Orquesta Sinfónica Simón Bolívar
La cantata criolla/Choros No. 10, Dorian

El director mexicano Eduardo Mata con una orquesta de Caracas ofrece interpretaciones acabadas de dos obras representativas del ritmo, el dinamismo y el colorido de Venezuela y Brasil: *La cantata criolla*, de Antonio Estévez, y *Choros No. 10*, de Heitor Villa-Lobos. Ambas piezas se inspiran en los mitos, los paisajes y los pueblos suramericanos. Un álbum para ser escuchado una y otra vez.

Breakout
Papo Vásquez, Timeless

Pudiera haberse llamado *Maestra Vida*. El debut de Papo Vásquez como solista comprende todas las experiencias musicales de su joven vida: haber sido parte del Libre de Manny Oquendo, sus estudios con el maestro Slide Hampton y su trabajo con el muy progresivo Batacumbele; todo sale en *Breakout*. Algunos artistas tratan de impresionar al público con su técnica y conceptos vanguardistas. Papo planta sus pies en el suelo y deja surgir su música libremente. La calidad musical es indiscutible y todas las composiciones brillan con luz propia. Esta grabación refleja su rico presente y su excelente futuro musical.

MP All Stars
Musical Production All Stars, M.P.

MP All Stars presenta en su álbum debut a los cantantes más "calientes" de Puerto Rico: Tito Rojas, Nino Segarra, Roberto Lugo, Tito Gómez y otros. Y a músicos como Willie Rosario, Polito Huertas, Eddie Figueroa. Los primeros tres temas son éxitos: *Jibaritos, Como somos* y *Buenas noches*. También está la sensual canción de Roberto Lugo, *Con quién de las dos* (a dúo con Nino Segarra) y el excitante final, *Así soy yo*. MP All Stars se entrega como sólo lo hacen los grandes talentos.

 *Bosquejo*[1]

Ahora, elige un/una artista o un grupo musical que conozcas bien. Usando las líneas dadas a continuación, escribe un bosquejo de las ideas principales que formarán cada párrafo. Luego, escribe algunos datos o detalles que apoyen cada idea principal.

Párrafo 1

idea principal _____

detalles _____ _____

_____ _____

Párrafo 2

idea principal _____

detalles _____ _____

_____ _____

Párrafo 3

idea principal _____

detalles _____ _____

_____ _____

Párrafo 4

idea principal _____

detalles _____ _____

_____ _____

Párrafo 5

idea principal _____

detalles _____ _____

_____ _____

---

[1]bosquejo *rough draft*

Redacción

Tarea: Complete these sections (*Redacción* and *Sugerencias para usar la computadora*) before beginning the *Enlace* section on page 32 of your in-class textbook. Plan to work with a partner during your next class to complete the *Enlace* activities in your textbook.

En una hoja aparte, escribe un artículo breve sobre el tema que acabas de elegir para *Bosquejo*. No te olvides de incorporar una organización lógica a tu descripción. Trata de evitar el uso del **yo.**

Sugerencias para usar la computadora

Usa tu computadora para experimentar con varios tipos de organización. Con las funciones *cut and paste* o *move*, puedes arreglar las oraciones con facilidad. Imprime las diferentes versiones de tu composición y decide cuál es la más impresionante. Es posible que quieras combinar elementos de cada una para crear un efecto especial. ¡No es necesario estar satisfecho/satisfecha con la primera versión que escribas!

Revise your composition and create a final draft, using your partner's comments and the checklist from the *Redacción* activity of the *Enlace* section on page 33 of your in-class textbook. Then complete this section *(Mi diario personal)* before beginning *Capítulo* 2 of your in-class textbook.

Mi diario personal

En las líneas siguientes, describe qué tipo de música te gusta más. ¿Qué vas a hacer esta semana que esté relacionado con la música —escuchar el estéreo o la radio, ir a una tienda de música o a un concierto, cantar con un coro o bailar?

Mi diario

CAPÍTULO 2

Tesoros del pasado

Propósitos

Tema: **El pasado**

Primera etapa: **Preparación**

Estudio de palabras: Cómo utilizar un diccionario de español

Lectura: "Sin palabras"

Segunda etapa: **Estructuras**

Primera estructura: El imperfecto

Segunda estructura: El pretérito

Tercera etapa: **¡A escuchar!**

Sugerencias para escuchar mejor: Cómo expresar una
conclusión

Primer encuentro: La pasión de un coleccionista

Segundo encuentro: Un mito que inspiró a Julio Verne

Cuarta etapa: **¡A redactar!**

Introducción a la escritura: La narración

Mi diario personal

PRIMERA ETAPA: Preparación

Tarea: Complete these sections (*Estudio de palabras* and *Lectura*) before going on to the *Así es* section on page 48 of your in-class textbook.

ESTUDIO DE PALABRAS

Cómo utilizar un diccionario de español

Using a Spanish-Spanish dictionary. Now that you are becoming more proficient language learners, you have noticed that just as in English, several Spanish words may have the same or similar meaning. Is there one best choice? How do you decide? One way is to look up words in a Spanish-Spanish dictionary. Even words that are familiar to you will take on a new meaning. Not only will you learn new definitions and expand your vocabulary, but you will also be able to pick the word that best fits each sentence.

Prácticas

A. Definiciones. Sin consultar el diccionario, escribe definiciones breves para las palabras siguientes: **escribir, fiesta, familia, gato.** Después, compara tus definiciones con los ejemplos que siguen del Diccionario Escolar Sopena.

> **ESCRIBIR** *v. tr.* Representar las ideas por signos gráficos. **2** Componer libros, discursos, etc. **3** Redactar cartas. **4** Trazar las notas y signos musicales.
> **FIESTA** *f.* Alegría, diversión. **2** Día de gran solemnidad religiosa o civil. **3** Regocijo público.
> **FAMILIA** *f.* Gente que vive en una casa bajo la autoridad del señor de ella. **2** Conjunto de los parientes. **3** Conjunto de individuos de una condición común. **4** (Gram.) Conjunto de voces procedentes de una misma raíz. **5** (Hist. Nat.) Grupo taxonómico formado por los géneros naturales que poseen gran número de carácteres comunes.
> **GATO** *m.* Mamífero carnívoro doméstico, de la familia de los felinos, muy útil en las casas, porque persigue a los ratones. **2** Máquina para levantar grandes pesos a poca altura. **3** (Amer.) Cierto baile popular argentino y música que lo acompaña.

1. _____

2. _____

3. _____

4. _____

B. Cronistas. Algunos de los cronistas describieron con gran detalle la flora y la fauna de las islas del Nuevo Mundo. Lee el fragmento escrito por Michel de Cúneo, un navegante italiano que viajó con Cristóbal Colón en su segundo viaje a las Antillas Menores, Puerto Rico y Jamaica. Luego, escribe una lista de las frases que describen la flora que encontraron los exploradores.

"Nacen algunos árboles tan grandes que tienen de veinticinco a treinta y cinco palmos a la redonda. Dan unos frutos que a nuestro gusto solamente sirven para los cerdos. Hay también infinidad de árboles de algodón, grandes como higueras; otros, también grandes, que dan un fruto como el melocotón, lleno de gránulos como el higo, color rojo escarlata, que los habitantes comen; a nuestro gusto no es demasiado bueno. También vi otros árboles semejantes, que dan frutos semejantes, pero los gránulos del interior son negros; también comen este fruto, que tiene el mismo sabor que el otro. Con estos frutos se tiñe de rojo y de negro.

Hay también árboles que dan un fruto grande como nuestra cidra, pero que no es bueno para comer por su amargura; tiene una corteza como la calabaza y con ellos hacen vasos para beber y vasijas para el agua; no sirven para otra cosa. Hay unos arbustos parecidos a la planta de la alcachofa, pero cuatro veces más altos, que dan un fruto semejante a una piña pero el doble de grande; ese fruto es realmente magnífico y se corta con el cuchillo como un rábano y parece ser muy sano."

Extracto del diario de Michel de Cúneo

flora del Nuevo Mundo

_____   _____

_____   _____

_____   _____

_____   _____

_____   _____

C. El Nuevo Mundo. Usando tu diccionario de español, escribe las definiciones de tres de las plantas y los árboles siguientes que Cúneo menciona en su diario.

algodón	higo	alcachofa
higuera	cidra	piña
melocotón	calabaza	rábano

1. _____

_____

2. _____

_____

3. _____

_____

CH. Una definición original. Ahora, usando las definiciones de la *Práctica C* como modelo, escribe una definición original en español de una planta de tu región o estado.

_____

_____

_____

 LECTURA

Introducción

Hay símbolos y pictogramas tan claros que se pueden comprender a primera vista. Gracias a ellos sabemos cuál es el baño de caballeros y de damas y dónde está la gasolinera más cercana o la cabina de teléfonos. Los pictogramas se han asentado de tal forma en nuestras vidas que han creado una nueva forma universal de comunicación, sin palabras.

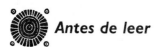 *Antes de leer*

A. Símbolos y pictogramas. Mira los pictogramas siguientes e identifica cada uno en español.

1. _____

2. _____

3. _____

4. _____

5. _____

6. _____

B. La vida diaria. Escribe una lista de diez pictogramas que ves diariamente y el lugar donde normalmente se encuentra cada uno.

Ejemplo: *Prohibido estacionar   aceras, calles*

pictograma	**lugar**	**pictograma**	**lugar**
_____	_____	_____	_____
_____	_____	_____	_____
_____	_____	_____	_____
_____	_____	_____	_____
_____	_____	_____	_____

¡A leer!

A. Vocabulario esencial. Estudia las palabras y frases siguientes antes de leer "Sin palabras".

Sin palabras

alrededor (m.)   *surroundings*
apaisado/apaisada   *rectangular*
averiguar   *to find out*
aviso   *warning*
calavera   *skull*
cartel (m.)   *sign*
constatar   *to prove, establish, show*
chamuscado/chamuscada   *scorched, singed*
desprendimiento   *landslide, avalanche*
dibujo   *drawing*
flecha   *arrow*

hacer hincapié   *to stress, emphasize*
llama   *flame*
manecilla   *hand (of a watch)*
mediante   *by means of*
pesadilla   *nightmare*
pitido agudo   *sharp whistle*
semejante   *similar*
tachado/tachada   *crossed out*
tienda de campaña   *tent*
trazo blanco   *white line*
vida cotidiana   *daily life*

B. Comprensión. Lee el artículo de la pagina siguiente sobre pictogramas y contesta estas preguntas brevemente en español.

1. ¿Qué es un pictograma?

_____

2. ¿Qué cosas se pueden expresar con un pictograma?

_____

3. ¿Cuáles son algunos pictogramas que vemos diariamente?

_____

4. ¿En qué consiste la clave de los pictogramas?

_____

5. ¿Cuántas lenguas hay en Europa?

_____

6. ¿Cuáles son las tres clases de información icónica?

_____

7. ¿Por qué creen los psicólogos y sociólogos que la comunicación instantánea es más fácil mediante imágenes?

_____

8. ¿Quién es Otl Aicher y qué hizo?

_____

SIN PALABRAS

Imaginemos una pesadilla, que nos puede caer en suerte a cualquiera de nosotros: estamos comprando en unos grandes almacenes cuando, de pronto, suena una sirena. Es la alarma de incendios. Nuestro primer y único pensamiento es ¿dónde se encuentra la salida de emergencia? Naturalmente, al entrar en el establecimiento nadie se ha preocupado de averiguarlo. En milésimas de segundo ante nuestra vista aparece una imagen con un hombre corriendo, *perseguido* por las llamas. En un instante, la señal llega desde la retina al cerebro y allí, sin más rodeos, es descifrada: ¡por ahí está la salida de emergencia! Aunque en la práctica no sea todo tan simple, hay algo fundamental: el dibujo del hombre que huye de las llamas muestra el camino de salida mejor que la palabra escrita.

Desde el punto de vista científico, se llama **pictograma** al dibujo que hace innecesaria la palabra escrita. El concepto —formado a partir del término latino *pictus*, pintura, y del griego *grafos*, escribir— significa *símbolo icónico*. Un pictograma puede expresar tanto un objeto como un proceso, y gracias a él se está desarrollando un idioma iconográfico moderno, ¿tal vez los jeroglíficos del siglo XX?

Los nuevos jeroglíficos del final del siglo XX constituyen un lenguaje universal.

La verdad es que, si miramos con atención a nuestro alrededor, podemos constatar que, hoy en día, vivimos rodeados de este tipo de imágenes. Una tienda de campaña indica una zona de *camping*; un avión, el camino al aeropuerto; una calavera significa veneno; una taza de café indica que en ese lugar se puede beber algo; uno o varios tenedores hablan de un restaurante; un teléfono de la posibilidad de llamar; un cigarrillo humeante tachado por una cruz prohibe fumar. Sin hablar de los múltiples signos que en los espectáculos deportivos indican el camino correcto o los que avisan de algún peligro en el tráfico urbano.

Como puede verse, no hay campo de la actividad humana en el que no exista una *imagen significativa.* Es sorprendente que la humanidad se haya esforzado durante milenios en crear una escritura utilizable, valorándola, con razón, como la expresión más palpable de la inteligencia y la civilización y, sin embargo, vuelva de nuevo a la escritura iconográfica, con la que todo comenzó.

¿Nos estamos quedando mudos y necesitamos de imágenes cargadas de significación para comunicarnos? La clave de los pictogramas está, sin embargo, en todo lo contrario. Sólo en Europa hay 32 lenguas; y en una época en la que las grandes distancias ya no son un obstáculo, necesitamos nuevas formas de comunicación que todos entiendan inmediatamente. Los pictogramas son, por lo tanto, *traductores mudos,* basados en imágenes semejantes en todo el mundo. El moderno nómada quiere informarse de los aspectos más necesarios de la vida cotidiana, rápidamente y sin perder el tiempo con estudios lingüísticos u hojeando diccionarios.

Los psicólogos y sociólogos han dado razones diversas para afirmar que la comunicación instantánea es más fácil mediante imágenes. La primera es que, si se quisiera verter en palabras toda la información iconográfica, nos veríamos obligados a utilizar grandes carteles. El aviso correspondiente tendría que ser ofrecido no sólo en el idioma del país, sino al menos en otras dos o tres lenguas de difusión internacional. Y tampoco así se tendría la garantía de que cualquiera pudiera entenderlo.

La segunda razón es que los carteles escritos tendrían que ser apaisados. Sólo así se podrían leer con cierta fluidez, ya que únicamente los japoneses y los chinos están acostumbrados a leer a la misma velocidad textos verticales. Pero se ha demostrado que los formatos apaisados no despiertan una atención tan intensa como, por ejemplo, los cuadrados o circulares. Un icono circular estalla, por decirlo así, en la mente humana. Es comparable a un pitido agudo que nos despierta la atención mucho más que una monótona sucesión de tonos armónicos.

Pero la tercera y más poderosa razón radica en el cerebro humano. Volvamos de nuevo al ejemplo de la salida de emergencia. Incluso cuando la palabra está escrita en un idioma que conocemos, el cerebro ha de aprender primero el concepto y relacionarlo con el proceso de huir. Por el contrario, el dibujo del hombre que huye señala de inmediato la dirección a seguir. No se pierden segundos preciosos en un proceso reflexivo.

El diseñador alemán Otl Aicher, creador de algunos de los pictogramas más universalmente aceptados, explica la influencia de estas *palabras icónicas* mediante el ejemplo de un reloj digital y uno analógico. El reloj digital, aunque tiene la ventaja de ser exacto hasta la centésima de segundo, muestra la hora en cifras; por ejemplo, 22:35. El cerebro traduce: la manecilla grande en el siete, la pequeña entre las diez y las once, es decir, 25 para las 11. En el caso del reloj analógico la posición de las manecillas se muestra a primera vista. No se pierde tiempo en traducir la información. De todas formas, reconocer y entender los símbolos horarios es algo que hay que aprender en algún momento, y lo mismo ocurre con muchos pictogramas. Por ello, los especialistas distinguen entre tres tipos de información icónica:

1. Los *dibujos naturalistas,* no representan ninguna dificultad para el observador y no han de ser aprendidos. La taza de café, una cama o un teléfono hablan por sí mismos. Cualquier persona, sea del entorno lingüístico o cultural que fuere, los entiende. Aunque sólo en las zonas montañosas suelen ser necesarias las señales que previenen contra los desprendimientos de rocas, la señal puede entenderse sin una experiencia previa.

2. Por el contrario, los *símbolos traducidos* son pictogramas abstractos cuyo sentido no sólo no se puede reconocer rápidamente mediante la reflexión sino que necesitan de un aprendizaje previo. Muchas de las señales de tráfico pertenecen a esta categoría; por ejemplo, un *prohibido el paso,* un trazo blanco en un círculo rojo. Sin embargo, estas señales nos informan de inmediato, porque el profesor de la autoescuela hizo hincapié en su importancia. Pero quien nunca las haya visto no las entenderá en absoluto.

3. El de los *pictogramas-esquema* es el grupo más complejo. Son fáciles de expresar pero imposibles de reconocer a primera vista. Exigen un cierto *esfuerzo mental.* Es decir, ante la visión de uno de estos símbolos se ha de reflexionar, aunque sea brevemente, sobre lo que significan. Este es el caso, por ejemplo, de la señal *preferencia para el sentido contrario,* dos flechas opuestas en rojo y en negro. Como ya se ha dicho, estos símbolos se han aprendido como señales de tráfico o bien necesitan unos segundos de reflexión.

 *Después de leer*

A. Dibujos. Mira los dibujos siguientes y elige la descripción apropiada.

_____ El símbolo del fútbol es correcto, pero algunos creyeron que mostraba a un jugador con una sola pierna.

_____ Un pictograma puede evitar que acabemos chamuscados. Para ello el signo ha de entenderse de inmediato.

_____ Gracias a un pictograma, quizá hasta un extraterrestre podría saber en qué galaxia queda la gasolinera más cercana.

_____ Las manos enlazadas indican centro de información, aunque podrían ser una invitación a saludarse.

B. Símbolo original. Muchos de los pictogramas nos advierten sobre posibles peligros o acciones prohibidas. Piensa en una acción que te moleste mucho o en un peligro que te amenace. Luego, dibuja un pictograma que sea apropiado y escribe una descripción breve.

SEGUNDA ETAPA: Estructuras

Tarea: Complete this section (*Primera estructura*) before beginning the *Primera función* section on page 54 of your in-class textbook. In addition, you may wish to review the grammar terms in *Appendix A* of this book before beginning the *Primera estructura*.

 ## PRIMERA ESTRUCTURA

El imperfecto

Regular -ar, -er, and -ir verbs. The Spanish imperfect tense is used to express past actions or states of being that were habitual or ongoing over an extended period of time. Study the examples below before beginning the *Prácticas*.

- Habitual events:

  Íbamos a las ruinas mayas en el verano.
  We **used to go** to the Mayan ruins in the summer.
  We **would go** to the Mayan ruins in the summer.

- Ongoing events:

  *A las ocho de la noche **estudiábamos** en la biblioteca.*
  At eight P.M. we **were studying** in the library.

- Physical, mental, or emotional states of being:

  *Cuándo **tenía** diez años **estaba enamorado** de mi maestra.*
  When I **was** ten, I **was in love** with my teacher.

- Time:

  *Siempre **cenábamos** cuando **eran** las seis.*
  We **used to eat** dinner when it **was** six o'clock.

- Simultaneous actions with *mientras*:

  *Yo **quitaba** el polvo mientras el arqueólogo **dibujaba**.*
  I **removed** the dust while the archeologist **sketched**.

El imperfecto de los verbos regulares

	-ar	-er	-ir	verbos que cambian de raíz
yo	estudiaba	leía	decía	dormía
tú	estudiabas	leías	decías	dormías
usted/él/ella	estudiaba	leía	decía	dormía
nosotros/nosotras	estudiábamos	leíamos	decíamos	dormíamos
vosotros/vosotras	estudiabais	leíais	decíais	dormíais
ustedes/ellos/ellas	estudiaban	leían	decían	dormían

▲   In Spanish, only three verbs have irregular forms in the imperfect tense: *ser, ver,* and *ir.*

El imperfecto de los verbos irregulares

	ser	ver	ir
yo	era	veía	iba
tú	eras	veías	ibas
usted/él/ella	era	veía	iba
nosotros/nosotras	éramos	veíamos	íbamos
vosotros/vosotras	erais	veíais	ibais
ustedes/ellos/ellas	eran	veían	iban

Prácticas

A. El pasado. Escribe la forma adecuada de los verbos siguientes en el imperfecto y luego forma oraciones completas.

Ejemplo: los moches / vivir   *Los moches vivían en Perú y Bolivia.*

1. yo / ver _____

2. tú / ocultar _____

3. el hombre / atravesar _____

4. nosotros / hallarse _____

5. ustedes / observar _____

6. la tribu / permanecer _____

7. tú / hacer _____

8. usted / poder _____

9. vosotras / saber _____

10. los hijos / querer _____

11. ustedes / tener _____

12. tú / exhibir _____

13. nosotras / salir _____

14. yo / discutir _____

15. ellas / decir _____

B. Hechos históricos. Completa las oraciones siguientes con el imperfecto del verbo entre paréntesis.

1. Los aztecas _____ (dominar) a las tribus vecinas.

2. Las tribus indígenas _____ (usar) puntas de flechas de piedra.

3. El señor de Sipán no _____ (poder) hacer su viaje solo.

4. Los incas _____ (poseer) grandes conocimientos arquitectónicos.

5. Los artesanos _____ (hacer) vasijas y figuras moldeadas en arcilla.

6. Hace 65 millones de años _____ (haber) dinosaurios y otros animales gigantescos en nuestro planeta.

7. Los geólogos _____ (comparar) sus teorías sobre la desaparición de los dinosaurios.

8. A las reliquias se les _____ (atribuir) poderes milagrosos.

C. Todos los días. Escribe la forma adecuada de los verbos siguientes en el imperfecto y luego forma oraciones completas.

Ejemplo: los arqueólogos / ir   *Los arqueólogos iban a las ruinas todos los días.*

1. los indígenas / ir _____

2. el científico / ver _____

3. yo / ser _____

4. nosotros / ver _____

5. los mayas / ser _____

6. usted / ir _____

CH. La historia. Completa las oraciones siguientes con el imperfecto del verbo entre paréntesis.

1. Todos los veranos nosotros _____ (ir) a Nuevo México para trabajar en las excavaciones arqueológicas.

2. ¿_____ (ir) ustedes con frecuencia al Museo de Historia Natural?

3. Yo siempre _____ (ir) con mis compañeros de clase a las conferencias sobre dinosaurios.

4. En tu opinión, ¿qué civilización antigua _____ (ser) más importante?

5. La cultura argárica _____ (ser) la más antigua y evolucionada de la Edad de Bronce.

6. Nosotros _____ (ser) muy aficionados a la arqueología.

7. Tú _____ (ser) socio de la Fundación para las Artes, ¿no?

8. Yo _____ (ver) a los alfareros haciendo sus vasijas.

D. Las culturas precolombinas. Muchas veces los arqueólogos escriben teorías sobre el pasado basándose en los artefactos que encuentran. Mira los dibujos siguientes y describe cómo vivía esta gente.

1. _____
_____
_____
_____
_____
_____
_____
_____
_____
_____
_____

2. _____
_____
_____
_____
_____
_____
_____
_____
_____
_____
_____

E. La sociedad inca. Describe ocho actividades que se hacían en la sociedad inca, basándote en el dibujo siguiente.

En la sociedad inca... _____

_____

_____

_____

_____

_____

_____

_____

_____

_____

SEGUNDA ESTRUCTURA

El pretérito

Tarea: Complete this section *(Segunda estructura)* before beginning the *Segunda función* section on page 58 of your in-class textbook. In addition, you may wish to review the grammar terms in *Appendix A* of this book before beginning the *Segunda estructura*.

Forming the preterite. The Spanish preterite tense focuses on the beginning or end of actions, events, or states of being in the past.

- Events in the past: *Hiram Bingham, un senador de Connecticut, **descubrió** Machu Picchu en 1911.*
  Hiram Bingham, a senator from Connecticut, **discovered** Machu Picchu in 1911.

- Completed actions: ***Llegamos** al Lago Titicaca a medianoche.*
  We **arrived** at Lake Titicaca at midnight.

El pretérito de los verbos regulares

	-ar	-er	-ir
yo	observé	vendí	exhibí
tú	observaste	vendiste	exhibiste
usted/él/ella	observó	vendió	exhibió
nosotros/nosotras	observamos	vendimos	exhibimos
vosotros/vosotras	observasteis	vendisteis	exhibisteis
ustedes/ellos/ellas	observaron	vendieron	exhibieron

▲ **Stem-changing verbs.** Stem-changing verbs with *-ir* infinitives have a stem change in the third-person (*usted/él/ella* and *ustedes/ellos/ellas*) forms of the preterite tense.

El pretérito de los verbos que cambian de raíz

	dormir	**pedir**	**sentir**
yo	dormí	pedí	sentí
tú	dormiste	pediste	sentiste
usted/él/ella	durmió	pidió	sintió
nosotros/nosotras	dormimos	pedimos	sentimos
vosotros/vosotras	dormisteis	pedisteis	sentisteis
ustedes/ellos/ellas	durmieron	pidieron	sintieron

Similar verbs:
dormir: morir
pedir: conseguir, corregir(se), despedir(se), elegir, impedir, medir, perseguir, repetir, seguir, servir, vestir(se)
sentir: advertir, divertir(se), herir, invertir, mentir, preferir, reír(se), requerir, sugerir

▲ **Verbs with spelling changes.** Second (*-er*) and third (*-ir*) conjugation verbs that would have an *i* between two vowels in the ending of the *usted/él/ella* and *ustedes/ellos/ellas* forms of the preterite tense change the vowel *i* into the consonant *y*.

Verbos que cambian de ortografía en el pretérito

	creer	**construir**	**oír**
yo	creí	construí	oí
tú	creíste	construiste	oíste
usted/él/ella	creyó	construyó	oyó
nosotros/nosotras	creímos	construimos	oímos
vosotros/vosotras	creísteis	construisteis	oísteis
ustedes/ellos/ellas	creyeron	construyeron	oyeron

Similar verbs:
creer: leer, caer
construir: distribuir, huir, destruir, sustituir

▲ **Verbs that end in -car, -gar, and -zar.** These verbs have a spelling change in the first-person form of the preterite to preserve the sound of the stem.

Verbos irregulares en primera persona singular en el pretérito

g → gu	**c → qu**	**z → c**
entregar	**buscar**	**cazar**
entregué	busqué	cacé
entregaste	buscaste	cazaste
entregó	buscó	cazó
entregamos	buscamos	cazamos
entregasteis	buscasteis	cazasteis
entregaron	buscaron	cazaron

Similar verbs:
entregar: apagar, cargar, colgar, jugar, llegar, negar, regar, rogar
buscar: acercar(se), aparcar, colocar, complicar, comunicar(se), criticar, equivocar(se), explicar, marcar, pescar, practicar, sacar, secar, significar, tocar
cazar: almorzar, analizar, avanzar, comenzar, cruzar, empezar, gozar, realizar, rezar, tranquilizar, utilizar

▲ **Verbs that follow a special pattern.** Many of the most commonly used verbs in Spanish have special forms in the preterite tense. You will notice that the preterite endings are the same as those of the regular -*ar*, -*er*, and -*ir* verbs, but the endings carry no accent marks. Because other Spanish tenses are based on these special preterite forms, it is very important that you memorize them.

Verbos irregulares en el pretérito con modelos similares

infinitive	stem	endings
andar	anduv-	
decir	dij-	
estar	estuv-	
poner	pus-	-e
querer	quis-	-iste
saber	sup-	-o
tener	tuv-	-imos
hacer	hic(z)-	-isteis
poder	pud-	-(i)eron
venir	vin-	
conducir	conduj-	
traer	traj-	

Similar verbs:
conducir: introducir, traducir, producir
decir: predecir
poner: exponer(se), oponer(se), proponer, reponer, suponer
tener: abstener(se), contener(se), detener(se), mantener(se), obtener
traer: atraer, contraer
venir: convenir, intervenir

Recuerda: Verbs like *conducir* have an additional irregularity: in the third-person plural, the ending is -*eron* rather than -*ieron*. The third-person singular of *hacer* is *hizo*.

▲ **Irregular verbs.** Five verbs—*dar, ir, ser, ver,* and *haber*—are completely irregular in the preterite tense. *Ser* and *ir* have exactly the same forms, but don't worry; you will be able to determine which is which from context.

El pretérito de los verbos irregulares

	ir	ser	dar	ver	haber
yo	fui	fui	di	vi	hube
tú	fuiste	fuiste	diste	viste	hubiste
usted/él/ella	fue	fue	dio	vio	hubo
nosotros/nosotras	fuimos	fuimos	dimos	vimos	hubimos
vosotros/vosotras	fuisteis	fuisteis	disteis	visteis	hubisteis
ustedes/ellos/ellas	fueron	fueron	dieron	vieron	hubieron

Prácticas

A. Antepasados. Escribe la forma adecuada de los verbos siguientes en el pretérito y forma oraciones completas.

Ejemplo: el turista / comprar   *El turista compró muchos artefactos indígenas.*

1. nosotros / excavar _____

2. mis antepasados / venir _____

3. el museo / exhibir _____

4. los artefactos / estar _____

5. usted / construir _____

6. yo / buscar _____

7. tú / andar _____

8. el arqueólogo / descubrir _____

9. los jefes / dormir _____

10. vosotros / creer _____

B. Tradiciones. Completa las oraciones siguientes con el pretérito del verbo entre paréntesis.

1. Los artesanos _____ (demostrar) sus técnicas y medios tradicionales.

2. Los arqueólogos _____ (descifrar) unas inscripciones.

3. Los alfareros _____ (fabricar) vasijas de gran expresividad.

4. El tesoro del señor de Sipán _____ (permanecer) intacto.

5. Las más de mil tumbas del poblado de El Argar _____ (ofrecer) una gran cantidad de información.

6. La imagen de la Virgen de Guadalupe _____ (aparecer) en un comal.

7. San Felipe de Jesús, el "santo criollo", _____ (nacer) en México.

C. Machu Picchu. Completa las oraciones siguientes utilizando el verbo correspondiente en el pretérito.

construir   llamar   descubrir   hallarse   adquirir

1. Hiram Bingham _____ Machu Picchu en 1911.

2. Machu Picchu _____ fama como el mejor ejemplo de la construcción inca.

3. En Machu Picchu, los indígenas _____ patios interiores entre las habitaciones.

4. _____ edificios muy importantes hacia el lado sur de Machu Picchu.

5. La ausencia de objetos de oro les _____ la atención a los arqueólogos.

CH. Culturas antiguas. Completa las oraciones siguientes con el pretérito del verbo entre paréntesis.

1. Para no destruir las pinturas rupestres, yo no las _____ (tocar).

2. Los primeros pobladores _____ (llegar) al valle de México en el año 20.000 a.C.

3. El desarrollo de la agricultura en México _____ (comenzar) alrededor del año 5.000 a.C.

4. El descubrimiento de la cultura argárica _____ (servir) para definir la Edad de Bronce en la península ibérica.

5. El Instituto Arqueológico _____ (invertir) mucho dinero en sus nuevas investigaciones.

D. El Escorial. Completa las oraciones siguientes con el pretérito del verbo entre paréntesis.

1. La obra de El Escorial _____ (comenzar) en 1563.

2. El arquitecto Juan Bautista de Toledo _____ (empezar) su trabajo el 23 de abril.

3. Su ayudante, Juan de Herrera, lo _____ (sustituir) después de su muerte en 1567.

4. Los obreros _____ (construir) 9 torres, 16 patios, 88 fuentes y 86 escaleras.

5. Felipe II _____ (explicar) que la obra fue construida para conmemorar la victoria de los españoles en la batalla de San Quintín.

E. Civilizaciones. Completa las oraciones siguientes con el pretérito del verbo entre paréntesis.

1. Se cree que un meteorito gigantesco _____ (producir) una explosión masiva.

2. Mi familia y yo _____ (querer) ir a Teotihuacán pero no pudimos.

3. Los olmecas _____ (venir) a la costa del golfo de México en el año 1.000 a.C.

4. ¿(Tú) No _____ (poder) entender los jeroglíficos mayas?

5. Nosotros _____ (saber) de la aparición de la Virgen de Guadalupe por el periódico.

6. Los españoles _____ (introducir) la producción de cerámica en las Américas entre 1493 y 1498.

7. El minúsculo crucifijo _____ (estar) enterrado casi quinientos años.

8. La civilización maya _____ (tener) calendario y escritura jeroglífica en el año 500 a.C.

F. Culturas distintas. Completa las oraciones siguientes utilizando el verbo correspondiente en el pretérito.

ser   florecer   compartir

Una de las civilizaciones más importantes del valle central de México _____

la de Teotihuacán, que _____ entre los años 300 y 600 de nuestra era.

_____ elementos culturales olmecas, desarrollando por su parte una imponente

arquitectura.

desarrollar   habitar   unirse   desarrollarse   llegar

Los mayas _____ su civilización durante dos períodos: el Viejo Imperio

(siglos IV al IX d.C.) y el Nuevo Imperio (siglos IX al XIV). Durante el primero, _____

parte de Honduras y las mesetas de Guatemala. En esta etapa inicial de su historia los mayas

_____ a los quichés, procedentes de las alturas de Guatemala. El nuevo imperio

_____ principalmente en el Yucatán. Cuando los españoles

_____ a esta península, los mayas ya se encontraban en decadencia.

desarrollarse   existir   ser   postular

La civilización olmeca _____ en la costa del golfo de México. Los últimos

exámenes indican que esta civilización _____ entre los años 1160 y 580 a.C., lo

cual significaría que ella _____ la madre cultural de Mesoamérica, y en el pasado

algunos arqueólogos _____ que era la primera civilización en las Américas.

G. Tumbas descubiertas. Lee el siguiente artículo sobre las tumbas de un emperador romano y de su madre, y escribe cinco oraciones que describan lo que pasó.

Descubiertas las tumbas del emperador Gallerio y de su madre

Belgrado. **Ap**

Las tumbas del emperador romano Gallerio (que reinó entre los años 293 y 311 antes de Cristo) y de su madre Rómula han sido descubiertas en una localidad al este de Serbia por un arqueólogo yugoslavo, según ha publicado el diario «Politika» de Belgrado. El descubrimiento será incluido por la Unesco como patrimonio cultural de la humanidad.

El profesor Dragoslav Srejovic, autor del hallazgo, manifestó que se trataba de «uno de los más extraños monumentos de estas características que se han encontrado en el mundo arqueológico». Las tumbas miden cien metros cuadrados por doce pies de altura.

El mencionado diario indica que los cuerpos de los dos históricos personajes fueron colocados sobre piras funerarias.

Dos grandes piedras circulares —una de cuarenta metros de diámetro y otra de treinta— han sido descubiertas frente a los monumentos funerarios.

1. _____

_____

2. _____

_____

3. _____

_____

4. _____

_____

5. _____

_____

TERCERA ETAPA: ¡A escuchar!

Tarea: Complete these sections *(Sugerencias* and *Primer encuentro)* before beginning the *Primer encuentro* section on page 61 of your in-class textbook.

Sugerencias para escuchar mejor

Cómo expresar una conclusión. Knowing how to recognize when a speaker is coming to closure is an important aspect of listening. It is especially useful when you are taking notes. The phrases shown below are often used to indicate a logical conclusion, summary, or closing statement.

Cómo expresar una conclusión

al fin y al cabo   *after all*
al final   *at the end*
así que   *thus*

en conclusión   *in conclusion*
en fin   *finally*
en resumen   *in sum*

esto quiere decir que   *this means that*
por eso   *therefore*
por fin   *finally*

 PRIMER ENCUENTRO

La pasión de un coleccionista

Antes de escuchar

Un poco de todo. Escribe una lista de nueve artículos que la gente colecciona normalmente.

_____   _____   _____

_____   _____   _____

_____   _____   _____

🔊 Play student tape: *La pasión de un coleccionista*

A. Una entrevista. Miguel Mujica Gallo es miembro de un grupo de coleccionistas peruanos. Comenzó coleccionando monedas y sellos, y terminó coleccionando piezas de oro y armas. Escucha su conversación y contesta las preguntas siguientes.

1. ¿Desde cuándo es coleccionista? _____

_____

2. ¿Por cuántos años ha coleccionado piezas de oro? _____

_____

3. ¿Cuál es el mayor aporte del Museo de Oro? _____

_____

4. ¿En cuántas ciudades del mundo estuvo la colección? _____

_____

5. ¿Cuál es el único país en el que la colección no estuvo? _____

_____

6. ¿Con qué criterio elige las piezas para una muestra? _____

_____

7. ¿Cuáles son algunos de los factores que hay que considerar para ser coleccionista? _____

_____

B. Museo de Oro de Perú. Escucha la conversación de tu cassette y escribe las palabras o frases que el narrador emplea para expresar una conclusión.

1. _____ soy coleccionista de armas desde hace más de 60 años.

2. _____ fui comprando todo el arte precolombino.

3. _____ han habido coleccionistas que han empezado a los 40 años.

4. _____ yo vivo exclusivamente para el museo.

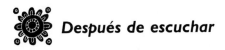 *Después de escuchar*

Mis tesoros. Describe una de tus colecciones preferidas (de ahora o de tu niñez). Menciona los objetos, su valor monetario o personal, y dos o tres detalles adicionales.

_____

_____

_____

_____

_____

_____

_____

_____

_____

_____

_____

_____

_____

_____

_____

_____

_____

SEGUNDO ENCUENTRO

Un mito que inspiró a Julio Verne

Tarea: Complete this section *(Segundo encuentro)* before beginning the *Segundo encuentro* section on page 64 of your in-class textbook.

Antes de escuchar

A. Tesoros hundidos. Escribe una lista de artefactos que uno puede encontrar cerca o dentro de un barco hundido.

_____   _____   _____

_____   _____   _____

_____   _____   _____

_____   _____   _____

_____   _____   _____

B. La búsqueda. Escribe cinco oraciones que describan al tipo de persona que busca tesoros hundidos y explica algunos de los motivos que pueda tener para hacerlo.

1. _____

_____

2. _____

_____

3. _____

_____

4. _____

_____

5. _____

_____

 **Comprensión**

Play student tape: *Un mito que inspiró a Julio Verne*

La leyenda de los tesoros hundidos en la ría de Vigo atrae a expediciones 'piratas'

La Armada expulsa a un grupo de arqueólogos suizos por hacer prospecciones ilegales

XOSÉ HERMIDA, Santiago de Compostela
La leyenda de los tesoros hundidos en el estrecho de Rande, en la ría de Vigo, donde en 1702 se libró una encarnizada batalla naval, cautiva todavía a aventureros y arqueólogos de todo el mundo. La Xunta de Galicia, con la ayuda de la Armada, ha intensificado el control sobre las prospecciones en la zona después de que fuese sorprendida una expedición *pirata* de arqueólogos suizos rastreando las aguas sin permiso de las autoridades españolas. Grupos británicos y franceses también han intentado sin éxito obtener una autorización para buscar los supuestos tesoros perdidos en la ría. Como prevención a los codiciosos, la Xunta advierte que los restos hundidos tienen gran valor arqueológico, pero no monetario.

La leyenda de los tesoros. Escucha tu cassette y contesta las preguntas siguientes brevemente en español.

1. ¿Cuándo y dónde ocurrió el ataque contra los barcos españoles? _____

_____

2. ¿Qué llevaban los galeones? _____

_____

3. ¿Quiénes atacaron a los españoles? _____

_____

4. ¿Qué novela escribió Julio Verne basada en el incidente? _____

_____

5. ¿Cuándo tuvo lugar la primera expedición para recuperar el tesoro? _____

_____

6. ¿Qué otras naciones entraron en la búsqueda? _____

_____

7. ¿Qué artículos fueron recuperados en 1969? _____

_____

8. ¿Por qué no pueden encontrar los artefactos del *Santo Cristo de Maracaibo*? _____

_____

Después de escuchar

Una cuestión ética. ¿Quiénes tienen derecho a los tesoros hundidos en el fondo del mar? ¿Los arqueólogos, los submarinistas, los herederos de los marineros o las compañías de seguros? Usando unas de las frases en la página 51 escribe una lista de argumentos que ofrecería cada grupo para defender su postura.

arqueólogos _____

_____

_____

_____

submarinistas _____

_____

_____

_____

herederos _____

_____

_____

_____

compañías de seguros _____

_____

_____

_____

CUARTA ETAPA: ¡A redactar!

Phrases/functions: Describing the past; talking about habitual acts; talking about past events; describing objects; describing people.
Vocabulary: Cultural periods and movements; continents; countries; direction and distance; materials; time: *expressions.*
Grammar: Adverbs, prepositions; verbs: *preterite, imperfect.*

Phrases/functions
- writing an introduction
- linking ideas
- sequencing events

- making transitions
- writing an essay
- writing a conclusion

Tarea: Complete these sections (*Antes de redactar, Introducción a la escritura, Modelo,* and *Bosquejo*) before beginning the *Lectura* section on page 67 of your in-class textbook.

Antes de redactar

A. Genera ideas. Elige un **tema** histórico que te interese, por ejemplo, el arte rupestre, los acueductos romanos, las contribuciones matemáticas de los mayas, etc. Después, haz una lista con los elementos esenciales del tema. Piensa en los **sustantivos** que mejor lo describan. Si es necesario, haz una pequeña investigación sobre el tema para descubrir más detalles.

Ejemplo: *el arte rupestre   lugares, pinturas, colores, animales, cuevas, prehistoria, etc.*

tema _____

sustantivos _____

_____

_____

_____

_____

_____

_____

B. Revisa tu lista. Revisa tu lista de sustantivos esenciales y agrega más información, según el ejemplo.

Ejemplo: *colores*   *rojo, amarillo, gris*
         animales   *bisontes, jabalíes, ciervos*

sustantivo _____

_____

_____

_____

sustantivo _____

_____

_____

_____

sustantivo _____

_____

_____

_____

sustantivo _____

_____

_____

_____

sustantivo _____

_____

_____

_____

sustantivo _____

_____

_____

_____

C. Forma categorías. Usando los datos generados en A y B, forma dos categorías, una de elementos descriptivos y otra de acontecimientos específicos.

elementos descriptivos

colores, cuevas, animales _____

_____

_____

_____

acontecimientos específicos

el descubrimiento del arte rupestre en la

Cueva de Altamira en 1879 _____

_____

_____

_____

_____

INTRODUCCIÓN A LA ESCRITURA

 ## La narración

Antes de escribir una narración, es necesario elegir un punto de vista (primera persona o tercera persona) y un narrador (omnisciente o limitado) a través del cual vas a presentar el primer plano y el trasfondo[1] de tu narración. En efecto, como observaste en la práctica *Forma categorías* en la página anterior, hay dos categorías fundamentales que se emplean en una narración: el primer plano, que destaca la trama y los acontecimientos específicos más importantes de la narración y el trasfondo, que incluye los elementos descriptivos y secundarios de la narración.

- **El primer plano.** El pretérito es el tiempo más común y más conveniente para describir la trama y las acciones que ocupan el primer plano de una narración. En un cuento, los verbos en pretérito le dan continuidad a la trama.

- **El trasfondo.** El imperfecto es el tiempo más común y mas conveniente para describir el trasfondo de una narración.

Ejemplo:

> Afuera **llovía** y **hacía** muchísimo frío mientras que adentro se **escuchó** un grito de terror.

Trasfondo:

> Afuera **llovía** y **hacía** muchísimo frío...
>   imperfecto imperfecto

Primer plano:

> ... mientras que adentro se **escuchó** un grito de terror.
>   pretérito

 ## Modelo

Lee la narración siguiente sobre la historia de España. Luego, identifica los verbos y escríbelos en el esquema de la página siguiente.

ÉRASE UNA VEZ

Un continente donde los matrimonios arreglados para fortalecer los reinos eran frecuentes. En España se hacían comúnmente. Isabel la Católica se casó con Fernando de Aragón, aunque Felipe el Bueno, duque de Borgoña, había enviado antes una comitiva para saber si podía casarse con ella. Entre los comisionados estaba el pintor Jan Van Eyck, que continuaba su trabajo después de la muerte de su hermano Hubert. Como la respuesta tardó, Jan aprovechó para pintar un retrato a la futura reina y visitar las cortes españolas.

La familia de la joven princesa era amante del arte. Su padre Juan II y su hermano Enrique IV coleccionaban tablas castellanas y flamencas. Pero el rey vio la conveniencia de casar a su hija con Fernando para encontrar un aliado contra Francia (la eterna enemiga de España). Así que le dijo "no" al bueno de Felipe, y con la unión de los Reyes Católicos el reino tuvo a la pareja más poderosa después de los Valois de Francia.

---

[1]trasfondo *background*

primer plano

se casó _____

_____

_____

_____

_____

trasfondo

érase _____

_____

_____

_____

_____

Bosquejo

Ahora, vuelve al tema que elegiste en *Genera ideas* (página 57). Usando las líneas a continuación, escribe un bosquejo de las ideas o acciones principales que forman cada párrafo. Después, escribe el punto de vista, el narrador y los elementos del primer plano y los del trasfondo que ilustran cada idea o acción principal.

Párrafo I

idea o acción principal _____

punto de vista _____

narrador _____

primer plano _____

_____

trasfondo _____

Párrafo 2

idea o acción principal _____

punto de vista _____

narrador _____

primer plano _____

_____

trasfondo _____

_____

Párrafo 3

idea o acción principal _____

punto de vista _____

narrador _____

primer plano _____

_____

trasfondo _____

_____

Párrafo 4

idea o acción principal _____

punto de vista _____

narrador _____

primer plano _____

_____

trasfondo _____

_____

Párrafo 5

idea o acción principal _____

punto de vista _____

narrador _____

primer plano _____

_____

trasfondo _____

_____

 *Redacción*

Tarea: Complete these sections (*Redacción* and *Sugerencias para usar la computadora*) before beginning the *Enlace* section on page 75 of your in-class textbook. Plan to work with a partner during your next class to complete the *Enlace* activities in your textbook.

Volviendo al tema que elegiste en *Genera ideas*, (página 57), escribe una narración breve. Presta atención a los verbos y elige el tiempo apropiado (imperfecto o pretérito) para cada uno. Incorpora expresiones de tiempo y secuencia de la tabla siguiente y una conclusión utilizando las expresiones de la tabla de la página 51.

Expresiones de tiempo y secuencia

tiempo
en aquel entonces   *in those days*
en esa época   *in that era*
érase una vez   *once upon a time*

había una vez   *once upon a time*

secuencia
al + *infinitivo*   *upon* verb + *-ing*
al principio   *at the beginning*
antes de (que)   *before*
cuando   *when*
después de (que)   *after*
durante   *during*
entonces, luego   *then*
mientras   *while*
primero, segundo, etc.   *first, second, etc.*
ya   *already*

 Sugerencias para usar la computadora

Usa tu computadora para concentrarte en los verbos que se usan en la narración. Escribe los verbos de tu composición en cursiva[1]. Luego, decide si pertenecen al primer plano o al trasfondo de la acción. Haz las correcciones necesarias y cambia los verbos de letra cursiva a letra de imprenta.

---

[1]escribir en cursiva   *to italicize*

Tarea: Revise your composition and create a final draft, using your partner's comments and the checklist from the *Redacción* activity of the *Enlace* section on page 76 of your in-class textbook. Then complete this section (*Mi diario personal*) before beginning *Capítulo 3* of your in-class textbook.

Mi diario personal

En las líneas siguientes, narra un suceso interesante que te haya occurrido, usando el imperfecto y el pretérito.

Mi diario

CAPÍTULO 3

La educación

Propósitos

Tema: **La vida académica**

Primera etapa: **Preparación**

Estudio de palabras: Familias de palabras

Lectura: "Suecia «motiva» a los malos alumnos con un sueldo mensual"

Segunda etapa: **Estructuras**

Primera estructura: Mandatos formales

Segunda estructura: Pronombres de complemento directo e indirecto

Tercera etapa: **¡A escuchar!**

Sugerencias para escuchar mejor: Cómo tomar apuntes

Primer encuentro: El contestador automático

Segundo encuentro: La ayuda económica

Cuarta etapa: **¡A redactar!**

Introducción a la escritura: La persuasión

Mi diario personal

PRIMERA ETAPA: Preparación

Tarea: Complete these sections (*Estudio de palabras* and *Lectura*) before going on to the *Así es* section on page 90 of your in-class textbook.

 ## ESTUDIO DE PALABRAS

○○○○○○○○○
Familias de palabras

Root words and affixes. Learning to recognize families of words in Spanish will improve your listening and reading comprehension skills and also enable you sometimes to come up with words on the spot while speaking. There are really two steps in recognizing and creating word families. First, you must learn to recognize common roots. Second, you must learn the most common affixes. For example, the root word in *repintar* is *pintar* (to paint). By adding the prefix *re-* (again) the meaning has been changed from "to paint" to "to repaint."

Pintar y palabras relacionadas

verbs	**nouns**	**adjectives**
pintar *to paint*	pintor (m.) *painter*	pintado/pintada *painted*
pintarrajear *to daub*	pintura *painting*	pinto/pinta *spotted*
		pintoresco/pintoresca *picturesque*

All of the above words have the idea of *pintar* in their meaning. *Pintarrajear* means to smear paint, *un pintor* is one who paints, and *una escena pintoresca* is a memorable scene, one that could be the subject of a painting.

Now, let's have a look at some common Spanish affixes and their meanings. Most of the categories are based on a noun or verb root + suffix. Study the examples below.

jugar →	**jug-** →	*jug-* + *-ada* →	*jugada*	play (e.g., a soccer play)
cariño →	**cariñ-** →	*cariñ-* + *-oso/osa* →	*cariñoso/carinosa*	affectionate

As you can see, we have transformed a verb root into a noun and a noun root into an adjective just by adding a suffix. As you study the common suffixes in the *Práctica* below, notice the type of transformation that has taken place in each category.

Prácticas

A. Sufijos. Aquí hay una variedad de sufijos que te ayudará a ampliar tu vocabulario. Usando tu diccionario de español-inglés, escribe el significado de las palabras siguientes según los ejemplos.

verb		**verb root**	**+ suffix =**	**noun**	
1. entrar	*to enter*	entr-	-ada	entrada	*entrance*
2. partir		part-	-ida	partida	
3. prestar		prest-	-amo	préstamo	
4. lavar		lav-	-adero	lavadero	
5. trabajar		trabaj-	-ador	trabajador	
6. hablar		habl-	-ante	hablante	

noun		**noun root**	**+ suffix =**	**adjective**	
7. pluma	*feather*	plum-	-oso/-osa	plumoso/plumosa	*feathery*
8. barba		barb-	-udo/-uda	barbudo/barbuda	
9. sed		sed-	-iento/-ienta	sediento/sedienta	
10. azul		azul-	-ino/-ina	azulino/azulina	
11. refresco		refresc-	-ante	refrescante	
12. lástima		lastim-	-oso/-osa	lastimoso/lastimosa	
13. alimento		aliment-	-icio/-icia	alimenticio/alimenticia	

noun		**noun root**	**+ suffix =**	**noun**	
14. zapato	*shoe*	zapat-	-ería	zapatería	*shoe store*
15. carne		carn-	-ívoro	carnívoro	
16. ropa		rop-	-ero	ropero	
17. viaje		viaj-	-ero	viajero	
18. vecino		vecin-	-dad	vecindad	

B. Prefijos. El español y el inglés tienen muchos prefijos en común. Usando tu diccionario de español-inglés, escribe el significado de las palabras siguientes según los ejemplos. Después identifícalas como adjetivo o sustantivo.

prefijo

1. des-   *take away*   deshacer   _to undo_____   _verb_____

                         descanso   _____   _____

                         descalzo/descalza   _____   _____

2. trans- *across*   transplantar   _to transplant___   _verb_____

                         transoceánico/
                         transoceánica   _____   _____

                         transformación   _____   _____

3. ante-   *before*   antedatar   _to backdate_____   _verb_____

                         antepenúltimo/
                         antepenúltima   _____   _____

                         antebrazo   _____   _____

4. multi- *many*   multiplicar   _to multiply_____   _verb_____

                         multicultural   _____   _____

                         multicopista   _____   _____

5. mal-   *bad*   malcomer   _to eat poorly___   _verb_____

                         malcriado/malcriada   _____   _____

                         maldición   _____   _____

6. sub-   *below*   subrayar   _to underline____   _verb_____

                         subdirector   _____   _____

                         submarino/submarina   _____   _____

C. Invenciones. Transforma las raíces siguientes en las formas indicadas usando afijos apropiados. Puedes usar tu diccionario bilingüe.

root		verb	noun	adjective
1. madre	*mother*	comadrear	madrina	materno
2. baile	*dance*			
3. fiesta	*party*			
4. amor	*love*			
5. cuenta	*account*			
6. padre	*father*			

LECTURA

Introducción

Motivar a los alumnos que no quieren estudiar es un problema común en muchos lugares del mundo. Cada año, miles de profesores toman cursos para ayudar y atender a los estudiantes que suspenden sus estudios. ¿Cómo solucionar este problema? ¿Cómo se puede lograr un mejor rendimiento por parte de los estudiantes? El Ministerio de Educación de Suecia cree haber encontrado la respuesta.

Antes de leer

A. ¿Por qué no estudian? Escribe una lista que incluya seis factores que pueden contribuir a que los alumnos no den buen rendimiento académico.

Ejemplo: *asistencia irregular a clases*

1. _____
2. _____
3. _____
4. _____
5. _____
6. _____

B. ¿Cómo lo harías? Si tuvieras que motivar a un/una estudiante, ¿cómo lo harías? Escribe una lista con cinco sugerencias.

Ejemplo: *ayudarlo con la tarea*

1. _____

2. _____

3. _____

4. _____

5. _____

 **¡A leer!**

A. Vocabulario esencial. Estudia las palabras y frases siguientes antes de leer "Suecia «motiva» a los malos alumnos con un sueldo mensual".

Suecia «motiva» a los malos alumnos con un sueldo mensual

abonar   *to credit, award*
asegurar   *to assure*
aventajado/aventajada   *outstanding, advantageous*
fomentar   *to encourage, promote*
batalla   *battle*
broma   *joke*
comprobar   *to prove*

enterarse   *to find out*
merecer la pena   *to be worth it*
meter ruido   *to make noise*
portarse   *to behave oneself*
presupuesto   *budget*
sueldo-aliciente   *incentive pay*
varón (m.)   *male*

Suecia «motiva» a los malos alumnos con un sueldo mensual

Estocolmo, **Carmen Villar Mir**

Que casi todas las cosas tienen un precio es algo que todos aprendemos tarde o temprano, pero que la buena conducta, o mejor dicho, la mala también lo tiene es algo verdaderamente nuevo. Por lo menos para los alumnos suecos que acaban de enterarse que su conducta es negociable.

«Poderoso caballero es Don Dinero». Una vez más puede comprobarse la validez y universalidad de esta sentencia. En Suecia, como un nuevo plan de acción para conseguir un alto porcentaje de alumnos aventajados, se ha ideado pagar una especie de «sueldo-aliciente» mensual a los malos alumnos para que no falten a clase y no molesten.

Aunque esta noticia parezca una broma, es absolutamente cierta. Efectivamente, cada mes la Delegación Escolar Provincial de Perstorp, abona mil quinientas coronas (unas treinta mil pesetas libres de impuestos y en dinero contante y sonante) a los malos estudiantes para que asistan a clase y se porten bien. Se trata de esos chicos (casi siempre son varones) que fuman, beben cerveza, hablan fuerte y mal, meten mucho ruido con sus motocicletas, insultan a sus profesores y muestran una actitud tan deplorable en el colegio que la única medida anterior era expulsarlos. Pero ahora, en esta nación, tan modernista y tan antigua a la vez, se pone en práctica «un método de sueldo escolar». Por supuesto, ha sido criticado por casi todos y está siendo objeto de comentarios en los periódicos y en la televisión.

Fuerte rechazo

Kaj Seger, así se llama el inventor del revolucionario método asegura, no obstante, que «pagando se consigue todo, incluso buenos alumnos». Y añade que «mil quinientas coronas al mes por chico bien merecen la pena si con ese dinero se fomenta el desarrollo de esos jóvenes para que se conviertan en personas armónicas y en ciudadanos competentes, conscientes de su responsabilidad». Lo peor del caso es que parece que el método, de momento, está dando buenos resultados y otros colegios piensan seriamente seguir el ejemplo de Perstorp. Los alumnos aplicados, que van a clase y no molestan, no reciben ni un céntimo: «Los malos alumnos son siempre producto de un hogar desordenado o tienen defectos de carácter psíquico. Si por un presupuesto de unos miles de coronas al mes podemos cambiar a esos jóvenes y hacerlos asistir a las clases sin molestar, la sociedad ha ganado una buena batalla». El experimento es todavía tan reciente que no se sabe si esos «pequeños gansters a sueldo» aprobarán o no a final de curso, pero el Skolstyrelsen (Consejo Superior de la Enseñanza) asegura que si los resultados son positivos piensa introducir este sistema en todas las escuelas suecas: «Todos los métodos, por radicales que sean, serán válidos para conseguir la «pax escolaris», asegura Karl-Erik Ericsson, Presidente de ese Consejo.

Las líneas del Ministerio de Educación han estado bloqueadas durante los últimos días por miles de ciudadanos que querían protestar. Algunos de los alumnos «värstingar» se han pronunciado sobre «el sueldo»: Un joven de quince años comentaba: «Tengo la cosa muy clara, cuanto peor me porte... más cobraré».

B. Comprensión. Despues de leer el artículo, contesta las siguientes preguntas brevemente en español.

1. ¿Para qué les pagan a los malos estudiantes?

_____

_____

2. ¿Cuánto dinero se abona en el programa?

_____

_____

3. ¿Cuál es el comportamiento del estudiante "malo"?

_____

_____

4. ¿Qué reciben los alumnos aplicados?

_____

_____

5. ¿Qué resultados ha dado el experimento hasta ahora?

_____

_____

6. ¿Cuál fue la reacción de un buen estudiante de quince años?

_____

_____

C. **Suecia «motiva» a los malos alumnos.** ¿Estás de acuerdo con un sueldo-aliciente? Escribe un párrafo breve explicando tu respuesta.

_____

_____

_____

_____

_____

_____

_____

_____

_____

_____

 *Después de leer*

Otras soluciones. Aunque en los colegios y escuelas secundarias el castigo como método de enseñanza no está reconocido, todavía existe en algunos sistemas escolares. Lee el artículo siguiente y escribe cuatro comentarios a favor y otros cuatro en contra del castigo como método de enseñanza.

Los españoles, a favor del castigo como método de enseñanza

Madrid, **A. E.**

El 51 por 100 de los españoles se muestra a favor de enseñar a obedecer a los niños desde pequeños aunque sea con castigos, según una encuesta del Centro de Investigaciones Sociológicas (CIS) realizada entre 2.500 personas. El estudio recoge las opiniones y actitudes de la sociedad ante la infancia y señala que el 65 por 100 de los españoles está de acuerdo con que «un azote[1] evita mayores problemas».

a favor

1. _____

2. _____

3. _____

4. _____

en contra

1. _____

2. _____

3. _____

4. _____

---

[1] azote (m.)   *beating, whipping*

SEGUNDA ETAPA: Estructuras

Tarea: Complete this section *(Primera estructura)* before going on to the *Primera función* section of page 96 of your in-class textbook. In addition, you may wish to review the grammar terms in *Appendix A* of this book before beginning the *Primera estructura.*

 ## PRIMERA ESTRUCTURA

Mandatos formales

Forming commands. Commands are strong, direct expressions in which one person tries to make another person take a specific action. For example:

¡Hablen en voz baja! ¡Hagan la tarea!

As you probably remember from your beginning Spanish course, all commands, except for the affirmative *tú* and *vosotros* forms, are based on the present subjunctive. This makes a lot of sense when you remember that one of the concepts underlying the subjunctive is that of cause and effect. In fact, you might want to think of commands as just part of a complete sentence, such as the following example:

Quiero que ustedes *lean el cuento.* → *¡Lean el cuento!*

As you can see, the full sentence beginning with *quiero que* was transformed into a formal command by dropping off the main clause. The subject pronoun *ustedes* may also be deleted because it is clearly understood when one person gives an order to another. Here is a reminder of how to form the *usted* and *ustedes* forms of the present subjunctive.

- Take the first-person singular of the present indicative and remove the *o*.
  leo → *le*
- For the singular formal command *usted,* add the opposite theme vowel: *e* for *-ar* verbs and *a* for *-er* and *-ir* verbs.
  le + *a* → *lea*
- For the plural *ustedes,* add the person/number marker *n*.
  lea + *n* → *lean*

The **singular formal commands** are the same as the third-person singular forms of the present subjunctive, for example:

¡Hable!	*¡Lea!*	*¡Diga!*

The **plural formal commands** are the same as the third-person plural forms of the present subjunctive.

¡Hablen!	*¡Lean!*	*¡Digan!*

In order to make **negative formal commands,** just place *no* before the verb.

¡No hable!	*¡No lea!*	*¡No diga!*
¡No hablen!	*¡No lean!*	*¡No digan!*

Recuerda: Reflexive pronouns are attached to affirmative commands but precede the verb in negative commands. *Ejemplos: gradúese este año; no se matricule.*

Mandatos formales

	-ar	-er	-ir
singular (usted)	(no) estudie	(no) lea	(no) escriba
plural (ustedes)	(no) estudien	(no) lean	(no) escriban

▲ Because several formal commands have irregular stems, a list of the most common ones are shown in the box below.

Mandatos formales irregulares

infinitivo	singular (usted)	plural (ustedes)
dar	(no) dé	(no) den
estar	(no) esté	(no) estén
ir	(no) vaya	(no) vayan
saber	(no) sepa	(no) sepan
ser	(no) sea	(no) sean

Recuerda: Remember that the written forms of verbs ending in *-car, -gar, and -zar* change their spelling. *Ejemplos: sacar* → sa**qu**e; *pagar* → pa**gu**e; *cazar* → ca**c**e.

Prácticas

A. Primera asistencia. Lee este artículo sobre cómo prepararse para el primer día de clases y escribe los mandatos formales a continuación.

_____

_____

_____

_____

_____

_____

_____

_____

La Primera Asistencia

Existen métodos efectivos para ayudar al escolar de nuevo ingreso. Prepárese para este ciclo:
• Háblele de las maravillas que encontrará en la escuela
• Si tiene hermanos, que cuenten sus experiencias al estudiar
• Recuérdele que deberá usar colores, goma de pegar o tijeras para recortar
• Dígale que ya está grandote y debe ir a la escuela para conocer a otros niños de su edad. Actúe ahora y el próximo año no se repetirá el drama
• Cómprele juegos didácticos como pizarras con su borrador y gises o libros para colorear y recortar
• Procure que el niño conviva con otros que ya van a la escuela
• Que acompañe a la madre a reuniones y actividades de la escuela de su hermano o hermanos
• Lo más importante es jamás imponerle castigos porque no quiere ir a la escuela
Cuando el problema ya es difícil de atacar: utilice el método de aproximación sucesiva, que consiste en acompañarlo durante su jornada escolar y paulatinamente ir dejándolo en compañía de su maestro o compañeros.

B. En la sala de clase. Tienes costumbre de escuchar mandatos en la sala de clase, ¿no? Mira la siguiente lista de expresiones y conviértelas en mandatos formales afirmativos o negativos.

	singular	**plural**
Ejemplo: hablar en voz alta	*¡Hable en voz alta!*	*¡Hablen en voz alta!*
1. prestar atención		
2. no faltar a clase		
3. tomar apuntes		
4. entregar la tarea		
5. no sacar malas notas		
6. leer en voz alta		
7. aprender el vocabulario		
8. no salir mal en el examen		
9. asistir a clase		
10. traer el *Diario de actividades*		

C. Consejos para un estudiante de primer año. ¿Te acuerdas de tu primer año en la universidad? Sin duda, tus profesores y consejeros te dieron muchos consejos. Cambia los verbos a continuación y únelos a las frases de la otra columna para completar los consejos que les darías a tus amigos. Escribe los mandatos formales en los espacios en blanco y agrega los signos de exclamación.

estudiar	con los requisitos
no copiar	en física
cumplir	dos horas por cada hora de clase
no pedir	a tus profesores
especializarse	préstamos
no criticar	los apuntes de tus compañeros

1. *¡Estudie dos horas por cada hora de clase!*

2.

3.

4.

5.

6.

CH. Una manifestación. En las universidades hispanas, las manifestaciones políticas son muy frecuentes. Trabajando con alguien de la clase, elijan un tema de protesta y escriban cinco peticiones en forma de mandatos en plural.

Ejemplo: *¡Bajen la matrícula!*

1. _____
2. _____
3. _____
4. _____
5. _____

D. Mandatos para todos. Escribe tres sugerencias en forma de mandatos formales que les harías a cada una de las siguientes personas.

1. profesor/profesora de español _____

_____

_____

2. presidente/presidenta de la universidad _____

_____

_____

3. compañero/compañera de clase _____

_____

_____

4. amigo/amiga de la escuela secundaria _____

_____

_____

E. El primer día de clase. Casi todos recordamos el primer día de la escuela primaria, ¿no? Escríbeles cinco consejos a los niños que están a punto de comenzar su carrera escolar.

Ejemplo: *Compren una caja de lápices de colores.*

1. _____
2. _____

3. _____

4. _____

5. _____

 ## SEGUNDA ESTRUCTURA

Pronombres de complemento directo e indirecto

Tarea: Complete this section *(Segunda estructura)* before going on to the *Segunda función* section of page 98 of your in-class textbook. In addition, you may wish to review the grammar terms in *Appendix A* of this book before beginning the *Segunda estructura*.

Direct object pronouns. Direct object pronouns are used to replace or refer to direct object nouns. Notice that in the following sentences the pronouns have the same number, gender, and person as the nouns they replace and that they come directly before the conjugated verb.

Compro **los libros** de segunda mano.	**Los** compro de segunda mano.
Veo a **mi consejera** todos los días.	**La** veo todos los días.

Pronombres de complemento directo

Los estudiantes **me** ven.	The students see **me**.
Los estudiantes **te** ven.	The students see **you**.
Los estudiantes **lo** ven.	The students see **him, you** *(m.)*, **it**.
Los estudiantes **la** ven.	The students see **her, you** *(f.)*, **it**.
Los estudiantes **nos** ven.	The students see **us**.
Los estudiantes **os** ven.	The students see **you (all)** *(m./f.)*.
Los estudiantes **los** ven.	The students see **them, you (all)** *(m.)*, *(m.+f.)*.
Los estudiantes **las** ven.	The students see **them** *(f.)*, **you (all)** *(f.)*.

Indirect object pronouns. Indirect object nouns and pronouns indicate to whom or for whom something is being done. You already used the indirect object pronouns when you studied *gustar* and other related words. Notice that in the following sentences the indirect object pronouns have the same number and person as the nouns they replace and that they come directly before the conjugated verb.

José **me** compró una computadora IBM.	José bought **me** an IBM computer.
Te daré mi computadora vieja.	I'll give **you** my old computer.

Pronombres de complemento indirecto

Tomás **me** escribe una carta.	Tomás writes **me** a letter.
Tomás **te** escribe una carta.	Tomás writes **you** a letter.
Tomás **le** escribe una carta.	Tomás writes **him, her, you** a letter.
Tomás **nos** escribe una carta.	Tomás writes **us** a letter.
Tomás **os** escribe una carta.	Tomás writes **you (all)** a letter.
Tomás **les** escribe una carta.	Tomás writes **them, you (all)** a letter.

Two object pronouns in the same sentence. In both English and Spanish, it is possible to use two object pronouns in the same sentence. This usually occurs in requests or in answers to questions. In both situations, the direct and indirect objects have been previously stated.

Notice that the indirect object pronouns *le* and *les* change to *se* when they are followed by *lo, la, los,* or *las.*

*¿**Me** da **sus apuntes?***	*Sí, **se los** doy.*
*Préste**me sus apuntes,** por favor.*	*Préste**melos,** por favor.*

You have already learned that when there is only one object pronoun in the sentence, it comes directly before the conjugated verb. When there are two object pronouns, however, the order is as follows: indirect object, direct object, conjugated verb.

In addition, your sentence may contain a special type of verb, such as an infinitive, a gerund, or a command. In the case of an infinitive or gerund, the object pronouns may be attached to the infinitive or may precede the conjugated verb.

¿Va a prestarme sus apuntes?	*Sí, voy a prestar**le** mis apuntes.*
	*Sí, voy a prestár**selos.***
	*Sí, **se los** voy a prestar.*
El profesor me está explicando el texto.	*El profesor está explicándo**me** el texto.*
	*El profesor está explicándo**melo.***
	*El profesor **me lo** está explicando.*

When pronouns are used with commands, they are attached to direct affirmative commands, but precede negative ones. Notice that it is often necessary to add a written accent mark to the special verb form whenever you attach an object pronoun or two.

¿Quiere usted mi calculadora?	*Sí, de**me** su calculadora.*
	*Sí, dé**mela.***
	*No, no **me la** dé.*

A. Para su hijo. Lee el anuncio siguiente y marca los complementos directos con una D y los indirectos con una I.

¿Sabe lo que le puede regalar a su hijo en este regreso a clases?

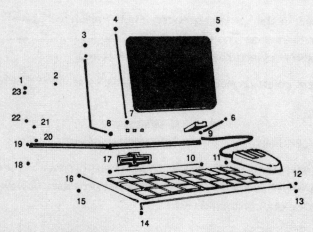

Una los puntos y asómbrese de lo que le puede regalar.

Así es, ¡le puede regalar una computadora IBM! Y es que ahora IBM tiene precios especiales para estudiantes como el de la poderosa pero sencilla PS/1 386 a Color y con disco duro a tan sólo $1,599.^{z00z} dólares + iva. Y para que la pueda comprar fácilmente, Bancomer le ofrece un plancrédito para computadoras IBM desde $336,000.^{z00z} pesos mensuales. Sin enganche, con pagos fijos o nivelados, a uno o dos años, utilizando su Cuenta Maestra Bancomer y la Tarjeta de Inversión Junior de su hijo.

Solicite mayores informes con su Distribuidor Autorizado IBM y haga equipo con IBM y Bancomer, regalándole a su hijo una computadora PS/1 de IBM.

B. **¿Qué hiciste?** Cambia las oraciones siguientes según el ejemplo.

Ejemplo: Compré un libro.   *Lo compré.*

1. Compré las libretas. _____

2. Perdimos los apuntes. _____

3. Pablo vio a Teresa. _____

4. Ustedes alquilaron el apartamento. _____

5. Nosotros escribimos las cartas. _____

6. Los consejeros vieron a los estudiantes. _____

7. El decano llamó a la secretaria. _____

8. Yo pagué las multas. _____

C. **Preguntas personales.** Usando el ejemplo como modelo, escribe ocho preguntas con las palabras interrogativas siguientes y el vocabulario del *Capítulo 3*. Después, contesta las preguntas usando pronombres de complemento directo.

¿Quién?   ¿Cuándo?   ¿Dónde?   ¿Por qué?   ¿Cómo?   ¿Cuánto?   ¿Qué?   ¿Cuál?

Ejemplo: *¿Cuándo pagas la matrícula?*   *La pago en enero.*

1. _____

_____

2. _____

_____

3. _____

_____

4. _____

_____

5. _____

_____

6. _____

_____

7. _____

_____

8. _____

_____

CH. En la oficina de inscripción. Lee las siguientes expresiones. Luego, escribe nuevamente las expresiones, cambiando los complementos directos por pronombres en mandatos afirmativos y negativos según el ejemplo.

Ejemplo: Pague la matrícula.   *¡Páguela!* _____ / *¡No la pague!* _____

1. Deje la clase.   _____ / _____

2. Solicite la beca.   _____ / _____

3. Escojan los cursos electivos. _____ / _____

4. Consigan el documento.   _____ / _____

5. Saque el libro.   _____ / _____

6. Presten los apuntes.   _____ / _____

7. Califique los exámenes.   _____ / _____

8. Dé la prueba.   _____ / _____

D. ¿Para quién? Escribe oraciones completas, sustituyendo los complementos por pronombres.

Ejemplo: el profesor / calificar la composición / a mí
El profesor me la va a calificar.

1. el consejero / rellenar las solicitudes / a Ana _____

_____

2. los profesores / entregar los exámenes / a nosotros _____

_____

3. el decano / subir el sueldo / a los profesores _____

_____

4. los estudiantes / escribir cartas / a sus amigos _____

_____

5. yo / corregir la composición / para ti _____

_____

6. tú / sacar los libros de la biblioteca / para mí _____

_____

E. Síntesis. Lee el artículo siguiente sobre las notas de octavo grado de Elvis Presley. Después, escribe sobre las notas que recibiste tú y explica por qué las recibiste. Usa pronombres de complemento directo e indirecto en tu párrafo.

¿Quién se lo iba a decir a la maestra de música de Elvis...?

EL REY DEL ROCK CON C EN MUSICA

El libro ''Elvis: From Memphis to Hollywood'' ha sacado a relucir un secreto que el ''Rey del Rock'', Elvis Presley, había guardado en una gaveta: una ''C'' en música, en sus notas de octavo grado. Escrito por Alan Fortas, un miembro de la compañía del famoso músico, el libro saca a la luz algunas de las calificaciones de cuando Elvis era un estudiante en Memphis. Pero, ni su ''F'' en mecanografía ni su ''C'' en matemáticas nos da tanta sorpresa como esa ''C'' que obtuvo específicamente en la materia que lo haría célebre a nivel mundial: la música.

_____

_____

_____

_____

_____

_____

_____

TERCERA ETAPA: ¡A escuchar!

Tarea: Complete these sections (*Sugerencias para escuchar mejor* and *Primer encuentro*) before going on to the *Primer encuentro* on page 102 of your in-class textbook.

Sugerencias para escuchar mejor

Cómo tomar apuntes. Note-taking is a very practical listening-related skill. As you develop your proficiency in Spanish, you will probably be interested in taking classes or attending lectures in which you would like to take notes in Spanish. Research has indicated that quantity of notes taken has very little relationship to how much one understands. Making a decision to write something down requires the listener to disengage his/her focus from the lecture. Therefore, when taking notes, it is important to recognize what information is most important and how much to write down. If you are an experienced note-taker in English, you probably have developed your own system and shortcuts. With practice, you will eventually be able to do the same in Spanish.

If you would like to improve your note-taking skills, here are some suggestions that you may want to try out as you practice taking notes. Remember, however, that the more you write, the more you will have to divert your focus from the lecture.

Stating the topic
- Topic — Write down a word or phrase to identify the main topic or the topic of one segment of the lecture.
- Translation — Write down the English equivalent of the topic.
- Copying — Write down what the lecturer has written on the chalkboard or overhead transparency.
- Illustrating — Draw a diagram or chart that represents the topic.
- Example — Write an example that corresponds to the topic.

Putting points in order
- Listing — Number important points in order.
- Labeling — Label notes for main points like the result, conclusion, etc.
- Relating — Use symbols such as arrows or circles to relate points.

Highlighting notes
- Emphasizing — Use a highlighter pen, underline, circle, or draw a symbol to emphasize important points.
- De-emphasizing — Use parentheses or brackets to de-emphasize lesser points.

Revising notes
- Inserting   Use an arrow, asterisk, or other symbol to insert additional information.
- Deleting   Mark through or erase unnecessary information.

 PRIMER ENCUENTRO

El contestador automático

 Antes de escuchar

A. Los contestadores automáticos. Escribe cinco ejemplos de los tipos de recados que típicamente recibes en tu contestador automático.

Ejemplo: *la oficina del médico para confirmar una cita*

1. _____

2. _____

3. _____

4. _____

5. _____

B. Tu mensaje. Normalmente antes de grabar el mensaje en un contestador hay que escribir una o dos versiones para decidir cuál quieres utilizar. ¿Qué dirías si tuvieras que grabar un mensaje en español para tu contestador automático? Termina el mensaje que sigue con los datos apropiados.

Éste es el contestador autómatico de... _____

_____

_____

_____

_____

_____

_____

 **Comprensión**

Play student tape: *El contestador automático*

Unos recados. ¿Has tomado o dejado alguna vez un recado en español? Escucha tu cassette y completa estos formularios y los de la página siguiente con los datos adecuados.

Para _____

Fecha _____ Hora _____

DURANTE SU AUSENCIA

Sr./Sra./Srta. _____

De _____

Teléfono _____

HA LLAMADO		LE DEVOLVIÓ LA LLAMADA	
QUIERE VERLO		POR FAVOR LLÁMELO	
LLAMARÁ OTRA VEZ		URGENTE	

Mensaje _____

_____

_____

_____

_____

_____

_____

_____ Recepcionista

Para _____

Fecha _____ Hora _____

DURANTE SU AUSENCIA

Sr./Sra./Srta. _____

De _____

Teléfono _____

HA LLAMADO		LE DEVOLVIÓ LA LLAMADA	
QUIERE VERLO		POR FAVOR LLÁMELO	
LLAMARÁ OTRA VEZ		URGENTE	

Mensaje _____

_____

_____

_____

_____

_____ Recepcionista

Para _____

Fecha _____ Hora _____

DURANTE SU AUSENCIA

Sr./Sra./Srta. _____

De _____

Teléfono _____

HA LLAMADO		LE DEVOLVIÓ LA LLAMADA	
QUIERE VERLO		POR FAVOR LLÁMELO	
LLAMARÁ OTRA VEZ		URGENTE	

Mensaje _____

_____

_____

_____

_____

_____ Recepcionista

Para _____	Para _____	
Fecha _____ Hora _____	Fecha _____ Hora _____	

DURANTE SU AUSENCIA

Sr./Sra./Srta. _____

De _____

Teléfono _____

HA LLAMADO		LE DEVOLVIÓ LA LLAMADA	
QUIERE VERLO		POR FAVOR LLÁMELO	
LLAMARÁ OTRA VEZ		URGENTE	

Mensaje _____

_____

_____

_____

_____

_____

_____

Recepcionista

DURANTE SU AUSENCIA

Sr./Sra./Srta. _____

De _____

Teléfono _____

HA LLAMADO		LE DEVOLVIÓ LA LLAMADA	
QUIERE VERLO		POR FAVOR LLÁMELO	
LLAMARÁ OTRA VEZ		URGENTE	

Mensaje _____

_____

_____

_____

_____

_____

_____

Recepcionista

Después de escuchar

La tecnología. ¿Te molestan las llamadas computarizadas? Escríbele una carta a una compañía pidiendo que deje de llamar a tu casa y que te borre de su lista de clientes.

Estimado señor/Estimada señora:

_____

_____

_____

_____

_____

_____

Sinceramente,

_____

SEGUNDO ENCUENTRO

La ayuda económica

Tarea: Complete this section (*Segundo encuentro*) before beginning the *Segundo encuentro* on page 105 of your in-class textbook.

Antes de escuchar

Un presupuesto. Escribe un presupuesto para tus estudios del próximo semestre o trimestre. Debes incluir los gastos educacionales directos, el costo de vida y los gastos especiales.

gastos académicos		**semestre/trimestre**
matrícula		_____
libros		_____
útiles (papel, fotocopias, etc.)		_____

costo de vida	**mes**	**semestre/trimestre**
alojamiento	_____	_____
alimentación	_____	_____
transporte	_____	_____
gastos personales	_____	_____

gastos especiales	**mes**	**semestre/trimestre**
guardería infantil	_____	_____
seguro médico	_____	_____
_____	_____	_____
_____	_____	_____
_____	_____	_____
_____	_____	_____
	total	_____

 *Comprensión*

Play student tape: *La ayuda económica*

La ayuda económica. Vas a escuchar una conferencia sobre un tema de interés para todos los estudiantes... ayuda económica. Escucha bien y toma nota de los aspectos importantes de esta conferencia, usando las seis preguntas siguientes como guía.

1. ¿Qué se entiende por ayuda económica?

_____

_____

_____

2. ¿Cómo se puede usar el dinero?

_____

_____

_____

3. ¿Cuáles son los tres tipos básicos de ayuda?

_____

_____

_____

4. ¿Cuándo hay que empezar a pagar un préstamo?

_____

_____

_____

5. ¿Quiénes pueden obtener ayuda económica?

_____

_____

_____

6. ¿Quién concede ayuda económica?

_____

_____

_____

Después de escuchar

El trabajo y el estudio. Debido a la inflación, muchos estudiantes tienen que trabajar para poder pagarse la matrícula. Escríbele una carta a un senador o a una senadora explicándole por qué el gobierno debe continuar su programa de préstamos para estudiantes con un porcentaje de interés bajo. Así, los estudiantes podrán continuar estudiando sin necesidad de trabajar.

Estimado senador/Estimada senadora:

_____

_____

_____

_____

_____

_____

_____

_____

_____

_____

_____

_____

_____

_____

Sinceramente,

_____

CUARTA ETAPA: ¡A redactar!

 Phrases/functions: Persuading; agreeing and disagreeing; weighing alternatives; weighing the evidence.
Vocabulary: Upbringing; school: *classroom, studies;* media: *telephone and telegraph, telephone and radio;* professions.
Grammar: Verbs: *imperative* (el imperativo); personal pronouns: *indirect/direct;* verbs: *present, preterite & imperfect.*

Phrases/functions
- writing an introduction
- linking ideas
- sequencing events
- making transitions
- writing an essay
- writing a conclusion

Tarea: Complete these sections (*Antes de redactar, Introducción a la escritura, Modelo,* and *Bosquejo*) before going on to the *Lectura* section on page 108 of your in-class textbook.

 ## Antes de redactar

Genera ideas. Elige un tema polémico relacionado con la educación y escribe ocho oraciones sencillas sobre ese tema.

Ejemplo: *el bilingüismo*   *Es importante.*
Da la oportunidad de obtener un empleo mejor.
Puede comunicarse en dos idiomas.

tema _____

1. _____

2. _____

3. _____

4. _____

5. _____

6. _____

7. _____

8. _____

INTRODUCCIÓN A LA ESCRITURA

 La persuasión

Una de las técnicas de redacción más importantes es la persuasión. Encontramos persuasión cuando leemos propaganda y reseñas de libros, obras de teatro, películas e interpretaciones musicales. Además, los periódicos y las revistas populares están saturados con artículos y cartas persuasivas.

Para persuadir a otra persona es necesario escribir en un estilo claro, fuerte y elegante para que el lector entienda bien el argumento y se sienta convencido. Para utilizar esta técnica, el escritor puede emplear varios recursos, entre ellos:

- Ilustrar la oración principal con detalles, ejemplos, datos, estadísticas, citas y referencias.
- Combinar oraciones y frases elegantemente.
- Utilizar frases de transición apropiadas.

Palabras y frases de transición

Las frases y palabras de transición se pueden agrupar según sus funciones, por ejemplo:

- Las que **introducen** una idea:

con respecto a	*with respect to, with regard to*
en cuanto a	*as to, with regard to*
se trata de	*deals with, speaks about*
tiene que ver con	*has to do with*

- Las que expresan un **orden** cronológico:

al fin	*finally*
al principio	*at the beginning*
en resumen	*in short, to sum up*
hasta ahora	*until now*

- Las que expresan **relaciones** de tiempo, espacio o importancia:

anteriormente	*previously, formerly*
en particular	*in particular*
hasta aquí	*until this point*

- Las que demuestran un **punto semejante** o que **unen:**

además	*moreover, furthermore*
del mismo modo	*in the same way, similarly*
ni... ni	*neither . . . nor*
o... o	*either . . . or*
pero	*but*
también	*also*
tampoco	*neither, not either, either*
y	*and*

- Las que **contrastan:**

al contrario	*on the contrary*
aunque	*although*
pero	*but*
por otra parte	*on the other hand*
sin embargo	*nevertheless, however*

- Las que anticipan una **conclusión:**

así (que)	*so (that), thus, in this manner*
como	*as, as if*
por eso	*for that reason*
ya que	*since, in as much as*

Para hacer transiciones elegantes entre oraciones o párrafos, utiliza las siguientes técnicas sencillas.

- Repite una porción de la sección anterior.

  *Hay mucha controversia en cuanto a la **educación pública** y a la **educación religiosa**. Los partidarios de **la religiosa** creen que... mientras los defensores de **la pública**...*

- Utiliza palabras y frases claves para mostrar el desarrollo de la tesis.

  *La **situación actual** de la educación pública en los Estados Unidos es bastante seria.*

  ***Actualmente**... con frecuencia les echan la culpa a los maestros por esta **situación**...*

- Numera las secciones.

  ***En primer lugar**, los recursos económicos han disminuido.*

  ***Segundo**, hoy en día es necesario que las madres trabajen fuera de la casa.*

Muchos estudiantes dominan la teoría.

A muchos estudiantes les planifican su horario.

Algunos incluso la ponen en práctica.

Algunos pueden elegir su tiempo.

 **Modelo**

Estudia el siguiente comentario escrito en un periódico por una estudiante mexicano-americana sobre sus experiencias en la escuela secundaria. Observa los detalles que utiliza para ilustrar la idea principal. También, fíjate en las palabras y frases de transición. Escribe los detalles así como las palabras y frases de transición en la página que sigue.

A mediados de mi segundo año de secundaria decidí vivir con mis abuelos en Palomas [México], por lo cual tuve que asistir a la escuela secundaria de Deming [Nuevo México]. Los primeros días no me molestó el viaje en camión (de Palomas a Deming) pero después de mi primera semana en la escuela, estaba cansada de ese viaje de 33 millas.

Cuando llegaba a casa de la escuela estaba demasiado cansada para hacer mi tarea y mis calificaciones bajaron. Antes de asisitir a la escuela de Deming, yo estaba en el equipo de tenis, pero en Deming no podía porque tenía que abordar el camión inmediatamente después de clases. No podía participar en otras actividades escolares además de las clases.

Decidí volver a El Paso después de dos meses y medio por causa de mis bajas calificaciones, por no poder participar en otras actividades escolares y por el viaje de dos horas (ida y vuelta) en el camión. Hoy soy graduada de Bel Air High School, donde fui miembro del equipo de tenis del distrito durante 1989–1990. Actualmente estoy asistiendo a clases en el Colegio Comunitario de El Paso, Texas, especializándome en educación física y salubridad.

Todo esto no hubiera sido posible si me hubiera graduado en la escuela secundaria de Deming. Con razón el 44 por ciento de los estudiantes deserta de la escuela antes de graduarse.

Los estudiantes necesitan un incentivo. Yo tuve suerte. Yo tuve la alternativa de ir a la escuela en Deming o en El Paso. Muchos estudiantes no tienen esta alternativa. Si Columbus tuviera su propia escuela secundaria, muchos estudiantes podrían usar ese tiempo en algo productivo o podrían participar en otras actividades escolares. De esta manera tendrían un incentivo para quedarse en la escuela.

detalles

_____

_____

_____

_____

_____

palabras y frases de transición

_____

_____

_____

_____

_____

 *Bosquejo*

Ahora, teniendo en cuenta el tema que elegiste en *Genera ideas* (página 91), usa las líneas a continuación para escribir el bosquejo para tu texto persuasivo.

tema _____

introducción _____

_____

_____

argumentos _____

_____

_____

_____

_____

detalles _____

_____

_____

_____

_____

_____

conclusión _____

_____

_____

 **Redacción**

Tarea: Complete these sections (*Redacción* and *Sugerencias para usar la computadora*) before going on to the *Enlace* section on page 113 of your in-class textbook. Plan to work with a partner during your next class to complete the *Enlace* activities in your textbook.

En una hoja aparte escribe un comentario en el que trates de convencer a otros de tu punto de vista sobre el tema polémico que elegiste en *Genera ideas* (página 91). No te olvides de incorporar palabras y frases de transición elegantes entre oraciones y párrafos.

 Sugerencias para usar la computadora

Aquí tienes la oportunidad perfecta para practicar la combinación de oraciones. Antes de revisar tu composición, guarda tu copia original y saca una copia con la que puedas experimentar. Utiliza las funciones de **copy, cut** y **paste** para determinar los efectos estéticos de una variedad de combinaciones.

Tarea: Revise your composition and create a final draft, using your partner's comments and the checklist from the *Redacción* activity of the *Enlace* section on page 114 of your in-class textbook. Then complete this section *(Mi diario personal)* before beginning *Capítulo 4* of your in-class textbook.

Mi diario personal

¿Te interesa la educación? En las líneas siguientes, expresa tus opiniones sobre la importancia de la educación para ti.

Mi diario

CAPÍTULO 4

Entre medio ambiente y desarrollo

Propósitos

Tema: La ecología

Primera etapa: Preparación

Estudio de palabras: Modismos y proverbios

Lectura: "Sin comerla ni beberla"

Segunda etapa: Estructuras

Primera estructura: El presente del subjuntivo

Segunda estructura: Cláusulas subordinadas usando el
subjuntivo

Tercera etapa: ¡A escuchar!

Sugerencias para escuchar mejor: Cómo usar cuadros,
diagramas y mapas

Primer encuentro: Un dibujo es mejor que mil palabras

Segundo encuentro: Montañas de basura

Cuarta etapa: ¡A redactar!

Introducción a la escritura: La crítica

Mi diario personal

PRIMERA ETAPA: Preparación

Tarea: Complete these sections (*Estudio de palabras* and *Lectura*) before going on to the *Así es* section on page 128 of your in-class textbook.

ESTUDIO DE PALABRAS

Modismos y proverbios

Spanish proverbs. When you read a passage in Spanish, you will find two types of words or phrases that frequently can be understood from context but can't be analyzed word by word. The first group refers to words usually called idioms, or *modismos*, and they vary from one language to another. For example, when you describe the weather in Spanish, you would say *hace frío* or *hace calor*, which means "it's cold" or "it's hot." The second group refers to a kind of phrase called proverbs, or *dichos* or *refranes*, and they may or may not have an exact English equivalent. For example, if you wish to tell someone in Spanish that "All that glitters is not gold," you would say *No es oro todo lo que reluce.* There are proverbs, however, that require a little detective work and creativity to find the appropriate meaning. *¡Adelante!* And remember . . . *Piedra movediza no coge musgo.*

Prácticas

A. Está lloviendo...
Mira el dibujo y escribe el equivalente del proverbio en inglés.

Recuerda: Before beginning the following *Práctica*, review the idiomatic expressions with *tener*, such as *tener frío,* and *hacer,* such as *hacer calor.*

B. ¿Cómo te sientes? Como repaso, describe brevemente cómo se siente cada persona en los dibujos siguientes usando la expresión idiomática adecuada con *tener.*

tener sueño	tener calor	tener hambre
tener suerte	tener sed	tener miedo

1. _____

2. _____

3. _____

4. _____

C. Una oraciones. Usando tu diccionario, da el equivalente de las siguientes oraciones en inglés.

1. El profesor me hizo una pregunta. _____

2. Algunos niños nunca hacen caso. _____

3. El frío hizo daño a los árboles. _____

4. La niña se volvió loca de alegría. _____

5. Al chico le daban vergüenza sus notas. _____

6. El reloj dio la hora. _____

7. Estoy a punto de terminar. _____

8. Tenía fiebre y guardó cama todo el día. _____

9. Voy a estar de vuelta el domingo. _____

10. Por fin, se pusieron de acuerdo. _____

CH. Al revés. Usando tu diccionario, busca las expresiones idiomáticas correspondientes en español.

Ejemplo: to make a decision   *tomar una decisión*

1. *to know by heart* _____

2. *to play a role* _____

3. *to take a trip* _____

4. *to pay attention to* _____

5. *to take a walk* _____

6. *to crawl* _____

7. *to give regards to* _____

8. *to wind (a watch)* _____

9. *to break to pieces* _____

10. *to carry out* _____

D. Refranes. Ahora, da una explicación de cada refrán en inglés. Algunos tienen equivalentes en inglés, pero otros son más originales.

1. En casa de herrero cuchillo de palo. _____

   _____

2. Dime de qué presumes y te diré de qué careces. _____

   _____

3. A Dios rogando y con el mazo dando. _____

   _____

4. No es tan fiero el león como lo pintan. _____

   _____

5. Es mejor paloma en mano que cien volando. _____

_____

6. Dime con quién andas y te diré quién eres. _____

_____

 LECTURA

Introducción

La contaminación no sólo afecta el aire que respiramos sino también lo que comemos. Hoy en día, en estos tiempos del cólera, el tifus y la comida contaminada, descubrimos que no podemos confiar en todo lo que nos llevamos a la boca. Cuando vas a un restaurante, ¿te preguntas si el pescado está contaminado? ¿Te preocupas de que la carne que comes esté en buen estado? En este capítulo, vamos a leer un artículo sobre una mujer que tiene mucha hambre, pero tiene miedo de comer.

Antes de leer

A. Comidas peligrosas. Normalmente, no se debe guardar la comida en el refrigerador por muchos días, excepto si la congelamos. Haz un inventario de ocho alimentos en tu refrigerador y anota cuanto tiempo has guardado cada cosa.

Ejemplo: *la comida del gato*   *dos semanas*

1. _____   _____

2. _____   _____

3. _____   _____

4. _____   _____

5. _____   _____

6. _____   _____

7. _____   _____

8. _____   _____

B. El cólera. Cuando uno va de viaje a ciertos países, uno siempre debe recordar el consejo "No bebas el agua". Sin embargo, el agua no es el único elemento que puede enfermar al turista. Repasa el boletín sobre el cólera y escribe una lista de ocho alimentos que no se deben consumir cuando uno está de viaje.

Boletín sobre el cólera

Una epidemia de cólera se ha detectado en varios países sudamericanos. El cólera es una infección diarreica aguda causada por una bacteria llamada *Vibrio cholerae,* y se encuentra en aguas o alimentos contaminados. En casos severos de diarrea causada por cólera, la persona pierde líquido del cuerpo rápidamente, resultando en deshidratación. Ésta puede resultar en muerte si no es atendida debidamente por profesionales de salud.

Es importante que aquellos viajeros con destino a estas regiones de epidemia tomen precauciones rigurosas y eviten exponerse a aguas o alimentos contaminados. A continuación se mencionan las precauciones a seguirse:

1) no tomar agua que no haya sido hervida o tratada con agentes antimicrobianos (ej. clorinada),
2) evitar ingerir alimentos y/o bebidas obtenidas de vendedores ambulantes,
3) no comer alimentos crudos o parcialmente cocidos, especialmente pescado, mariscos, moluscos y ceviche,
4) no comer vegetales crudos o frutas sin pelar. Las frutas deben ser peladas por el viajero y lavadas con agua hervida o tratada.

Los refrescos, bebidas, o aguas carbonatadas son usualmente fiables y pueden tomarse siempre y cuando no se les añada hielo.

La bacteria que causa la enfermedad del cólera puede sobrevivir en ambientes acuáticos y crecer en alimentos perecederos. Por tal razón no se debe importar alimentos tales como: mariscos, pescado, moluscos, o víveres como viandas, hortalizas y frutas.

Aquellos viajeros que regresan de regiones de epidemia y presentan síntomas de diarrea en los primeros días o durante la semana después del regreso deberán consultar a su médico inmediatamente.

Para más información, llame a los Centros para el Control de Enfermedades (CDC), teléfono (404) 330-3132.

---

1. _____

2. _____

3. _____

4. _____

5. _____

6. _____

7. _____

8. _____

 *¡A leer!*

A. Vocabulario esencial. Estudia las palabras y frases siguientes antes de leer "Sin comerla ni beberla".

Sin comerla ni beberla

acotar   *to remark, say*
agarrarse   *to catch (a disease)*
a la milanesa   *breaded*
apuro   *hurry, haste*
arvejas   *peas*
balbuceo   *stammering, stuttering*
bivalvo en escabeche   *mussels in sauce*
brebaje (m.)   *unpleasant liquid mixture*
cazuelitas   *small serving dishes*
conurbano   *industrial belt of Buenos Aires*
cuchicheando   *whispering*
chancho   *pig*
desamparo   *helplessness, abandonment*
desplomarse   *to collapse*
embargar   *to seize*
encoger de hombros   *to shrug one's shoulders*
erizarse   *to get goose bumps*
estrago   *havoc, damage*
farfullar   *to chatter, jabber*

gruñir   *to grumble, murmur angrily*
increpar   *to scold, reprimand*
moho   *mold, mildew*
pataleta al hígado   *indigestion*
picada   *snacks*
plata   *money*
porotos   *string beans*
porteño/porteña   *person who lives in Buenos Aires*
quirúrgico/quirúrgica   *surgical*
raudamente   *rapidly, swiftly*
¿sabés?   *do you know? (Argentina)*
sandwich (m.) de miga   *sandwich without crust*
sos   *you are (familiar form used in Argentina)*
traviata   *hors d'oeuvre*
truchas   *false, fake*
ubicación   *location, place*
vencido/vencida   *expired*
vos   *you (familiar form used in Argentina)*
zapallo   *a kind of squash*

Recuerda Como la historia ocurre en Argentina, los protagonistas usan *vos* en vez de *tú*. Por ejemplo, los argentinos dicen *¿sabés?* en lugar de *¿sabes?*; *¿te acordás?* en lugar de *¿te acuerdas?*; *vos sos loca* en lugar de *tú eres loca*.

B. Comprensión. Lee la historia de la página siguiente y contesta las preguntas a continuación brevemente en español.

1. ¿Cuándo y dónde tiene lugar la conversación? _____

_____

2. ¿Cuáles son los platos del día? _____

_____

3. ¿Qué razones da la amiga de la narradora para no comer cada plato? _____

_____

Escribe Alina Diaconú

Sin Comerla Ni Beberla

En los tiempos del SIDA, cólera, tifus y comida contaminada, descubrimos que no podemos confiar en todo lo que nos llevamos a la boca.

Ubicación en tiempo y espacio: fin del verano porteño. Bar de paso en la zona céntrica de esta Capital. Mediodía.

Ocasión propicia para encontrarme con una vieja amiga y acortar las ocho horas de trabajo diario.

El mozo se acerca con apuro, puesto que lo están llamando de varias mesas a la vez. Mientras nos entrega la lista, nos enumera, sin respiro, los platos del día: filete de merluza, pollo al horno, pizzetas.

Mi amiga me susurra en el oído:

—Pescado, ni se te ocurra, andá a saber si está bien cocido. El pollo, olvidate; ahora, con esta cuestión del **tifus**... Y pizza, ni mencionarla... por la muzzarella, ¿sabés?

El mozo está impaciente. Tanto, que nos deja cuchicheando y se dirige raudamente hacia un señor que está con la plata en la mano.

*E*s que yo no pensaba comer comida caliente... —*le digo a mi amiga, con tono perplejo*—. Tan sólo iba a pedir un sandwich tostado de jamón y queso...

—¿Jamón? Pero vos no leés los diarios... ¿No te enteraste de que en el conurbano hay chanchos alimentados con **basura**, desde vidrios y plomo hasta residuos de operaciones quirúrgicas? En cuanto a los sandwiches de miga, les ponen mayonesa, y la mayonesa se hace con huevos crudos, y los huevos crudos transmiten el **tifus**, lo oí ayer...

—Bueno, no sé... —*balbuceo yo, con cierta aprensión*—. ¿Te parece que una traviata con queso sería mejor?

—Podría ser... —*acota dubitativa ella*—, aunque, te confieso la verdad: yo, a las galletitas, en general, les tengo idea. ¿Te acordás de los **pollos de Mazzorín**? Alguien me contó que los estamos comiendo molidos, en ciertas galletitas...

—Entonces, ¿qué hacer? —*murmuro con desolación, mirando la lista del bar*—. Podríamos pedir una *picada* para las dos...

—¡Pero vos querés terminar tu día en un hospital! —*me reprende mi amiga*—. Lo único que falta es que nos sirvan algún bivalvo en escabeche, y esas cazuelitas con salsa de tomate... entre la **marea roja** el lío de aquellos tomates en lata, que no eran tomates sino zapallo con moho y otras bacterias... Y la última: en La Plata, embargaron arvejas y porotos con parásitos.

El mozo está de vuelta y contenidamente irritado, nos pregunta si nos decidimos ya. Hago un instante de silencio y le sugiero a mi amiga que pida ella. Mi amiga me cede ese honor, para meditar unos segundos más.

—Bien —*digo con firmeza*—. Yo quiero un sandwich de jamón, en pan francés, y un agua mineral sin gas.

Mi amiga le pide al mozo un minuto más de paciencia. Cuando éste se aleja, me increpa:

—Pero vos sos loca. ¿Cómo vas a tomar agua mineral con las aguas minerales truchas que hay en plaza? Vos vas a agarrarte el **cólera**, sí o sí.

¿JAMÓN? ¿NO LEÍSTE QUE HAY CHANCHOS ALIMENTADOS CON BASURA?

—Las gaseosas no me gustan mucho —*farfullo arrepentida*—. Jugos, no conviene... ¿Quizá un vaso de leche?...

—¿Leche? Hacé lo que querás; pero yo, después del escándalo de la **leche en polvo**, ya no consumo ese brebaje.

El otro día, también, decomisaron productos lácteos en un hospital.

—Voy a cambiar el agua mineral por un agua tónica.

—Sí, pero aclárale que no te pongan **cubitos**. El hielo, ya sabés...

Cuando el mozo llega con mi pedido, ya no le digo nada. Sí oigo, con asombro, que mi amiga pide una milanesa con papas fritas, y una cerveza.

—¡Pero yo te voy a matar! —*mascullo entre dientes*—. A mí no me dejás comer nada y mirá con qué te salís vos...

—Es que es una de las dos o tres cosas que hoy podés comer en Buenos Aires, sin sobresaltos.

—¿Y el aceite quemado?... ¿Y el colesterol?... ¿Y tu vesícula? *Mi amiga se encoge de hombros.*

—¿Qué es una pataleta al hígado al lado de las otras **pestes**?... Mirá, mirá la chica ésa... Está comiendo ¡una empanada de carne! Viste que el otro día clausuraron un bar en Constitución donde encontraron empanadas con relleno de **gusanitos**...

La piel se me eriza, la cabeza me estalla.

—No doy más... —*gruño hacia mi amiga, que está devorando un trozo de pan*—. Me voy a gratificar. Voy a comer un helado.

—¿Un helado? —*se sorprende ella, mientras el mozo deposita delante de ella la enorme milanesa y el enorme plato con papas fritas*— Para mí, los helados están en el *index*. ¿No oíste que suelen hacerlos con cremas de **leche vencidas**? *Estoy a punto de llorar.*

*S*í, lo oí. Leí todo y escuché todo, y sé que no hay casi nada que uno pueda comer tranquilo en esta ciudad y en sus alrededores.

Un terrible desamparo se apodera de mí. Que mi amiga es hipocondríaca, no hay dudas. Pero tampoco hay dudas sobre que **el cólera, el tifus** *y* **la marea roja** *existen. Y que no son solamente los otros quienes padecen sus estragos. Cuando llego a las dos de la tarde frente a mi escritorio, me desplomo en la silla. Mi orfandad es absoluta. Para combatirla, llamo por teléfono a mi madre:*

—¿No querés venir a verme esta tarde? —*me pregunta*.

—No puedo, Mamá. Tengo dentista.

—¡Atención! —*dice mi madre*— Fíjate bien: que esterilicen los instrumentos delante de vos. Leí que **el SIDA**...

—Sí, Mamá... —*contesto exhausta, buscando en mi mente alguna oración, un mantra, el recuerdo de algunos ejercicios de respiración yoga, el rélax tan ansiado...*

4. ¿Por qué le aconseja a la narradora no pedir mariscos? _____

_____

5. ¿Por qué no se deben usar cubitos de hielo en las bebidas? _____

_____

6. Por fin, ¿qué pide la amiga para comer? _____

_____

7. Según la amiga, ¿de qué suelen hacer los helados? _____

_____

8. ¿Qué consejos le da la madre a la narradora sobre ir al dentista? _____

_____

Después de leer

Consejos. ¿Qué consejos le darías a un amigo o a una amiga que quiera comer comida saludable? Escribe cinco consejos.

Ejemplo: *No comas en un autoservicio todos los días. La comida frita engorda mucho.*

1. _____

_____

2. _____

_____

3. _____

_____

4. _____

_____

5. _____

_____

SEGUNDA ETAPA: Estructuras

Tarea: ···
Complete this section *(Primera estructura)* before beginning the *Primera función* section on page 134 of your in-class textbook. In addition, you may also wish to review the grammatical terms in *Appendix A* of this book before beginning the *Primera estructura*.

 PRIMERA ESTRUCTURA

El presente del subjuntivo

Forming the present subjunctive. You have already learned in *Capítulo 3* how to form the subjunctive for regular verbs, because the formal commands *(usted* and *ustedes)* are really verbs in the present subjunctive mood. You form the present subjunctive of regular verbs by dropping the *-o* ending from the *yo* form of the present tense and adding *-e* for *-ar* verbs and *-a* for *-er* and *-ir* verbs. Study the chart and examples below.

		-ar	-er	-ir
1.	Start with the *yo* form of the present tense.	hablo	bebo	escribo
2.	Drop the *-o*.	habl-	beb-	escrib-
3.	Add *-e* to *-ar* verbs and *-a* to *-er* and *-ir* verbs.	hable	beba	escriba
4.	Add person-number endings as indicated on the chart below. Notice that most stem-changing *-ar* and *-er* verbs follow the same pattern of stem change in the subjunctive and the indicative.			

El presente del subjuntivo de verbos regulares

	-ar	-er	-ir
yo	compre	venda	reciba
tú	compres	vendas	recibas
usted/él/ella	compre	venda	reciba
nosotros/nosotras	compremos	vendamos	recibamos
vosotros/vosotras	compréis	vendáis	recibáis
ustedes/ellos/ellas	compren	vendan	reciban

▲ Some third conjugation *(-ir)* verbs have stem changes in the *nosotros* and *vosotros* forms of the present subjunctive. Study the examples on the following page.

El presente del subjuntivo de verbos (-ar, -er) que cambian de raíz

pensar (e→ie)	querer (e→ie)	mostrar (o→ue)	poder (o→ue)
piense	quiera	muestre	pueda
pienses	quieras	muestres	puedas
piense	quiera	muestre	pueda
pensemos	queramos	mostremos	podamos
penséis	queráis	mostréis	podáis
piensen	quieran	muestren	puedan

Similar verbs:

pensar: apretar, atravesar, cerrar, comenzar, confesar, despertar(se), empezar, encerrar, quebrar, recomendar, sentar(se)

querer: ascender, descender, encender, entender, perder

mostrar: acordarse, acostar(se), almorzar, contar, encontrar, recordar, volar

poder: devolver, mover, resolver, soler, volver

El presente del subjuntivo de verbos (-ir) que cambian de raíz

sentirse (e→ie)	pedir (e→i)	morir (o→ue)
me sienta	pida	muera
te sientas	pidas	mueras
se sienta	pida	muera
nos sintamos	pidamos	muramos
os sintáis	pidáis	muráis
se sientan	pidan	mueran

Similar verbs:

sentirse: convertirse, divertirse, preferir, sugerir, requerir

pedir: vestirse, competir, conseguir, despedirse, repetir, servir

morir: dormir

▲ Many verbs that do not end in -o in the first-person singular of the present indicative are irregular in the present subjunctive. Verbs that end in -go in the present indicative retain the "g" in all forms in the present subjunctive.

El presente del subjuntivo de verbos irregulares

dar	estar	ir	saber	ser	hacer
dé	esté	vaya	sepa	sea	haga
des	estés	vayas	sepas	seas	hagas
dé	esté	vaya	sepa	sea	haga
demos	estemos	vayamos	sepamos	seamos	hagamos
deis	estéis	vayáis	sepáis	seáis	hagáis
den	estén	vayan	sepan	sean	hagan

Recuerda: One final thing to remember is that the verbs that change their spelling in the preterite—those that end in *-car, -gar,* and *-zar*—have the same spelling changes in the present subjunctive: *c→qu, g→gu, and z→c.* In verbs that end in *-ger* and *-gir, g→j.*

Prácticas

A. La ecología. Cambia los verbos siguientes del presente del indicativo al presente del subjuntivo, según el ejemplo.

Ejemplo: Nosostros reforestamos los bosques.
Quieren que reforestemos los bosques.

1. Yo no malgasto agua.

   Aconsejan que _____

2. Tú no usas el ascensor para subir sólo dos pisos.

   Deseo que _____

3. Los autos usan gasolina sin plomo.

   Es necesario que _____

4. Usted protege a las ballenas.

   Esperan que _____

5. Se extinguen algunas especies de animales.

   Es una lástima que _____

6. Nosotros sabemos conservar el medio ambiente.

   Es necesario que _____

7. Los seres humanos comienzan a proteger la naturaleza.

   Es importante que _____

8. Nosotros no podemos salvar el bosque tropical.

   Los expertos temen que _____

B. Científicos. Escribe la forma adecuada de los verbos siguientes y añade una frase adecuada de la lista para completar la oración.

Ejemplo: Los científicos quieren que los animales no... (morir)
Los científicos quieren que los animales no mueran a causa de la contaminación.

con pieles   comida contaminada   al público
que el planeta está en peligro   a causa de productos químicos   a causa de la contaminación

1. La gente espera que el gobierno... (servir) _____

_____

2. No creo que todo el mundo... (pensar) _____

_____

3. Es preferible que las personas no... (vestirse) _____

_____

4. En algunos lugares es posible que los restaurantes... (servir) _____

_____

5. Es probable que en los ríos los peces... (morir) _____

_____

C. ¿Qué opinas tú? ¿Qué piensas acerca de la ecología? Usando los verbos y las expresiones siguientes, escribe seis oraciones completas que reflejen tus opiniones. Usa el subjuntivo en tus oraciones.

Ejemplo: *Ojalá que las fábricas empiecen a controlar la contaminación.*

desperdiciar   prevenir   conservar   descubrir   comenzar
poner   saber   encontrar   reciclar   tener

1. Quiero que _____

2. Pido que _____

3. Sugiero que _____

4. Espero que _____

5. Insisto que _____

6. Ojalá que _____

CH. Es probable. Lee el artículo que sigue. Luego, escribe cinco oraciones completas con los verbos y las expresiones de la lista siguiente.

Ejemplo: Es probable que   conseguir detergentes con agentes tensoactivos...
              Es probable que consigamos detergentes con agentes tensoactivos en el supermercado.

Es posible que	poner tensoactivos en...
Es probable que	la gente desear...
Dudo que	el producto convertir la forma de fabricar...
Puede ser que	nosotros conseguir los detergentes en...
No creo que	... servir para reducir la contaminación

¿Qué son los tensoactivos?

LOS llamados *agentes tensoactivos* son compuestos químicos de uso corriente como detergentes. Favorecen la acción del jabón, ya que poseen una propiedad química que reduce la tensión superficial, o interfacial, entre dos líquidos o entre un líquido y un sólido.

De este modo, los tensoactivos facilitan el trabajo de las diferentes moléculas del jabón. Éstas se dividen en dos partes: unas, hidrófilas, que tienden a mantenerse en contacto con el agua, y otras, hidrófobas, que son rechazadas por las moléculas del agua y tienden a juntarse a las grasas de la suciedad. Ambas son atrapadas por el aclarado, con la ventaja de que las moléculas hidrófobas arrastran consigo las moléculas de las grasas.

Gracias a las propiedades de los agentes tensoactivos, se puede atacar las grasas separándolas del sustrato.

Por un mejor medio ambiente.

TIEMPO

1. _____

2. _____

3. _____

4. _____

5. _____

SEGUNDA ESTRUCTURA

Claúsulas subordinadas usando el subjuntivo

Tarea: Complete this section *(Segunda estructura)* before going on to the *Segunda función* section on page 138 of your in-class textbook. In addition, you may wish to review the grammatical terms in *Appendix A* of this book before beginning the *Segunda estructura*.

Types of subordinate clauses. There are three different types of subordinate clauses in both English and Spanish. They are noun clauses, adjective clauses, and adverb clauses. Subordinate clauses in Spanish are usually introduced by *que* or a conjunction including *que*, such as *para que, antes de que, sin que,* etc.

▲ A **noun clause** is a subordinate clause that acts like a noun. It can be either the subject or the direct object of a sentence. If the noun clause reports information that is a fact, then the verb in the noun clause is expressed in the **indicative.** On the other hand, if the noun clause is a commentary, opinion, subjective reaction, or value judgement, then the verb in the noun clause is expressed in the **subjunctive.**

> *Es verdad que Milagros no* **recicla.** (reporting a fact)
> It's true that Milagros **does** not **recycle.**

> *Es posible que* **haya** *restricciones sobre el manejo de autos en la ciudad de México.*
> (expressing an opinion or a commentary)
> It's possible that **there are** restrictions about driving cars in Mexico City.

▲ An **adverb clause** is a subordinate clause that acts like an adverb; that is, it adds information (time, place, manner, frequency, duration, reason, cause, conditions of the event, etc.) about the action or event described by the main verb of the sentence. In both English and Spanish, adverb clauses are sometimes introduced by expressions other than *que.* For example, the expression *tan pronto como* tells us that the adverbial clause modifies the verb *ir* in terms of the notion of time.

> *Esta noche voy a dormir tan pronto como* **pueda.**
> Tonight I'm going to sleep as soon as I **can.**

If the event **has already taken place,** then the verb in the adverb clause is **indicative.** If the event **is pending or has not taken place,** then the verb in the adverb clause is **subjunctive.**

> *Siempre dono dinero cuando me lo* **piden.** (subjunctive)
> I always donate money when they **ask.**
> (reporting a fact or a customary action)

> *Voy a donar dinero cuando me lo* **pidan.** (indicative)
> I am going to donate money when they **ask.**
> (reporting a pending event)

▲ An **adjective clause** is a subordinate clause that acts like an adjective. If the adjective clause reports a fact about a specific subject (that is, existent or known by direct experience), then the verb in the adjective clause is **indicative.** If the adjective clause reports a fact about a nonspecific subject (that is, nonexistent, hypothetical, or just any noun that fits the description), then the verb in the adjective clause is **subjunctive.**

*Conozco un restaurante que **sirve** comidas naturales.* (reporting a fact about a specific subject)
*Buscamos un restaurante aquí que no **use** platos desechables.* (reporting a nonspecific fact about a subject)

Uses of the subjunctive. The present subjunctive almost always occurs in the subordinate clause of a complex sentence (a sentence with a main clause and at least one subordinate clause). However, not every complex sentence will contain a subjunctive verb. If the sentence is merely reporting facts, then an indicative verb will be used in the subordinate clause. If the sentence expresses one of the following types of situations, then a present subjunctive verb will be used in the subordinate clause.

- In **cause-and-effect relationships,** the subject of the main clause has a direct influence on the subject of the subordinate clause.

  El gobierno quiere que conservemos agua.
  The government wants us to conserve water.

- In **nonspecific states,** the adjective clause refers to a person, place, or thing in the main clause that is nonspecific, unknown, hypothetical, nonexistent, or doubtful.

  No creo que exista un centro de reciclaje en nuestra ciudad.
  I don't believe that there is a recycling center in our city.

- In **subjective reactions,** the main clause expresses an opinion, an emotion, or a value judgement about the subject of the subordinate clause.

  ¡Me sorprende que ustedes no reciclen los periódicos!
  It surprises me that you (all) don't recycle newspapers!

Study the following charts, which list verbs and expressions that indicate the three general uses of the subjunctive.

Verbos y expresiones que expresan causa y efecto

aconsejar	mandar	prohibir
decir	Ojalá	querer (ie)
desear	pedir (i)	recomendar (ie)
esperar	permitir	requerir (ie)
insistir en	preferir (ie)	sugerir (ie)

Recuerda: *Ojalá* is an expression that is derived from an Arabic phrase meaning "May Allah grant that." Its form does not vary.

Verbos y expresiones que expresan estados no específicos

dudar	negar (ie)	no es probable
es posible	no creer	puede ser

Verbos y expresiones que expresan reacciones subjetivas

alegrarse de	quejarse	sorprenderse
importar	quizá(s)	temer
lamentar	sentir (ie)	tener miedo de
molestar		

Recuerda: Remember that the following verbs function like *gustar: importar, molestar,* and *sorprender.*

Prácticas

A. Disfrute de su país. Lee este anuncio ecológico de una empresa chilena. Después, escribe seis oraciones completas basadas en el anuncio usando el subjuntivo.

Disfrute de su país...
No contamine.

CODELCO-CHILE

La naturaleza es hermosa; el único capaz de alterarla es el hombre... contaminando la tierra, la atmósfera, el agua. CODELCO-CHILE ha destinado, desde su creación como empresa, alrededor de US$900 millones a inversiones asociadas a la solución de problemas ambientales. Le invitamos a mirar hacia el futuro. Incorpórese Ud. también al aire puro, disfrute de su país... no contamine...

Ejemplo: *CODELCO-CHILE desea que usted lea el anuncio.*

CODELCO-CHILE desea que usted...

1. disfrutar de su país _____

_____

2. no contaminar _____

_____

3. no alterar la naturaleza _____

_____

4. solucionar los problemas ambientales _____

_____

5. mirar hacia el futuro _____

_____

6. incorporarse al aire puro _____

_____

B. Bacterias que "tragan" petróleo. Lee el siguiente artículo sobre un microorganismo interesante. Después, completa las oraciones de la página siguiente de una manera lógica basada en el artículo.

Bacterias que "tragan" petróleo

El profesor David Gutnick, del departamento de Ciencias de la Vida, de la Universidad de Tel Aviv, descubrió, después de 15 años de investigaciones, un tipo de bacteria capaz de "tragarse" el petróleo crudo.

El uso de este tipo de microorganismos podría ser una alternativa para combatir la contaminación de los derrames de petróleo en el mar, en lugar de otros tratamientos químicos que suelen per-

judicar la ecología.

Según el artículo de Kimberley White, que da a conocer este hallazgo, "Aplicadas a un área contaminada, estas bacterias fuerzan al petróleo a derramarse en gotitas, evitando consecuentemente que el aceite forme una capa sobre el agua. Después, éstas destruyen las gotas de petróleo ingiriéndolas. Todo esto se lleva a cabo sin necesidad de compuestos químicos (...) Hay diferentes tipos de bacterias,

puesto que cada tipo de petróleo está compuesto por diferentes tipos de elementos químicos."

Sin embargo, hay un obstáculo para su aplicación en las grandes áreas contaminadas puesto que, según Gutnick, "todavía no se ha encontrado una forma de transportar las bacterias al área contaminada por el petróleo," además de que el ambiente marino trata de competir con éstas y reduce su eficacia (José Fuentes).

1. El profesor Gutnick descubrió un tipo de bacteria que _____

_____

2. El científico espera que este tipo de microorganismo _____

_____

3. Es una lástima que los tratamientos químicos _____

_____

4. Estas bacterias fuerzan al petróleo _____

_____

5. Estas bacterias evitan que el aceite _____

_____

6. No es necesario que _____

_____

7. Es interesante que cada tipo de petróleo _____

_____

8. Todavía no hay ninguna forma de transporte _____

_____

9. El ambiente marino compite con las bacterias y _____

_____

C. **La cuidad de México.** Termina las siguientes oraciones en español. ¡OJO! No todas las oraciones requieren el presente del subjuntivo.

La ciudad de México _____ (ser) una de las metrópolis más grandes y

pobladas del planeta y _____ (tener) varios parques y zonas arboladas para la

recreación de sus millones de habitantes. Es interesante que _____ (haber)

un parque favorito de todos, la Alameda Central. Es impresionante que la Alameda

_____ (ofrecer) una rica muestra de la historia del país. ¡Qué lástima que la

Alameda _____ (sufrir) cambios con el transcurso del tiempo! Deseamos que este

querido parque _____ (gozar) de cuatro siglos más de existencia.

CH. ¿Cómo podemos ayudar? En todo el mundo hay gente que sufre desastres naturales... huracanes, terremotos, tornados y diluvios. ¿Cómo podemos ayudar a las víctimas? Usando los verbos y las expresiones de las listas de la sección *Segunda estructura* en las páginas 114–115, escribe una lista de cinco posibles acciones caritativas.

Ejemplo: *Es posible que donemos ropa usada.*

1. _____

   _____

   _____

2. _____

   _____

   _____

   _____

3. _____

   _____

   _____

4. _____

   _____

   _____

5. _____

   _____

   _____

TERCERA ETAPA: ¡A escuchar!

Tarea: Complete these sections *(Sugerencias para escuchar mejor* and *Primer encuentro)* before going on to the *Primer encuentro* section on page 141 of your in-class textbook.

Sugerencias para escuchar mejor

Cómo usar cuadros, diagramas y mapas. In this chapter, we have been looking at some of the most popular concerns of individuals who are trying to improve the quality of life on this planet. One of the methods used to convince or influence an audience is the use of charts, diagrams, or maps that illustrate the concepts in a clear, concise manner. As you listen to a speaker, these charts are very useful in helping you to identify numbers, locations, or processes. In the next group of *Prácticas,* you will work with several different charts. Before completing the *Prácticas,* look at the illustrations on the next page and try to predict what the general topic of discussion might be and what type of information will be given.

 PRIMER ENCUENTRO

Un dibujo es mejor que mil palabras

 Antes de escuchar

Residuos de plástico. ¿Cuántas cosas que compras normalmente vienen en envases o bolsas de plástico? Escribe una lista de diez cosas que compraste esta semana y que estaban empacadas en plástico.

1. _____
2. _____
3. _____
4. _____
5. _____

6. _____
7. _____
8. _____
9. _____
10. _____

 **Comprensión**

🔊 Play student tape: *Un dibujo es mejor que mil palabras*

A. Marea verde. Escucha los comentarios en tu cassette. Después, elige el dibujo que mejor corresponda a cada descripción y escribe la letra de la descripción al lado del dibujo.

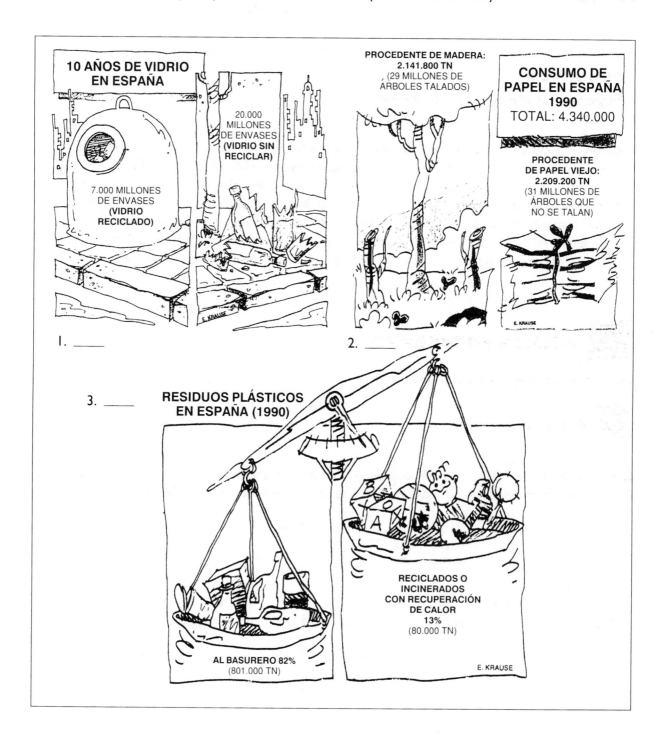

B. Consumo de papel. Ahora, escucha el cassette de nuevo y lee las oraciones sobre los dibujos de la página anterior. Si la oración expresa información correcta con respecto a la narración, contesta que **sí**. Si la oración es falsa, contesta que **no**. Corrige las oraciones que consideres falsas.

_____ 1. De los doce millones de toneladas de residuos sólidos urbanos producidos en España en un año, más del 50 por ciento son de papel, cartón y materiales afines.

_____ 2. Se puede recuperar aproximadamente el 62 por ciento, ya que el resto está compuesto por papel destinado a productos higiénicos y sanitarios, plastificados, etc.

_____ 3. La Comunidad Europea produce anualmente más de dos mil millones de toneladas de residuos, el 40 por ciento de los cuales es reciclable en forma de materias primas o energía.

Después de escuchar

Queridos señores... Escribe una carta a una compañía para convencerla de que debe empezar a envasar sus productos en materiales reciclables.

A quien corresponda:

_____

_____

_____

_____

_____

_____

_____

_____

_____

_____

Atentamente,

_____

SEGUNDO ENCUENTRO

Montañas de basura

Tarea: Complete this section *(Segundo encuentro)* before beginning the *Segundo encuentro* section on page 145 of your in-class textbook.

Antes de escuchar

A. **Análisis de la basura.** Escribe una lista de seis cosas que normalmente tiras a la basura en una semana. Menciona el producto y el material o el tipo de envoltorio (aluminio, papel, plástico, cristal, etc.) y la cantidad.

producto	material/envoltorio	cantidad
Ejemplo: *periódicos*	*papel*	*7*
latas de conservas	*aluminio*	*10–15*

1. _____ _____ _____

2. _____ _____ _____

3. _____ _____ _____

4. _____ _____ _____

5. _____ _____ _____

6. _____ _____ _____

B. **Productos reciclados.** Una de las cosas que más se aconseja es comprar productos reciclados o que se puedan reciclar. Escribe una lista de ocho productos reciclados que compras.

Ejemplo: *refrescos en envases de vidrio*

1. _____ 5. _____

2. _____ 6. _____

3. _____ 7. _____

4. _____ 8. _____

 **Comprensión**

Play student tape: *Montañas de basura*

Puntos claves. Después de escuchar las sugerencias en tu cassette, escribe cinco puntos claves para evitar el derroche de nuestros recursos.

1. _____

_____

2. _____

_____

3. _____

_____

4. _____

_____

5. _____

_____

Después de escuchar

Más de siete vidas. Diseña tu propio anuncio usando el ejemplo de la página siguiente como modelo. Debes incluir un título, el producto y una o dos oraciones explicando lo importante que es reciclar.

El vidrio tiene más de siete vidas

El vidrio tiene un número infinito de vidas.
Los envases de vidrio que desechamos se procesan y se transforman en nuevos envases de vidrio.
Para cuidar nuestro medio ambiente, compre productos envasados en vidrio, el material que siempre renace.

CUARTA ETAPA: ¡A redactar!

 Phrases/functions: Comparing & contrasting; comparing & distinguishing.
Vocabulary: Geography; direction & distance; animals: *birds, wild;* colors; planets; plants: *trees, flowers;* time: *expressions.*
Grammar: Comparisons: *adjectives, equality, inequality, irregular;* Adverbs; prepositions; verbs: *preterite & imperfect, subjunctive (agreement).*

Phrases/functions
- writing an introduction
- linking ideas
- sequencing events
- making transitions
- writing an essay
- writing a conclusion

Tarea: Complete these sections (*Antes de redactar, Introducción a la escritura, Modelo,* and *Bosquejo*) before beginning the *Lectura* section on page 148 of your in-class textbook.

 ### Antes de redactar

A. Genera ideas. Piensa en un lugar que hayas visitado donde el progreso haya causado mucha destrucción. Escribe una oración en la que describas ese sitio.

_____

_____

_____

B. Amplía la idea. Ahora, piensa en cinco descripciones creativas que puedas hacer del lugar que identificaste en la *Práctica A.*

Ejemplo: *El puerto parece un pozo negro en el cual los desperdicios flotan y se descomponen.*

1. _____

_____

2. _____

_____

3. _____

_____

4. _____

_____

5. _____

_____

 INTRODUCCIÓN A LA ESCRITURA

 La crítica

En esta etapa, vas a escribir una crítica. A continuación hay algunas técnicas que se usan para criticar o expresar una opinión.

La comparación y el contraste. Una comparación enfatiza las **semejanzas** entre dos cosas, objetos o personas. Por el contrario, un contraste enfatiza las **diferencias.** Con respecto a la comparación y al contraste, hay dos técnicas posibles que te pueden interesar:

- Compara dos cosas, objetos o personas punto por punto, enfatizando sus semejanzas. Después, contrástalos punto por punto, enfatizando sus diferencias. Al final, haz una conclusión.

- Trata uno o una de las cosas, objetos o personas en su totalidad. Después, analiza el otro o la otra en su totalidad. Al final, escribe una conclusión.

Antes de continuar, estudia la siguiente lista de frases que se usan para la comparación y el contraste.

La comparación

al igual que *just as, like*	lo mismo que *the same as*
asemejarse a *to be like*	parecerse a *to be like, resemble*
cuanto más... (tanto) más *the more . . . the more*	parecido/parecida *alike, similar*
de la misma manera *in the same way*	tan(to)... como *as much as*
igual *equal, same*	tener en común *to have in common*

El contraste

a diferencia de *unlike*	en contraste con *in contrast with*
al contrario de *on the contrary*	inferior a *inferior to*
diferenciarse de *to differ from*	más... que *more than*
diferente de (a) *different from*	menos... que *less than*
distinto de (a) *distinct, different from*	superior a *superior to*

Además de las comparaciones, las críticas se caracterizan por incluir datos concretos, por ejemplo:

- Las citas y los comentarios. *Según Renner, el control de las emisiones contaminantes se ha convertido en una de las más importantes actividades industriales.*
- Las cifras. *Gastaron alrededor de 170.000 millones de dólares para combatir la polución.*
- Las cantidades y los porcentajes. *Se calcula que el 53 por ciento de los habitantes de los Estados Unidos reciclan los botes de aluminio.*

El uso de la evidencia. El uso de las técnicas anteriores hace que el lector se base más en la evidencia que en las emociones.

En general, cuando el escritor quiere ejercer mucha influencia sobre el lector, utiliza tanto comparaciones, contrastes y evidencias como expresiones que indican reacciones subjetivas y expresiones de causa y efecto. Para ejercer esa influencia sobre el lector, a continuación hay algunas expresiones útiles.

Expresiones de causa y efecto

aconsejar *to advise*	recomendar (ie)
insistir en	sugerir (ie) *to suggest*
pedir (i) *to ask for*	

Expresiones de reacciones subjetivas

es + *adjective* (es importante, etc.)	molestar *to bother*
importar *to matter*	sorprender *to surprise*
lamentar *to regret*	temer *to fear*

Modelo

Lee el siguiente artículo sobre los cascos verdes. Después, busca ejemplos de comparación y contraste y escríbelos en las líneas que siguen.

Cascos verdes

El desarrollo sostenido favorecerá la creación de empleo

J. M. Z.

El desarrollo económico e industrial no sólo puede ser compatible con el respeto al medio ambiente, sino que además puede actuar como catalizador del crecimiento económico de las naciones. No puede ser de otra manera si atendemos a los puestos de trabajo que se crearán en la próxima década gracias al incremento de las actividades relacionadas con la conservación del entorno, según un estudio del Worldwatch Institute de Estados Unidos.

La defensa del entorno no tiene por qué suponer una rebaja en el número de empleos en los sectores industriales, sino que "los procesos de reciclaje de productos, el desarrollo de la energía solar y otras iniciativas que ayudan a preservar el medio ambiente servirán para crear miles de puestos de trabajo", según Michael Renner, autor del estudio *Empleo en una economía de desarrollo sostenido*.

Según Renner, el control de las emisiones contaminantes se ha convertido en una de las más importantes actividades industriales, como lo demuestra el hecho de que las 10 más grandes economías en el mundo gastaron alrededor de 170.000 millones de dólares para combatir la polución, incrementando en algo más de cinco millones el número de puestos de trabajo disponibles relacionados con esta actividad.

Reciclados

El reciclado de los productos se está convirtiendo también en una actividad industrial de un nada despreciable peso económico. En España, el interés por las bolsas de subproductos demostrado por las empresas que quieren comprar residuos de otras fábricas para aprovecharlo en su proceso productivo va en aumento, y en Estados Unidos, el Worldwatch Institute calcula que el reciclaje de productos ocupa a más trabajadores que las minas de carbón.

Si el control de la contaminación continúa siendo una de las preocupaciones más acuciantes entre los empresarios, "podemos estar asistiendo a uno de los cambios económicos más importantes de los últimos tiempos", afirma el informe Renner, convencido de que si la industria del automóvil, la química y el consumo han caracterizado la vida a lo largo del siglo XX, la consecución del desarrollo sostenido [respetando el medio ambiente], la aplicación de energías limpias en los hogares, las centrales de energía solar y las plantas de reciclaje marcarán el siglo XXI.

El Worldwatch reconoce que algunos sectores dominantes en la actualidad, como el de la extracción y explotación de carbón y petróleo o el automovilístico, tendrán que adecuarse al desarrollo sostenido o verán reducido su peso en la economía de las naciones.

_____

_____

_____

_____

_____

_____

_____

_____

Bosquejo

Ahora, vuelve al tema que elegiste en *Genera ideas* (página 125). Usando las líneas a continuación, escribe un bosquejo de las ideas principales que van a formar cada párrafo. Luego, escribe las técnicas que quieres incorporar en cada párrafo; por ejemplo, comparaciones, contrastes, cifras, citas, comentarios, cantidades, porcentajes.

Párrafo 1

idea principal _____

técnicas   _____

_____

_____

Párrafo 2

idea principal _____

técnicas   _____

_____

_____

Párrafo 3

idea principal _____

técnicas   _____

_____

_____

Párrafo 4

idea principal _____

técnicas   _____

_____

_____

 *Redacción*

Tarea: Complete these sections (*Redacción* and *Sugerencias para usar la computadora*) before going on to the *Enlace* section on page 154 of your in-class textbook. Plan to work with a partner during your next class to complete the *Enlace* activities in your textbook.

En una hoja aparte, escribe una crítica siguiendo tu bosquejo de la página 129. No te olvides de escribir de una manera lógica y usar datos para ilustrar tu tema. Termina la composición con una conclusión basada en el contenido de tu redacción.

 Sugerencias para usar la computadora

Hay muchos programas hoy en día que almacenan datos de forma organizada y de un modo fácil de recuperar. Ve al laboratorio de computadoras de tu universidad para identificar y experimentar con los programas de este tipo. Aunque algunos de los programas son muy complejos, hay otros que son más sencillos de aprender. Pídeles consejo a los tutores del laboratorio.

Claro que puedes hacer tu propia base de datos con tarjetas. Escribe un dato por tarjeta, después, clasifica cada tarjeta según tu criterio.

Tarea: Revise your composition and create a final draft, using your partner's comments and the checklist from the *Redacción* activity of the *Enlace* section on page 156 of your in-class textbook. Then complete this section *(Mi diario personal)* before beginning *Capítulo 5* of your in-class textbook.

Mi diario personal

En las líneas siguientes, escribe tus reacciones personales acerca de la conservación, el reciclaje o cualquier otro tema ambiental que te interese.

Mi diario

CAPÍTULO 5

El futuro es hoy

Propósitos

Tema: La ciencia y la tecnología

Primera etapa: Preparación

Estudio de palabras: Palabras tomadas de otro idioma y palabras compuestas

Lectura: "Máquinas para el cerebro"

Segunda etapa: Estructuras

Primera estructura: El condicional

Segunda estructura: El imperfecto del subjuntivo

Tercera etapa: ¡A escuchar!

Sugerencias para escuchar mejor: Cómo reflexionar, hacer inferencias y evaluar argumentos

Primer encuentro: ¡Que no te oigo!

Segundo encuentro: Guía básica para comprar una computadora

Cuarta etapa: ¡A redactar!

Introducción a la escritura: La carta

Mi diario personal

PRIMERA ETAPA: Preparación

Tarea: Complete these sections *(Estudio de palabras* and *Lectura)* before going on to the *Así es* section on page 170 of your in-class textbook.

 ESTUDIO DE PALABRAS

Palabras tomadas de otro idioma y palabras compuestas

Borrowed and compound words. You have already learned that words with the same or similar meanings in two languages are known as **cognates**. We are now going to examine words that are **borrowed** from other languages and **compound words** that are created by combining two or more words.

In this chapter you will discover that many words used to describe technological advances are borrowed from English. You will also discover that many words are not in your dictionary, because they have only recently been added to the Spanish language. Although there already may be words in Spanish to describe an article or an action, foreign words or close cognates are frequently used due to the influence of advertising. Notice that in the following sentence both the Spanish word *audífonos* and the English word "Walkman" are used.

La música reproducida en audífonos —conocidos comúnmente como "Walkman"— puede llegar a afectar el sistema nervioso.

Compound words are frequently found in articles that describe tecnological or scientific advances. For example: *tocadiscos* (record player) is formed from *tocar + discos* (to play + records) and *lavaplatos* (dishwasher) is formed from *lavar + platos* (to wash + dishes).

In the *Prácticas* on the following pages, you will read several excerpts and examine the use of borrowed and compound words.

Prácticas

A. Palabras compuestas. Usando tu diccionario, busca los sustantivos a continuación y da sus equivalentes según el ejemplo.

Ejemplo: guardaespaldas = *guardar* + *espaldas*

bodyguard = *to guard* + *backs*

1. rompecabezas = _____ + _____

   _____ = _____ + _____

2. salvavidas = _____ + _____

   _____ = _____ + _____

3. rascacielos = _____ + _____

   _____ = _____ + _____

4. sacapuntas = _____ + _____

   _____ = _____ + _____

5. sacacorchos = _____ + _____

   _____ = _____ + _____

6. paraguas = _____ + _____

   _____ = _____ + _____

B. Microcirugía. Ahora, lee el artículo que sigue sobre microcirugía y escribe una lista de diez palabras compuestas. Aclara qué elementos componen cada palabra.

Ejemplo: *microcirugía = micro + cirugía*

Peruanos aplicarán avances en microcirugía craneana

Una serie de avances científicos en el campo de la neurocirugía, referente a la cirugía vascular cerebral así como técnicas en prevención de infarto cerebral, podrán emplear los neurocirujanos del país, según dio a conocer el Dr. Javier Torres Márquez, presidente de la Sociedad Peruana de Neurocirugía.

Estos avances fueron expuestos durante el V Congreso de Neurocirugía, por el Dr. Sidney Peerles, científico norteamericano considerado autoridad mundial en la microcirugía craneana.

En el campo de la cirugía vascular cerebral el aporte consiste en la curación quirúrgica de las lesiones que se producen en las arterias o venas por malformación de las mismas en el sistema nervioso central.

Indicó que el científico norteamericano ha traído técnicas para prevenir el infarto cerebral. "Existen arterias que están próximas a 'taparse' por lesiones arterioscleróticas y se utiliza la neurocirugía para 'destaparlas', y evitar así que se produzca el infarto cerebral".

La hemorragia cerebral es otro caso; podrá ser controlada en base al uso de técnicas de microcirugía a fin de solucionar el problema de ruptura producida por esta hemorragia al romperse una 'aneurisma', o al romperse una malformación vascular, sin llegar a lesionar el cerebro mismo.

En nuestro país las hemorragias cerebrales tienen mucha relación con la hipertensión arterial, la que puede ser desencadenada por un tren de vida muy agitado, por lo que tenemos que aprender a vivir con los problemas.

También existe una tendencia a la hipertensión secundada por una enfermedad renal debido a las infecciones urinarias, las cuales hasta pueden producir hemorragias cerebrales.

Sobre las enfermedades neurológicas en nuestro país, el Dr. Torres indicó que existen enfermedades distintas a las de otros países del continente.

Un ejemplo de esto es la parasitosis, enfermedad que afecta al sistema nervioso con mucha frecuencia. Igualmente existe la tuberculosis del sistema nervioso que muchas veces se puede comportar como un tumor y resultar luego un 'tuberculoma'.

Lo que existe en menor proporción en el país son las lesiones arterioscleróticas, enfermedad que consiste en el envejecimiento y endurecimiento de las arterias, y en la obstrucción que se produce en el interior de ellas, impidiendo la circulación adecuada de la sangre.

En la actualidad se han desarrollado trabajos de neurocirugía respecto al tratamiento de traumatismos encefalocraneanos que en nuestra realidad es la principal causa de muerte.

Por esta razón la Sociedad Peruana de Neurocirugía realiza una campaña de prevención de accidentes de tránsito. "Debe usarse las correas de seguridad de los automóviles y, además, no consumir alcohol si es que se va a conducir".

Se ha visto necesario también crear mejores equipos de guardia hospitalaria de tal manera que los pacientes no tengan que estar de hospital en hospital buscando un neurocirujano, manifestó el especialista.

---

1. _____

2. _____

3. _____

4. _____

5. _____

6. _____

7. _____

8. _____

9. _____

10. _____

C. Palabras tomadas de otro idioma. Ahora, lee el artículo que sigue sobre el "chip" prodigioso y escribe una lista de diez palabras tomadas de otro idioma.

EL "CHIP" PRODIGIOSO

ACABAN de aparecer los nuevos productos de la compañía norteamericana Acer, la primera que ofrece el paso del microprocesador 486SX a 486DX a 33 MHz con la simple adición de un «chip». En unos segundos se puede doblar la potencia del equipo, sin necesidad de cambiar ni añadir tarjetas. Esta empresa, cuyos productos comercializa en España la firma Cecomsa (91-3262580), diseña sus propios «bios», lo que permite ofrecer la autodetección de cambios en el «hardware».

El «Acerpower 486SX», con quince puntos de seguridad, incluye en la placa base un «interface» para «floppy» y disco fijo (hasta un "gigabyte") y deja cuatro «slots» de expansión libres. Entre las características principales figura el computador basado en el procesador de Intel 486SX de 32 bits a 20 Mhz, ampliable a un sistema 80486 a 33 MHz mediante un «chip». La memoria RAM es de 2MB, en placa base, ampliables a 26 MB. El tecla-

do es expandido de 102 caracteres, de ellas 12 de función e indicadores luminosos de mayúsculas, numérico y desplazamiento. Entre las opciones que se ofrecen para este sistema destaca, además de la CPU 80486, los módulos SIM de 1, 2, 4 y 8 MB, y discos fijos «bus AT» de 100 y 210 MB.

Acer tiene también en el mercado español un «notebook», el 386S con pantalla retroiluminada de 8.5 pulgadas, resolución VGA y una inclinación ajustable en un ángulo de 135 grados. Incluye seis puertos de expansión, que le permiten añadir potentes dispositivos como Modems, fax, monitores VGA, teclado numérico, y un «floppy» externo de 5.25 pulgadas. Está equipado en su configuración básica con 2 MB de RAM ampliables a 4. También incorpora un disco fijo con capacidad de almacenamiento de hasta 60 MB. Pesa 2,88 kilogramos, incluyendo baterías, y sus dimensiones son 215 x 290 x 59 milímetros.

Dentro del capítulo de opciones, Acer ofrece para el «Anyware

En unos segundos se puede aumentar la potencia del «Acerpower 486SX» sin necesidad de cambiar ni añadir tarjetas.

386S» un paquete de MS-Windows y ratón; modem de datos compatible Hayes y fax de 9.600 bps; adaptador para conectar al encendedor del automóvil; batería de repuesto y teclado numérico de diecisiete teclas.

José María FERNÁNDEZ-RÚA

Informática

1. _____

2. _____

3. _____

4. _____

5. _____

6. _____

7. _____

8. _____

9. _____

10. _____

LECTURA

Introducción

¿Fumas? ¿Te olvidas fácilmente de los nombres de las personas y cosas? En todos los periódicos aparecen anuncios promoviendo métodos y productos para mejorar la memoria, quitar las ganas de beber o fumar y aumentar la creatividad. Normalmente estos programas están basados en hipnosis, pastillas o quizás unos cassettes de música para tranquilizar los nervios. El artículo de la página siguiente explica una forma nueva de solucionar estos problemas.

 **Antes de leer**

Propaganda. Escribe una lista de seis productos que se pueden usar para mejorar nuestra salud. Indica para qué sirven.

Ejemplo: *la comida Jenny Craig*   *para perder peso*

1. _____   _____

2. _____   _____

3. _____   _____

4. _____   _____

5. _____   _____

6. _____   _____

 **¡A leer!**

A. Vocabulario esencial. Estudia las palabras siguientes antes de leer "Máquinas para el cerebro".

Máquinas para el cerebro

afrontar *to face, confront*	insospechado/insospechada *unexpected*
ansioso/ansiosa *anxious*	milagro *miracle*
aprendizaje (m.) *learning*	ondas *waves*
fortalecer *to strengthen*	pauta *pattern*
grabado/grabada *taped*	superar *to overcome*

MÁQUINAS
PARA EL
CEREBRO

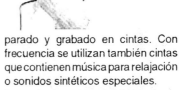

Existen aparatos mecánicos que pueden dirigir estímulos hacia el cerebro y producir estados mentales como la euforia, concentración profunda o creatividad intensa.

El primer aparato de este tipo lo diseñó un psiquiatra y neurobiólogo de Cleveland llamado Gorges. Después de treinta años de investigación, éste constituyó una poderosa ayuda contra el estrés y mejoró la memoria. Toda una generación de nuevos prototipos ha surgido, entre ellos el popular MC2 que altera y controla los estados físicos y mentales del individuo, induciendo una pauta ajustable a través del cerebro. Lo que el MC2 hace es poner en armonía todas las partes del cerebro, no sólo el intuitivo hemisferio derecho o el sobre-estimulado analítico izquierdo. El re-

sultado es claridad mental, mayor eficacia y un estado de bienestar.

El aparato combina frecuencias de sonido y luz, mediante luces intermitentes y sonidos pulsantes. Interpreta un ritmo de ondas para el cerebro y éste responde al estímulo creando un espectáculo de luces y sonidos indescriptible.

De acuerdo con el doctor Roman Chrucky, médico de Denver, las personas extraordinariamente ansiosas y tensas pueden relajarse profundamente con la máquina: "Actúa durante tres días como tranquilizante".

"La máquina de la felicidad", como comúnmente ha sido llamada, puede:
• Mejorar la memoria.
• Aumentar la creatividad.
• Elevar el coeficiente de inteligencia.
• Mejorar la capacidad de aprendizaje.
• Ayudar a drogadictos, alcohólicos y fumadores a romper sus hábitos.
• Fortalecer el sistema inmunitario.
• Ayudar a superar miedos y fobias.
Estos tipos de máquinas han sido probados y catalogados por el *U. S. Food and Drug Administration* como aparatos de aprendizaje y relajación que cumplen con las normas de seguridad legalmente establecidas. Además no crean dependencias ya que sus efectos son evolutivos, acumulativos y benéficos.

Las máquinas para el cerebro utilizan, para potenciar su efecto, un material específico cuidadosamente pre-

parado y grabado en cintas. Con frecuencia se utilizan también cintas que contienen música para relajación o sonidos sintéticos especiales.

Las máquinas de la felicidad no son un milagro; son una realidad que hacen que el cerebro se mantenga en un estado óptimo para que la persona pueda funcionar con todo su potencial. Esta máquina sincroenergizadora de ondas cerebrales ha sido diseñada por **Oceanide,** una empresa belga dedicada a los productos de higiene y salud, que fabrica y comercializa el modelo individual de **Megabrain Theta Junior.** Tiene grabados seis programas: antiestrés, concentración, creatividad, meditación, relax y antiinsomnio.

La combinación de los descubrimientos neurológicos con la tecnología abre un nuevo campo de exploración con posibilidades insospechadas para el desarrollo del potencial humano y la conciencia. Los problemas que afronta la humanidad y el planeta demandan un desarrollo de la conciencia humana que supere el proceso de confusión y destrucción. Es posible que la técnica sirva, esta vez, para acelerar y manifestar el cambio de conciencia deseado por el ser humano.

En Colombia se puede adquirir información sobre estas máquinas en los teléfonos: 2 137223 ó 2 158463. Santafé de Bogotá.

B. Máquinas para el cerebro. Después de leer el artículo, escribe una breve descripción a cerca del funcionamiento del MC2.

_____

_____

_____

_____

C. Comprensión. Contesta las preguntas siguientes brevemente en español.

1. ¿Quién diseñó el primer aparato para el cerebro? _____

_____

_____

2. ¿Qué hace el MC2? _____

_____

_____

3. ¿Qué frecuencias combina el aparato? ¿Qué interpreta? _____

_____

_____

_____

4. ¿Qué programas ofrece Megabrain Theta Junior? _____

_____

_____

_____

5. ¿Qué contribución puede hacer esta nueva tecnología a la humanidad? _____

_____

_____

_____

CH. ¿Para qué sirve? Escribe cinco cosas que hace "la máquina de la felicidad".

1. _____

2. _____

3. _____

4. _____

5. _____

 Después de leer

Una crítica. Escribe una crítica a favor o en contra del MC2.

_____

_____

_____

_____

_____

_____

_____

_____

_____

_____

SEGUNDA ETAPA: Estructuras

Tarea: Complete this section (*Primera estructura*) before going on to the *Primera función* section on page 177 of your in-class textbook. In addition, you may wish to review the grammatical terms in *Appendix A* of this book before beginning the *Primera estructura*.

 ## PRIMERA ESTRUCTURA

El condicional

Just as in English, the conditional is used primarily in two types of statements: to express events predicted or foreseen in the past and to make statements of probability. The conditional is also used to make polite requests. In this section, you will study the formation of the conditional and these uses.

Forming the conditional. The stem for the conditional is the whole infinitive. A common set of endings is used for all three conjugations, and all endings require a written accent mark over the *í*. Study the examples shown in the chart below.

El condicional

-ar	-er	-ir	irse (reflexivo)
inventar**ía**	ver**ía**	medir**ía**	me ir**ía**
inventar**ías**	ver**ías**	medir**ías**	te ir**ías**
inventar**ía**	ver**ía**	medir**ía**	se ir**ía**
inventar**íamos**	ver**íamos**	medir**íamos**	nos ir**íamos**
inventar**íais**	ver**íais**	medir**íais**	os ir**íais**
inventar**ían**	ver**ían**	medir**ían**	se ir**ían**

Several high-frequency verbs form irregular stems in the conditional by dropping the theme vowel from the infinitive. These verbs and their conditional stems are shown in the chart on the following page.

Verbos irregulares en el condicional

infinitive	conditional stem	example (decir)
caber	cabr-	diría
decir	dir-	dirías
haber	habr-	diría
hacer	har-	diríamos
poder	podr-	diríais
poner	pondr-	dirían
querer	querr-	
saber	sabr-	
salir	saldr-	
tener	tendr-	
valer	valdr-	
venir	vendr-	

Using the conditional

▲ **The conditional in predictions in the past.** The conditional is used to express actions that would happen under certain conditions in the past. Because these expressions are predictions, the subordinate clause uses the conditional. Here are some examples:

*Dije que **tomaría** un curso de computación.*
I said that I **would take** a computer science course.

*Ella nos explicó que **inventaría** un aparato nuevo.*
She explained to us that she **would invent** a new gadget.

▲ **The conditional in probability statements.** The conditional is used in the main clause of a sentence to express the idea of probability in the past. The conditional may be used to pose a question about the probability of some event, or it may be used to make a statement about such probability.

*¿Qué hora **sería** cuando salieron del laboratorio?*
What time **could it have been** when they left the laboratory?

***Serían** las nueve de la noche.*
It was probably around 9 P.M.

▲ **The conditional in polite requests.** The conditional is also used in making polite requests. Although these types of requests are direct, they are softened by the idea of "would," implied by the conditional.

*¿**Podrías** ayudarme con el programa de computadora?*
Would you help me with the computer program?

▲ **The conditional in contrary-to-fact statements.** One of the primary uses of the conditional is to express what would happen under certain hypothetical circumstances. Since these circumstances do not really exist, this type of expression is often called contrary-to-fact. These expressions require the use of the imperfect subjunctive and will be studied in the *Segunda estructura*.

Prácticas

A. Verbos regulares. ¿Qué dijeron las siguientes personas acerca de los inventos modernos? Escribe la forma adecuada de los siguientes verbos según el ejemplo, añadiendo las palabras necesarias para completar la oración.

Ejemplo: él / comprar   *Él dijo que compraría una computadora.*

1. yo / estudiar _____

2. tú / amplificar _____

3. ella / adiestrar _____

4. nosotros / diseñar _____

5. ustedes / inventar _____

6. yo / ver _____

7. tú / leer _____

8. usted / entender _____

9. vosotras / instruir _____

10. ellos / construir _____

B. Verbos irregulares. ¿Qué harían los científicos para resolver los problemas del mundo con recursos ilimitados? Escribe los verbos siguientes en el condicional y completa las oraciones según el ejemplo.

Ejemplo: poder / aumentar la producción de comestibles
    Podrían aumentar la producción de comestibles.

1. tener / soluciones para evitar la sobrepoblación _____

_____

2. poner / más énfasis en la tecnología _____

_____

3. saber / cómo curar las enfermedades infantiles _____

_____

4. decirnos / la verdad siempre _____

_____

5. venir / a las universidades para entrenar jóvenes científicos _____

_____

6. poder / eliminar el hambre en el mundo _____

_____

7. querer / ayudar a los países sin tecnología _____

_____

C. Nueva tecnología. ¿Cuáles serían los efectos de la exportación de alta tecnología a Latinoamérica? Las Naciones Unidas estudiaron las consecuencias de esa exportación recientemente. Completa el siguiente párrafo con el condicional del verbo indicado para ver cuales fueron sus conclusiones.

Según las Naciones Unidas, la eficiencia de producción _____ (mejorar). La

transferencia de la tecnología _____ (crecer). Las multinacionales

_____ (aumentar) sus exportaciones manufactureras y _____

(desempeñar) un papel vital en la expansión de las exportaciones. Las economías

_____ (estabilizarse). El comercio _____ (liberalizarse).

No _____ (haber) control de precios. La política _____

(modificarse). El capital extranjero _____ (establecer) plantas gemelas para el

ensamble de productos.

CH. Los virus electrónicos. Lee el siguiente artículo sobre los virus electrónicos y subraya los verbos en el condicional. Después, escribe tres oraciones completas explicando lo que harías para evitar esta enfermedad.

Ejemplo: *No intercambiaría discos con otros estudiantes.*

Suicidio Computadorizado

En Estados Unidos, expertos en computación (y hasta estudiantes adolescentes) han logrado en varias oportunidades atravesar las mallas de seguridad de computadoras bancarias y del gobierno, a veces con el solo propósito de asustar con mensajes absurdos, a veces para perpetrar fraudes por millones de dólares. El temor de las autoridades de aquel país es que, en caso de guerra inminente, los espías de una potencia enemiga podrían con igual facilidad sembrar de virus los sistemas computadorizados militares.

Los aficionados a las pesadillas imaginan un supervirus que podría estar desde ahora infiltrado, pero latente, en las computadoras que eligen blancos para los grandes cohetes intercontinentales. En caso de guerra, esas máquinas recibirían una determinada secuencia de órdenes especiales, propias de la situación. Tales órdenes despertarían al virus y éste alteraría de inmediato los blancos previstos de mucho tiempo atrás: los cohetes destinados a ciudades enemigas podrían caer sobre Nueva York y, sin que el adversario moviera un dedo, Estados Unidos perdería la guerra, por suicidio computadorizado.

1. _____

2. _____

3. _____

D. Explicaciones. Lee las siguientes descripciones del detector de pinchazos contra las escuchas telefónicas (*wire tapping*) y del codificador (*controlled access device*). Luego, escribe tres oraciones en la página siguiente para cada aparato explicando dónde y cómo lo utilizarías.

Contra las escuchas telefónicas existe en el mercado un detector de «pinchazos» de fácil uso, pequeño tamaño y portátil. Su principal característica es que permite detectar la escucha sin que el intruso se dé cuenta de que ha sido descubierto. Es uno de los aparatos más vendidos ante la proliferación y psicosis de espías y espiados. Se puede aplicar a todos los teléfonos.

Este codificador protege la conversación telefónica en ambos extremos de la línea, desde simples escuchas a sofisticadas grabaciones. Sin unidades accesorias puede utilizarse en todo el mundo y con cualquier tipo de teléfono, ya sea de oficina, celular o portátil. Posee más de 52.000 combinaciones de claves y ofrece la mayor seguridad de todos los de su precio.

detector de pinchazos

1. _____

2. _____

3. _____

codificador

1. _____

2. _____

3. _____

 # SEGUNDA ESTRUCTURA

El imperfecto del subjuntivo

Tarea: Complete this section *(Segunda estructura)* before going on to the *Segunda función* section on page 179 of your in-class textbook. In addition, you may wish to review the grammar terms in *Appendix A* of this book before beginning the *Segunda estructura*.

Forming the imperfect subjunctive. The imperfect subjunctive is used to express a hypothetical condition under which an action would take place. The imperfect subjunctive is formed from the third-person plural of the preterite tense. After the correct preterite form is identified (for example, *programaron, aprendieron,* and *existieron*), the *-on* suffix is removed and the imperfect subjunctive endings are applied. Study the following charts before beginning the *Prácticas*.

El imperfecto del subjunctivo

-ar	**-er**	**-ir**	**irse (reflexivo)**
programara	aprendiera	existiera	me fuera
programaras	aprendieras	existieras	te fueras
programara	aprendiera	existiera	se fuera
programáramos	aprendiéramos	existiéramos	nos fuéramos
programarais	aprendierais	existierais	os fuerais
programaran	aprendieran	existieran	se fueran

▲   It is essential that you recall the verbs that have irregular forms in the preterite.

Verbos irregulares en el pretérito

infinitive	stem	preterite third-person plural	imperfect subjunctive yo form
andar	anduv-	anduvieron	anduviera
conducir	conduj-	condujeron	condujera
dar	d-	dieron	diera
decir	dij-	dijeron	dijera
estar	estuv-	estuvieron	estuviera
hacer	hic-	hicieron	hiciera
ir	fu-	fueron	fuera
poder	pud-	pudieron	pudiera
poner	pus-	pusieron	pusiera
querer	quis-	quisieron	quisiera
saber	sup-	supieron	supiera
ser	fu-	fueron	fuera
tener	tuv-	tuvieron	tuviera
traer	traj-	trajeron	trajera
venir	vin-	vinieron	viniera

▲   **The imperfect subjunctive in hypothetical conditions.** The imperfect subjunctive, as indicated in the *Primera estructura,* is used to express contrary-to-fact or hypothetical conditions. The subordinate clause containing the imperfect subjunctive verb begins with *si...* . The verb in the main clause is in the **conditional,** and it states what would happen under the hypothetical conditions mentioned.

             imperfect subjunctive   conditional
*Si los científicos **tuvieran** recursos ilimitados, **resolverían** los problemas más graves del mundo.*
If scientists **had** unlimited resources, they **would solve** the world's most serious problems.

Subordinate clauses beginning with the phrase *como si...* must always contain a verb in the **imperfect subjunctive,** because, here too, they are expressing a contrary-to-fact or hypothetical condition. The principal difference between statements with *como si* and those with just *si* is that with *como si* the verb in the main clause may be in any **past, present,** or **future indicative tense,** for example:

	habla / está hablando	
	hablaba / estaba hablando	
Ese señor	*habló / estuvo hablando*	*como si fuera experto.*
	hablaría	
	hablará / estará hablando	

▲ **The imperfect subjunctive in very polite requests.** The imperfect subjunctive is also used in making very polite requests, generally with the verbs *querer, deber,* and *poder.* Requests using the imperfect subjunctive are considered the most polite (and most indirect) of all.

> *Quisiera tener la oportunidad de aprender más.*
> I **would like** to have the opportunity to learn more.

▲ **The imperfect subjunctive in cause-and-effect relationships, nonspecific states, and emotional reactions.** Finally, like the present subjunctive, the imperfect subjunctive is used to express cause-and-effect relationships, nonspecific states, and emotional reactions. The imperfect subjunctive is used in the subordinate clause when the verb in the main clause is in either the **imperfect** or the **preterite,** for example:

> imperfect indicative · imperfect subjunctive
> *Queríamos que los científicos nos **explicaran** esa tecnología.*
> We **wanted** the scientists to **explain** that technology to us.

> preterite · imperfect subjunctive
> *No **conocieron** a nadie que **supiera** usar la supercomputadora.*
> They **did** not **meet** anyone who **knew** how to use the supercomputer.

> preterite · imperfect subjunctive
> *Alejandra **se alegró** de que su hija **recibiera** una beca científica.*
> Alejandra **was happy** that her daughter **received** a scientific grant.

In addition, the imperfect subjunctive may also be used in the subordinate clause under the same conditions, if it clearly refers to a past event, even if the verb in the main clause is in the present.

> present · imperfect subjunctive
> *No **creemos** que **pudieran** conseguir el programa que necesitamos.*
> We **do** not **believe** that they **were able** to get the program that we need.

Prácticas

A. Deseo y esperanza. ¿Qué querían las siguientes personas? Escribe el verbo en el imperfecto del subjuntivo y añade las palabras necesarias para completar la oración.

Ejemplo: él esperaba que / yo / ayudar   *Él esperaba que yo le ayudara con el proyecto.*

1. tú deseabas que / yo / procesar _____

_____

2. nosotros queríamos que / tú / presentar _____

_____

3. el contador le dijo que / usted / ahorrar _____

_____

4. ellos aconsejaron que / nosotras / ofrecer _____

_____

5. el profesor exigió que / vosotros / comprender _____

_____

6. yo sugerí que / ellas / servir _____

_____

7. ella mandó que / él / escribir _____

_____

8. el inventor pidió que / yo / construir _____

_____

9. mi hermano nos dijo que / nosotros / sorprender _____

_____

10. yo propuse que / tú / medir _____

_____

B. La comunicación universal. Los nuevos aparatos electrónicos facilitan la comunicación. Completa las oraciones siguientes, escribiendo los verbos adecuados en el imperfecto del subjuntivo.

1. Yo quería que tú me _____ (poner, poder, tener) un teléfono celular en el auto.

2. Mis amigos no creían que las llamadas realizadas por telefonía móvil _____

   (estar, poder, hacer) ser interceptadas.

3. Nadie nos dijo que nosotros _____ (traer, tomar, tener) que comprar un

   sistema especial para distorsionar las conversaciones y garantizar la privacidad.

4. Fue necesario instalar "un dispositivo" en los teléfonos para que la información no _____

   (ser, estar, hacer) interceptada.

5. Este aparato cifraba la comunicación por teléfono de tal forma que el mensaje era incoherente

   hasta que _____ (dar, llegar, llevar) al otro cifrador, que decodificaba la señal

   para su comprensión.

C. Procesadoras de palabras. Lee el anuncio siguiente acerca de procesadoras de palabras. Usando la información del texto, escribe cinco oraciones empleando el imperfecto del subjuntivo y las expresiones a continuación: En su (tu) situación... ; Si (yo) estuviera en su (tu) lugar... ; si (yo) fuera... ; si (yo) pudiera... ; si (yo) tuviera la oportunidad... ; teniendo en cuenta la situación... .

Ejemplo: *Si tuviera la oportunidad, aprendería a usar una procesadora de palabras.*

1. _____

_____

2. _____

_____

3. _____

_____

4. _____

_____

5. _____

_____

CH. **Comportamiento de personajes importantes.** Piensa en un personaje importante —un científico, un tecnócrata o cualquier persona famosa. Luego, escribe cinco oraciones que describan su comportamiento siguiendo el ejemplo.

Ejemplo: *Carl Sagan*   *Habla como si fuera actor.*

personaje _____

_____

_____

1. _____

_____

2. _____

_____

3. _____

_____

4. _____

_____

5. _____

_____

TERCERA ETAPA: ¡A escuchar!

Tarea: Complete these sections (*Sugerencias para escuchar mejor* and *Primer encuentro*) before going on to the *Primer encuentro* section on page 183 of your in-class textbook.

Sugerencias para escuchar mejor

Cómo reflexionar, hacer inferencias y evaluar argumentos. Frequently the purpose of a lecture is to persuade or to argue a particular point of view. For example, political campaign speeches are intended to produce a favorable response from the listener. Other presentations require the listener to reflect upon, draw inference from, and evaluate the logic of the arguments being offered. Since the speaker generally expects that you will share some common assumptions, before listening to a passage it is important that you activate your background knowledge by reflecting on the topic.

 ## PRIMER ENCUENTRO

¡Que no te oigo!

 Antes de escuchar

Ruidos y más ruidos. Lee la lista siguiente y clasifica cada ruido según su intensidad. Después, compara tus respuestas con la clave.

_____ 1. la música de una discoteca   a. 60 decibelios

_____ 2. el metro   b. 70 decibelios

_____ 3. un avión al despegar   c. 80 decibelios

_____ 4. un trueno   d. 90 decibelios

_____ 5. el tráfico en el centro de la ciudad   e. 100 decibelios

Clave: 1b; 2c; 3e; 4d; 5a

 **Comprensión**

Play student tape: *¡Que no te oigo!*

A. **¿Qué peligros hay?** Escucha tu cassette y elige la idea clave de cada sección de la conferencia. Algunas frases requieren que interpretes el mensaje del locutor para dar la respuesta correcta.

1. El ruido está _____.
   a. en las calles
   b. en la casa del vecino
   c. en todas partes

2. El ruido causa daños a más del _____ de la población.
   a. 20 por ciento
   b. 50 por ciento
   c. 5 por ciento

3. Los audífonos musicales producen daños _____.
   a. a las personas alrededor
   b. permanentes
   c. siempre

4. Hay que evitar el ruido a los _____ decibelios.
   a. 50
   b. 100
   c. 70

5. El uso de audífonos es peligroso por dos razones. Primero, porque el oído puede dañarse con el tiempo y segundo, porque _____.
   a. molesta a los vecinos
   b. la persona puede tener un accidente
   c. es un fenómeno antinatural

6. El sonido y el ruido ocasionado por _____ puede provocar problemas agudos de hipertensión.
   a. las ambulancias
   b. la televisión
   c. los discos compactos

7. El compromiso de proteger el medio ambiente es de _____.
   a. todo el mundo
   b. las grandes industrias
   c. las fábricas de audífonos

8. El locutor le quiere avisar a todo el mundo que _____.
   a. se deben respetar las leyes en contra de los ruidos excesivos
   b. el ruido puede provocar muchos tipos de problemas
   c. no se debe vivir al lado de un aeropuerto

9. Se supone que los que trabajan en lugares con ruidos intensos _____.
   a. deben protegerse los oídos en contra de los ruidos de volumen elevado
   b. necesitan tener un examen médico cada mes
   c. sólo pueden trabajar en un puesto así un año

B. Peligro moderno. Escucha tu cassette otra vez y escribe cinco ideas principales que ofrece la conferencia.

1. _____

2. _____

3. _____

4. _____

5. _____

Después de escuchar

¿Cómo viviría? Después de escuchar el cassette, escribe una descripción de cómo viviría el locutor en un mundo ideal. ¿Qué le diría a su familia sobre el ruido? ¿Cómo intentaría controlar el ruido en su casa y en su barrio?

_____

_____

_____

_____

_____

_____

_____

_____

_____

SEGUNDO ENCUENTRO

Guía básica para comprar una computadora

Tarea: Complete this section *(Segundo encuentro)* before going on to the *Segundo encuentro* section on page 186 of your in-class textbook.

Antes de escuchar

A. De compras. Antes de invertir una cantidad de dinero en comprar un auto, un televisor o una computadora, hay ciertas cosas que debes tener en cuenta. Escribe cinco factores que debes tener en cuenta antes de hacer una inversión importante.

Ejemplo: *Hay que calcular el interés que se tiene que pagar cada mes.*

1. _____
2. _____
3. _____
4. _____
5. _____

B. Usos variados. Escribe cinco oraciones explicando cómo tus familiares y amigos utilizarían una computadora.

Ejemplo: *Mi madre usaría la computadora para organizar las facturas para calcular los impuestos.*

1. _____
2. _____
3. _____
4. _____
5. _____

 *Comprensión*

Play student tape: *Guía básica para comprar una computadora*

A. Respuestas breves. Lee las siguientes preguntas. Luego, escucha tu cassette y escribe las respuestas correspondientes.

1. ¿Cuáles son dos usos de las computadoras? _____

_____

2. ¿En cuánto se puede comprar una máquina nueva? _____

_____

3. ¿Cuánto puede costar una computadora usada? _____

_____

4. Si sólo te interesa jugar juegos de video, ¿qué debes comprar? _____

_____

5. ¿Dónde se puede encontrar información sobre computadoras? _____

_____

B. Consejos. Escucha tu cassette de nuevo y escribe cuatro ideas principales que hay que tener en cuenta antes de comprar una computadora.

1. _____

_____

2. _____

_____

3. _____

_____

4. _____

_____

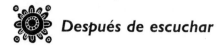 *Después de escuchar*

A. **¿Una buena inversión?** Escribe una lista de las ventajas y desventajas de tener una computadora en casa.

ventajas

Se pueden calcular los impuestos.

_____

_____

_____

_____

_____

desventajas

Hay que comprar programas nuevos.

_____

_____

_____

_____

_____

B. **Decisiones.** ¿Es mejor comprar una computadora nueva o una de segunda mano? Si fueras a comprar una computadora con un presupuesto limitado, ¿qué considerarías si tuvieras que decidir entre una nueva y una usada? Escribe tres oraciones a favor y tres en contra de comprar cosas de segunda mano.

a favor

1. _____

   _____

2. _____

   _____

3. _____

   _____

en contra

1. _____

   _____

2. _____

   _____

3. _____

   _____

CUARTA ETAPA: ¡A redactar!

Phrases/functions: Writing a letter (formal); persuading; agreeing & disagreeing; weighing alternatives; weighing the evidence.
Vocabulary: Media: *telephone & telegraph, telephone & radio;* means of transportation; planets; computers.
Grammar: Verbs: *present subjunctive (agreement)*.

Phrases/functions
- writing an introduction
- linking ideas
- sequencing events
- making transitions
- writing an essay
- writing a conclusion

Tarea: Complete these sections (*Antes de redactar, Introducción a la escritura, Modelo,* and *Bosquejo*) before going on to the *Lectura* section on page 189 of your in-class textbook.

Antes de redactar

A. **Genera ideas.** Elige un tema relacionado con la ciencia o la tecnología que te interese; por ejemplo, los beneficios de las computadoras, los avances en la medicina, la exploración del universo, etc. Luego, haz una lista de los subtemas posibles.

Ejemplo: *los beneficios de las computadoras*
- *para preparar los informes escritos*
- *para calcular las estadísticas*
- *para buscar libros y otros materiales en la biblioteca*
- *para comunicarse a larga distancia*

tema _____

subtemas _____

_____

_____

_____

_____

_____

_____

_____

B. Vocabulario esencial. Es posible que no conozcas la terminología esencial para escribir una composición sobre ciencia y tecnología. Ve a la biblioteca para buscar un diccionario de ciencia y tecnología y haz una lista de las palabras esenciales que correspondan al tema que elegiste.

Ejemplo: *word processor*   *procesadora de palabras*

_____   _____

_____   _____

_____   _____

_____   _____

 # INTRODUCCIÓN A LA ESCRITURA

 ## La carta

A pesar de que la tecnología nos ofrece medios de comunicación como el teléfono, el correo electrónico y el FAX, la comunicación escrita todavía ocupa un lugar importante en una sociedad instruida. Es la forma más culta de expresión y, a diferencia de la comunicación electrónica, es permanente.

Hay dos tipos de carta: la carta **comercial/oficial** y la carta **social.** Las cartas tienen un propósito específico (ya sea expresar un estado de ánimo, una opinión, una idea o un deseo) y se dirigen a un lector determinado. Así que el escritor debe manejar el tono, el vocabulario y las estructuras teniendo en cuenta el propósito y el lector a quien se está dirigiendo.

Toda carta, ya sea comercial/oficial o social, requiere **precisión** y **sinceridad.** Entonces, para escribir correctamente, es preciso que el escritor preste atención a:

- la sintaxis
- la ortografía
- la forma
- el tamaño

- la puntuación
- la claridad
- el orden
- la pulcritud

Las partes esenciales de la carta son iguales en inglés y en español.

Partes de una carta

fecha *date*
encabezamiento, saludo *salutation*
introducción
cuerpo, texto *body*
despedida *closing*

firma *signature*
posdata *postscript*
anexos *enclosures, attachments*
dirección *address, location*

Ahora, estudia los siguientes ejemplos de las partes de una carta.

- **La fecha.** El orden del día, mes y año varía de país a país. El nombre del pueblo o de la ciudad donde vive la persona que escribe puede preceder la fecha. Nota el uso de letra mayúscula en el segundo ejemplo.

  Las Cruces, 28 de agosto de 1994
  Agosto 28 de 1994

- **La dirección.** La dirección está constituida por el nombre de la persona o de la empresa a la que se dirige la carta, el domicilio, el nombre del pueblo o de la ciudad, el nombre del estado y el código postal. Se escribe en el margen izquierdo antes del encabezamiento.

  María Luisa Romero
  Calle Guadalupe 503
  Mesilla, NM 88046

  Salvador Casas
  Calle Rincón, 1°B
  28002, Madrid, España

- **El encabezamiento/saludo.** Ésta es la frase que comienza la carta. Varía según la relación que exista entre el remitente[1] y el destinatario[2].

  Carta personal:
  Querido Timoteo:
  Querida Cristina:

  Carta comercial:
  Estimado/Distinguido señor:
  Estimada/Distinguida señora:

  Hay saludos especiales que se utilizan con los representantes del gobierno, los clérigos, los nobles y las fuerzas armadas. Busca estas formas especiales en un diccionario bilingüe.

- **La introducción.** Para evitar un comienzo abrupto en la carta, especialmente si deseas pedir un favor, interésate primero por los asuntos del destinatario o de su familia. Después de esta cortesía, puedes ir al tema principal.

- **El cuerpo/texto.** Ésta es la parte principal de la carta. El motivo de la carta debe destacarse en un párrafo aparte y debe ocupar el centro o el cuerpo de la carta.

- **La despedida.** La despedida es una frase corta que termina la carta. Como el saludo, la despedida varía según la relación entre el remitente y el destinatario. A veces una frase formularia precede la despedida.

  Frases formularias:
  Afectuosos recuerdos a todos los suyos...
  Mis respetos a tu madre...
  Saludos a tu esposo...

  Carta comercial:
  Un cordial saludo,
  Atentamente,
  Sinceramente,

  Carta personal:
  Un fuerte abrazo,
  Con todo mi cariño,
  Afectuosos saludos,

- **La firma.** La firma debería entenderse. No firmes en una manera complicada e ininteligible. Una carta social se firma con el nombre de pila. Una carta comercial se firma con el nombre y el apellido. El título se coloca debajo de la firma.

  Carta personal:
  Carlos

  Carta comercial:
  Teresa Peña
  Directora

- **Los anexos.** En una carta comercial, se escribe la palabra *Anexos* bajo la firma en el margen izquierdo.

- **La posdata.** Al final de la carta se colocan las letras P.D. en el margen izquierdo.

---

[1]remitente (m./f.) *writer*

[2]destinatario *recipient*

Modelo

Estudia la siguiente carta comercial, que pide acción por parte de la empresa. Nota la organización y las frases formularias que se emplean.

20 de marzo de 1993

Hermanos Rodríguez, S.A.
Avenida Artistas 1978
28473 Madrid, España

Estimado señor Rodríguez:

Me dirijo a usted respetuosamente con la intención de compartir un artículo que leí recientemente en un periódico de los Estados Unidos. Dicho artículo trata acerca de un nuevo proceso de fabricación "verde" que se ha desarrollado en los Estados Unidos con extraordinarios resultados.

Este proceso permite fabricar más económicamente los productos, sin ningún riesgo para el medio ambiente, mientras incorpora el reciclaje de plásticos. Los beneficios son innegables: productos de consumo de alta calidad a precios económicos y un planeta sano.

Con motivo de informarle a usted de este avance tecnológico, incluyo con la presente una fotocopia del artículo mencionado. Le ruego que haga cuanto esté en sus manos para investigar la posibilidad de adoptar este nuevo proceso en sus propias instalaciones. Esto beneficiaría enormemente a la naturaleza y a las generaciones futuras, como también le permitiría a usted fabricar los productos a un costo más bajo. Esperando recibir una respuesta positiva, me despido atentamente,

Antonia Martínez

Antonia Martínez
Presidenta
Asociación Protectora del Medio Ambiente
Anexos

P.D. Si le interesa obtener más información sobre este tema, puede llamarme al teléfono 7-845502 aquí en Madrid.

Bosquejo

Ahora, usa las líneas a continuación para escribir el bosquejo de una carta social o comercial sobre el tema que elegiste en *Genera ideas* (página 159).

fecha _____

dirección _____

_____

_____

encabezamiento _____

cuerpo (lista de ideas) _____

_____

_____

_____

despedida _____

firma _____

Redacción

Tarea: Complete these sections (*Redacción* and *Sugerencias para usar la computadora*) before going on to the *Enlace* section on page 195 of your in-class textbook. Plan to work with a partner during your next class to complete the *Enlace* activities in your textbook.

En una hoja aparte, escribe una carta personal o comercial en la que presentes tu punto de vista sobre un tema tecnológico. Sigue los modelos adecuados.

Sugerencias para usar la computadora

Según muchos estudiantes, la invención o acumulación de ideas es la etapa más difícil de la redacción. ¿Por qué no utilizas la computadora para ayudarte en esto? Comienza con un tema amplio y luego concéntrate en una lista de ideas relacionadas. Después de identificar el tema que más te interesa, repite el proceso con una lista larga de detalles que lo ilustren. Utiliza las funciones de subrayar y escribir en cursiva para enfatizar los componentes que parezcan tengan importancia.

Tarea: Revise your composition and create a final draft, using your partner's comments and the checklist from the *Redacción* activity of the *Enlace* section on page 197 of your in-class textbook. Then complete this section (*Mi diario personal*) before beginning *Capítulo 6* of your in-class textbook.

Mi diario personal

¿Cómo te afecta la tecnología? ¿Tienes miedo de usar una computadora o una máquina de FAX? Escribe tus opiniones sobre la influencia de la tecnología en tu vida.

Mi diario

CAPÍTULO 6

La comunidad hispana

Propósitos

Tema: **Los hispanos en los Estados Unidos**

Primera etapa: Preparación

    Estudio de palabras: Los apellidos

    Lectura: "El festín de mi abuela"

Segunda etapa: Estructuras

    Primera estructura: Cómo usar el presente para referirse al futuro

    Segunda estructura: El futuro

Tercera etapa: ¡A escuchar!

    Sugerencias para escuchar mejor: Cómo tomar apuntes al hablar por teléfono

    Primer encuentro: Las oficinas de Inmigración y Naturalización

    Segundo encuentro: Pregúntele a Inmigración

Cuarta etapa: ¡A redactar!

    Introducción a la escritura: La poesía

    Mi diario personal

PRIMERA ETAPA: Preparación

....

Tarea: Complete these sections (*Estudio de palabras* and *Lectura*) before going on to the *Así es* section on page 210 of your in-class textbook.

 ESTUDIO DE PALABRAS

⊚⊚⊚⊚⊚⊚⊚

Los apellidos

Spanish surnames. Many Hispanics use the traditional naming system in which a person has two surnames. Ana Romero López uses both her father's surname (Romero) and her mother's surname (López). When she marries, she retains her name and if she wishes to incorporate her husband's name, she drops her mother's surname, and adds *de* and her husband's first surname. For example:

Ana María Romero López + *Javier Eduardo Estevez Inclán* = *Ana María Romero **de** Estevez*

There are many variations to two-part surnames. Some are joined by hyphens; others are combined by *y*. If Zoraida Vega y Núñez and Germán López-Matos would marry and have a son and a daughter, their names would be as follows: Jacobo López Vega and Jacinta López Vega. You will also notice that some middle or surnames may also be abbreviated. For example, Diana María would be Diana Mª. and Carlos Martínez would be Carlos Mtz. As you read the following obituaries, or *esquelas*, notice the different formats used for writing surnames.

Prácticas

A. Esquelas. Lee los nombres en las esquelas de la página siguiente e identifica cada uno de los parientes del difunto o de la difunta.

✝

MARÍA CARMEN MARTÍN-QUIRÓS

FALLECIÓ EN LAS CRUCES, NUEVO MÉXICO
EL DÍA 10 DE ENERO DE 1994
Habiendo recibido los Santos Sacramentos
DESCANSA EN LA PAZ DEL SEÑOR

Su desconsolado esposo, Enrique Marcos Morales; sus hijos, Jesús, Enrique, Lourdes y Miguel Ángel Marcos Morales; hijos políticos, Carlos López Riofrío, Antonia Cañadilla, Cristina Fernández y María Luz Rodrigo Pérez; hermana, Elena; hermano político, Antonio Cuen Roche, nietos, primos, sobrinos y demás familiares

RUEGAN una oración por su alma

---

esposo   *Enrique Marcos Morales*   **hermana**   _____

hijos   _____   **hermano político** _____

              _____   **hijos políticos**[1] _____

                                               _____

                                               _____

                                               _____

✝

EDUARDO SÁNCHEZ RODRÍGUEZ

FALLECIÓ EN SAN FRANCISCO, CALIFORNIA
EL DÍA 20 DE ENERO DE 1994
DESCANSÓ EN EL SEÑOR

Su esposa, doña Josefa Contreras Ramos; hijos, Eduardo, Eva, Víctor, Guillermo y Sandra Sánchez Contreras; sobrino, José Antonio; hijos políticos, Fina, Diego y Charo; sobrina política, Juana; nietos, hermanos políticos, sobrinos y demás parientes y afectos

RUEGAN una oración por su alma

---

esposa   *Josefa Contreras Ramos*   **sobrino**   _____

hijos   _____   **sobrina política** _____

              _____   **hijos políticos** _____

              _____

              _____

---

[1] hijos políticos   *sons- and daughters-in-law*

Títulos y abreviaturas

Dr., Dra.	doctor, doctora	*holder of Ph.D. degree or medical doctor*
—	don, doña	*title of respect (used with first names only)*
Gte.	gerente	*manager*
Ing.	ingeniero, ingeniera	*holder of an engineering degree*
Lic., Lcdo., Lda., Licdo., Licda.	licenciado, licenciada	*holder of a Master's degree*
—	maestro, maestra	*teacher*
Prof., Profa.	profesor, profesora	*university professor; secondary school teacher*
Sr., Sra., Srta.	señor, señora, señorita	*Mr., Mrs., Miss*
Vdo., Vda.	viudo, viuda	*widower, widow*

B. Títulos. Después de leer los títulos y las abreviaturas, escribe en inglés el título de cada una de las personas en las tarjetas siguientes.

Climesa, S.A.

Prof. Benito Enrique Duarte Ruiz
Hermanos García Noblejas, 20
Madrid, 28037
España

1. _____

Lucita Alfonso Vda. de Delgadillo

Centro Espiritual Justa Caridad
Azopardo 579
1307 Buenos Aires
Argentina

2. _____

Ing. Ángel Téllez Duarte

Plaza del Carmen, Londres 161
06600 México D.F.

3. _____

HOTEL
Quinta Las flores

ANDRÉS VIZCAYNO BETANZOS
GTE. ADMINISTRATIVO

TLAQUEPAQUE No. 210 COL. LAS PALMAS   TELS. 14-1244 12-5769
CUERNAVACA, MOR. MEXICO   FAX: 12-3751

4. _____

DIAGNOSTICS LAB.

Lcdo. Carlos Pérez

Box 40729
Minillas Station.
Santurce, Puerto Rico 00940   Tel (809) 782-7693

5. _____

Direcciones y abreviaturas

Apdo., Apo., Aptdo.	apartado	*post office box number*
Av., Ave., Avda.	avenida	*avenue*
Cd.	ciudad	*city*
C/o	cuidado de	*care of*
Col.	colonia	*area within a city*
C.P.	código postal	*zip code*
Depto., Dpto., Dep.	departmento	*division (province, region, etc.)*
D.F.	Distrito Federal	*Mexico City (capital)*
Edo.	estado	*state*
EEUU, EE.UU., E.U.	Estados Unidos	*United States*
No., Núm.	número	*number*
P.R.	Puerto Rico	*Puerto Rico*
Pza.	plaza	*plaza (square)*
S.A.	Sociedad Anónima	*Inc. (Incorporated)*
Tel., Tfno.	teléfono	*telephone*
1°, 1ª	primer(o), primera	*first (floor)*
2°, 2ª	segundo, segunda	*second (floor)*
3°, 3ª	tercer(o), tercera	*third (floor)*

C. Direcciones. Lee las abreviaturas en las tarjetas de la pagina siguiente y escribe el equivalente de cada dirección en inglés. Fíjate en la posición de los números, las calles y el código postal. ¿Es igual a lo que nosotros hacemos en los EEUU?

Víctor Federico Hermosillo Worley

Plateros 110 Torre 75 Dep. 802
Colonia San José Insurgentes
México, D.F. 03900

MÉXICO

TEL. (5) 651-8797

1. _____

_____

_____

_____

 **oramendi, S.A.**

DEPARTAMENTO
SERVICIO TÉCNICO

CARLOS MTZ. DE LIZARDUY

Zorrostea, 4
(Polígono ALI-GOBEO)
Teléfonos: 24 24 62 - 66
Telex: 35469 LOR E
Telefax: 22 32 40   01010 VITORIA-ESPAÑA

2. _____

_____

_____

_____

MARTÍN ROMERO VERA

GUÍA DE TURISMO

CALLE 606 A No. 89
COL SAN JUAN DE ARAGÓN
MÉXICO 14 D.F.   *Tel. 794 56 02*

3. _____

_____

_____

_____

AQUA CLEAN OF P.R.

JAVIER A. BARRERA

Analista de Aguas

Oficina: 787-2418

Casa: 798-3246

• Destiladores de agua
• Plantas purificadoras
• Osmosis reversible

4. _____

_____

_____

_____

FERNANDO MARTÍN DEL CAMPO

Director General

Hotel Victoria, S.A.

GALILEO 20 PISO 2

MÉXICO, D.F.   C.P. 11550

5. _____

_____

_____

_____

LECTURA

Introducción

Cuando uno piensa en la niñez, siempre tiene recuerdos felices. El olor a galletas, torta y pollo asado puede despertar memorias de cuando toda la familia se reunía para celebrar una ocasión especial. "El festín de mi abuela" explica cómo la magia de la cocina mexicana trasciende países y generaciones y cuenta algunos recuerdos muy especiales del autor.

Antes de leer

Fiestas tradicionales. Piensa en una de las fiestas más memorables que hayas celebrado con toda la familia y completa el siguiente cuadro con la información adecuada.

fiesta _____	fecha _____
invitados	comida
_____ _____	_____ _____
_____ _____	_____ _____

¡A leer!

A. Vocabulario esencial. Estudia las palabras y frases siguientes antes de leer "El festín de mi abuela".

El festín de mi abuela

abarrotar   *to pack, jam, overstock*
acariciar   *to caress*
aderezado/aderezada   *dressed, seasoned*
agua de jamaica   *herbal beverage made of hisbiscus flowers*
ahumado/ahumada   *smoked*
ajo   *garlic*
aletear   *to flutter*
amargo/amarga   *bitter, sour*
azafrán (m.)   *saffron*
bocado   *bite, morsel*
bodega   *wine cellar*
calabacín (m.)   *squash, pumpkin*
canela   *cinnamon*
cazuela   *casserole*
cebolla curtida   *pickled onion*
cilantro   *coriander (spice)*

clavos molidos   *ground cloves*
crudo/cruda   *raw*
desplumar   *to pluck feathers*
embriagante   *intoxicating*
guarnición   *side dish*
huesos de res   *beef bones*
impregnar   *to saturate*
nabo   *turnip*
palomar (m.)   *pigeon house*
perejil (m.)   *parsley*
pichón (m.)   *young pigeon*
piloncillo   *brown sugar shaped into a cone*
puchero   *stew, kettle*
rajas   *slices*
remaduro/remadura   *overripe*
sancocho de guayaba   *stewed guava*

B. Unos detalles. Lee el relato de la página siguiente y completa el cuadro a continuación con la información adecuada.

¿dónde? _____	¿cuándo? _____
¿invitados?	¿comida?
_____	_____
_____	_____
_____	_____
_____	_____
_____	_____
_____	_____
_____	_____
_____	_____

C. Comprensión. Contesta las preguntas siguientes brevemente en español.

1. ¿Dónde vivía la tía de Víctor? _____

_____

2. ¿Cuándo celebraron la fiesta? _____

_____

3. ¿Cuál fue la tarea de Víctor y su primo? _____

_____

4. ¿Qué hicieron su padre y sus tíos? _____

_____

5. ¿De dónde consiguió la abuela la receta de la sopa de pichones? _____

_____

6. ¿Con qué se cocinaron los pichones? _____

_____

El festín de mi abuela

La magia de la cocina mexicana trasciende países y generaciones

por Víctor Valle

El festín comenzó con un furioso aletear. Mi abuela Delfina había decidido deshacerse de los pichones que abarrotaban el palomar del patio de mi tía en el barrio de Canta Ranas, en el sureste de Los Angeles.

Eran los 50s y yo tenía como ocho años. A mi primo y a mí nos tocó la tarea de limpiar la bodega abandonada al lado de la casa—un cuarto lleno de olor a fruta remadura, polvo y cilantro—donde la comida se podía servir con más comodidad. Y en el patio de mi tía Estela, mi padre y sus hermanos se encargaban de limpiar y desplumar docenas de aves.

Delfina, como supe mucho después, había mirado hacia el pasado para este festín. La receta de sopa de pichones venía de una colección copiada en una caligrafía elegante por mi tatara-tía-abuela, Catalina Clementina Vargas. Estaba fechada el 7 de junio de 1888 y tenía poco que ver con la comida mexicana *nouvelle* o los platos Tex-Mex que asociamos hoy día con la cocina del suroeste. En vez, la vieja receta de Catalina era típica de la cocina de Guadalajara, cuya complejidad es comparable a las cocinas cantonesa o de las provincias de Francia. En Los Angeles, la historia ha enterrado este aspecto de la cocina mexicana. Pero es parte de una tradición urbana de más de 400 años que sobrevive en familias como la mía.

Mi abuela cocinó los pichones con perejil, cebolla y ajo en una vieja y enorme cazuela. En el caldo de los pichones hirvió el arroz, añadiéndole clavos molidos, canela y azafrán. Minutos antes de servirlo, regresó los pichones a la cazuela con el caldo y el arroz aromatizados con esas especias de paella. El truco, mi tía aún recuerda, consistía en dejar suficiente caldo para impregnar los pichones con las especias sin que se secara el arroz.

Mientras tanto, mi primo y yo habíamos dejado un espacio limpio en la bodega para una larga fila de mesas. Al atardecer, cuando todo el mundo había llegado, mi abuela y mi tía hicieron una gran entrada con platos de pichón sobre montes de arroz color fuego-naranja. También sirvieron guarniciones de cebolla cruda en rajas inmersas en vinagre, sal y un poco de orégano, y galones de jamaica fría, con su sabor agridulce.

No recuerdo qué más preparó Delfina. Mi tía dice que la comida probablemente comenzó con puchero, una sopa robusta hecha con zanahorias, nabos, calabacines, perejil, huesos de res, pollo y garbanzos o arroz. Una simple ensalada de lechuga aderezada con aceite de oliva y vinagre podía haber precedido el plato fuerte. Y todo debió haber terminado con un sancocho de guayaba, un postre típico mexicano de mitades de guayaba cocidas con canela y piloncillo, un azúcar sin refinar.

Pero lo que queda en mi memoria es el sabor de los pichones y el azafrán. La intensidad ahumada y ligeramente amarga del azafrán, embravecida con los clavos y la canela, era embriagante. Entre bocados de cebolla curtida, yo chupaba la carne de los huesos diminutos y probablemente me ensuciaba la camisa. Después se pusieron las mesas a un lado y nuestros padres comenzaron a bailar. Yo recosté la cabeza sobre las faldas de mi abuela y me quedé dormido pensando en el festín que acabábamos de tener, mientras ella me acariciaba la frente.

—Condensado del "Los Angeles Times Magazine"

7. ¿Qué es *puchero*? _____

_____

8. ¿Cuál fue el postre? _____

_____

9. ¿Qué queda en la memoria de Víctor? _____

_____

10. ¿Qué hizo Víctor después del festín? _____

_____

Después de leer

A. **Recuerdos infantiles.** Víctor tiene unos recuerdos muy felices de su juventud. Escribe un párrafo para describir algo que ocurrió durante tu juventud y que te trae buenos recuerdos.

_____

_____

_____

_____

_____

_____

_____

_____

_____

_____

_____

_____

_____

_____

_____

B. Tu plato favorito. Describe uno de tus platos favoritos, incluyendo todos los ingredientes necesarios para prepararlo. ¿Para qué o quién te gusta preparar tu plato favorito? ¿Con qué otras comidas y bebidas te gusta comerlo?

_____

_____

_____

_____

_____

_____

_____

_____

_____

_____

SEGUNDA ETAPA: Estructuras

Tarea: Complete this section (*Primera estructura*) before going on to the *Primera función* section on page 217 of your in-class textbook. In addition, you may wish to review the grammatical terms in *Appendix A* of this book before beginning the *Primera estructura*.

 ## PRIMERA ESTRUCTURA

Cómo usar el presente para referirse al futuro

The present tense usually describes facts or events that are happening now, but it may also be used to describe future events. Notice that in the following examples the future meaning of the verb in the present tense is determined by words within the sentence that indicate that the action will take place at a later point in time.

En septiembre, todos los niños **comienzan** las clases.
In September, all the children **begin** school.

Salimos para Los Ángeles el lunes próximo.
We **leave** for Los Angeles next Monday.

To express actions and events that are going to happen in the near future, you may also use the *ir a* + infinitive construction.

En el futuro, muchas estaciones de radio **van a transmitir** programas en español.
In the future, many radio stations **are going to transmit** Spanish programs.

Las estaciones de radio en español **van a prestarle** servicios importantes a la comunidad.
Spanish-language radio stations **are going to provide** important services to the community.

Prácticas

A. La semana que viene. Cambia las oraciones siguientes del presente al futuro usando *ir a* + infinitivo y los adverbios o las frases adverbiales que quieras.

Ejemplo: Tomamos el autobús para ir a la universidad.
Vamos a tomar el autobús para ir a la universidad mañana.

1. Lees algunas revistas interesantes. _____

_____

2. Usted asiste a una obra de teatro. _____

_____

3. Llevo el auto al mecánico. _____

_____

4. Preparan las clases. _____

_____

5. Voy a la librería. _____

_____

6. Aprendemos otro idioma. _____

_____

7. Disfrutan de las vacaciones. _____

_____

8. Se reúnen en la biblioteca. _____

_____

9. Me divierto con unos amigos. _____

_____

10. Tienen clase a las ocho. _____

_____

B. Aspiraciones para el futuro. Lee los comentarios siguientes de algunos hispanos sobre sus aspiraciones para el futuro. Después, subraya los verbos o las frases verbales que indiquen lo que van a hacer.

Éxito para la vicealcadesa

"Me voy a concentrar en tener un mayor número de empresas en la ciudad. También voy a traer más compañías y a fomentar la expansión de los negocios que ya se encuentran establecidos en Los Ángeles", afirma Linda Greco, la nueva vicealcadesa de Los Ángeles.

Juntos para cantar

Pronto Fernando Allende y Brigitte Nielsen van a grabar discos juntos. El cantante mexicano y la actriz danesa van a cantar la canción *Soy yo, soy yo*. El tema es bilingüe. Fernando va a cantar en español y Brigitte le va a contestar en inglés.

C. Una nota. Escríbele una nota a un amigo o a una amiga contándole todo lo que vas a hacer esta semana, usando *ir a* + infinitivo.

Ejemplo: *Mañana voy a ir a la librería para comprar un libro.*

CH. Planes para esta noche. ¿Qué vas a hacer esta noche? Escribe cinco oraciones completas usando el verbo en el presente. Usa las dos formas para hablar del futuro indistintamente.

Ejemplo: *Veo a mi profesor a las siete.*
Voy a ver a mi profesor a las siete.

1. _____

2. _____

3. _____

4. _____

5. _____

D. Síntesis. Usando palabras interrogativas, escribe cinco preguntas para personas o miembros de tu familia sobre algunas de las actividades de la página siguiente.

Ejemplo: tío   *¿Cuándo vas a comprar un auto nuevo?*

personas	actividades	palabras interrogativas
madre/padre/abuelo/abuela	ir de compras	cómo
hermano/hermana/primo/prima	estudiar para un examen	con quién
amigo/amiga	practicar algún deporte	por qué
compañero/compañera de clase	visitar a un amigo/una amiga	cuándo
profesor/profesora de español	etc.	etc.

1. _____

2. _____

3. _____

4. _____

5. _____

 ## SEGUNDA ESTRUCTURA

El futuro

Tarea: Complete this section (*Segunda estructura*) before going on to the *Segunda función* section on page 219 of your in-class textbook. In addition, you may wish to review the grammar terms in *Appendix A* of this book before beginning the *Segunda estructura*.

Just as in English, the future tense is generally used to describe events that will (or will not) happen some time in the future. For example:

*Según informes oficiales, el número de hispanos **se duplicará** para la segunda década del próximo siglo.*
According to official sources, the number of Hispanics **will double** by the second decade of the next century.

The future is also used to express the result of a supposition that concerns the future. It describes what will happen if a certain condition is met.

*Si el gobierno no apoya los programas bilingües, muchos niños hispanos **perderán** su lengua materna.*
If the government doesn't support bilingual programs, many Hispanic children **will lose** their native language.

Forming the future. The stem for the future is the whole infinitive. A common set of endings is used for all three conjugations, and all but the first-person plural have written accent marks over the stressed vowel. Study the examples shown in the chart on the following page.

El futuro de verbos regulares

-ar	-er	-ir	irse (reflexivo)
celebra**ré**	aprende**ré**	consegui**ré**	me i**ré**
celebra**rás**	aprende**rás**	consegui**rás**	te i**rás**
celebra**rá**	aprende**rá**	consegui**rá**	se i**rá**
celebra**remos**	aprende**remos**	consegui**remos**	nos i**remos**
celebra**réis**	aprende**réis**	consegui**réis**	os i**réis**
celebra**rán**	aprende**rán**	consegui**rán**	se i**rán**

▲ Some high-frequency verbs form irregular stems in the future by dropping the theme vowel from the infinitive ending. For example: *poder* → *podr* → *podré*. Others alter their infinitives by replacing the theme vowels *e* and *i* by a *d*. For example: *poner* → *ponr* → *pondr* → *pondré*. *Decir* and *hacer* use a special form. Notice that the patterns for the conditional are identical for the future. These verbs and their future stems are shown in the chart below.

El futuro de verbos irregulares

verb	future *(yo)*	verb	future *(yo)*
decir	**diré**	saber	**sabré**
hacer	**haré**	salir	**saldré**
poder	**podré**	tener	**tendré**
poner	**pondré**	valer	**valdré**
querer	**querré**	venir	**vendré**

▲ One note of caution: Unlike English, Spanish does **not** use the present progressive form *(estoy viajando)* with future meaning. The examples below indicate the different ways to say "I am travelling tomorrow."

Viajo mañana.	(present)
Voy a viajar mañana.	(ir a + infinitive)
Viajaré mañana.	(future)

Prácticas

A. Mañana. Escribe los planes que tienen las siguientes personas para mañana. Usa la forma del futuro del verbo indicado, añadiendo las palabras necesarias para completar cada oración.

Ejemplo: tú / aprender   *Aprenderás mucho sobre la historia de México.*

1. ellos / dejar _____

2. nosotros / hacer _____

3. mis amigos / venir _____

4. ustedes / salir _____

5. yo / adaptar _____

6. vosotros / mantener _____

7. tú / saber _____

8. usted / poner _____

B. El horóscopo. Lee las siguientes predicciones del horóscopo y cambia las frases subrayadas al futuro, según el ejemplo.

Ejemplo: En el otoño el clima te <u>va a hacer</u> bien.   *hará* _____

1. Cualquier cosa que hagas en el ámbito público <u>va a tener</u> éxito.   _____

2. Este otoño, las estrellas indican que <u>vas a encontrar</u> a esa persona tan esperada. _____

3. Tus amigos te <u>van a buscar</u> para pedirte algo.   _____

4. En octubre <u>vas a recibir</u> un golpe de suerte.   _____

5. Tus compañeros de trabajo le <u>van a presentar</u> una idea nueva al jefe.   _____

6. <u>Vas a tener</u> muchas ideas nuevas que quieres compartir con los demás.   _____

7. Tus familiares <u>van a necesitar</u> tu apoyo al final de este mes.   _____

8. <u>Vas a triunfar</u> en todo lo que hagas.   _____

9. Cualquier opción que elijas te <u>va a hacer</u> sentir mejor que nunca.   _____

10. Éste <u>va a ser</u> un mes difícil para ti.   _____

C. En el cielo. Lee los horóscopos siguientes y subraya los verbos y las frases verbales que expresen el futuro. Después, escribe el equivalente en inglés de cada una de las siete oraciones.

CANCER Tu alma busca recrearse en sensaciones como la armonía, la belleza, el amor. Vas a tomarlo todo con una gran calma y así evitarás muchos conflictos. Surgirán tensiones en tu relación que te indicarán la necesidad de hacer cambios. Trata de no gastar mucho dinero en artículos que solo te darán una gratificación pasajera. Es un período propicio para causar buena impresión a los demás. Aprovecha tu imaginación y cultiva tu capacidad creativa para realizar cosas nuevas.

LEO Este mes te sientes muy popular entre tus amigos. Necesitas el apoyo que sólo la verdadera amistad puede dar, y entregas a tus amigos el mismo amor que recibes. Siempre te ha preocupado mejorar el medio ambiente y por eso tratas de embellecerlo. Decides dar a conocer tus ideas, pero no te olvides de escuchar los consejos de los demás. Procura salir, fuera encontrarás alegría y diversión.

VIRGO Te enfrentas al trabajo con mucho afán. El mundo entiende tus cualidades y aprecia tu individualidad. Te domina un espíritu positivo que te permite conseguir todo aquello que te propones. Quieres conocer muchas cosas nuevas para ensanchar el horizonte de tus conocimientos. El principio de mes es propicio para el amor, pasarás momentos muy románticos junto a tu pareja, y los amantes lograrán un entendimiento perfecto.

PISCIS Termina lo que tienes pendiente. Pero no esperes que eso vaya a librarte de las críticas de los demás. Este mes, analiza qué parte de tu vida quieres mantener y qué quieres renovar. Cuando te hayas decidido empezarás a sentirte mejor. Ahora tienes el valor de probar lo que nunca antes te atreviste a experimentar; resiste la tentación de huir. En el amor, utiliza tu intuición para conseguir un mejor entendimiento con tu pareja.

ANDREA ARROYO

1. _____

2. _____

3. _____

4. _____

5. _____

6. _____

7. _____

CH. Metas personales. Escribe una lista de las metas personales que tienes para dentro de un año, diez años y treinta años.

un año _____

_____

_____

_____

_____

diez años _____

_____

_____

_____

_____

treinta años _____

_____

_____

_____

_____

D. Síntesis. Describe en seis oraciones cómo será la vida de algunos de tus familiares dentro de diez años. Puedes hablar del trabajo, la educación, la vivienda, la apariencia física, etc.

Ejemplo: *Dentro de diez años mi hermana Carlota vivirá en Phoenix y tendrá dos hijos.*

1. _____

2. _____

3. _____

4. _____

5. _____

6. _____

TERCERA ETAPA: ¡A escuchar!

Tarea: ....
Complete these sections (*Sugerencias para escuchar mejor* and *Primer encuentro*) before going on to the *Primer encuentro* section on page 222 of your in-class textbook.

Sugerencias para escuchar mejor

Cómo tomar apuntes al hablar por teléfono. Nowadays, we frequently call toll-free numbers that provide recorded information on consumer products, health and fitness, education, and other topics. It should not be surprising that many U.S. businesses now offer toll-free information in Spanish for the Hispanic population of our country. In this lesson, you will practice taking down essential information from a recorded message, just as you might do in real life if you called one of these numbers. The phrases shown below are often used in 800 numbers as guides to route the consumer to the appropriate information center. Study the phrases below and complete the *Práctica* on the following page before listening to your student tape.

Frases útiles para hablar por teléfono

Marcar el número...	*Dial the number . . .*
Para instrucciones sobre...	*For instructions on . . .*
Para obtener información sobre...	*To obtain information about . . .*
Para oír...	*To listen to . . .*
Para poder hablar con (alguien)...	*In order to speak to (someone) . . .*
Para repetir este mensaje...	*To repeat this message . . .*
Si usted desconoce el número del mensaje...	*If you do not know the number of the message . . .*
Si usted desea solicitar...	*If you wish to ask for . . .*
Si usted necesita hablar con...	*If you need to speak with . . .*
Si usted sabe el número que corresponde...	*If you know the number that applies . . .*

PRIMER ENCUENTRO

Las oficinas de Inmigración y Naturalización

 *Antes de escuchar*

¿A quién llamarías? Lee los anuncios siguientes y escribe el número de teléfono para obtener la información a continuación.

1. transferir dinero _____

2. enviar un paquete a España _____

3. solicitar asistencia de la operadora de AT&T _____

4. conseguir una tarjeta de crédito _____

WESTERN UNION

Transferencias De Dinero Con Tarjetas
De Crédito
    Llamada Gratuita Marque '1' Y 800 225-5227
Se Habla Español
    Llamada Gratuita Marque '1' Y 800 325-4045

FIRST UNION NATIONAL BANK

El Servicio
Se Lo Garantizamos

First Union National Bank of Florida
  Vea Páginas Blancas para Localidades
  Customer Service
    Llamada Gratuita Marque '1'
    Y Después 800 433-4195
  Mastercard
    Información de Visa disponible 24 horas
    Llamada Gratuita Marque '1'
    Y Después 800 431-4636
  Servicio de corredores
    Llamada Gratuita Marque '1'
    Y Después 800 342-5086

CON SERVICIO SIN ESCALA
A ESPAÑA DESDE NUEVA
YORK, MIAMI, CHICAGO
Y LOS ÁNGELES
Y Conexiones Para Las Principales
Ciudades De Europa Y Noráfrica

PARA INFORMACIÓN LLAME
RESERVACIONES E INFORMACIÓN
IBERIA AIRLINES OF SPAIN LLAMADA GRATUITA
MARQUE '1' Y DESPUÉS 800 772-4642
RESERVACIONES E INFO DE CARGA
Iberia Airlines of Spain Llamada Gratuita
  Marque '1' Y Después 800 221-6002

AT&T

CUANDO SE TRATA
DE TELÉFONOS,
SISTEMA DE COMUNICACIÓN,
SERVICIOS DE LARGA DISTANCIA
O COMPUTADORAS...
PARA INFORMACIÓN LLAME

AT&T
  Ventas E Información
    Equipos Y Servicios De Larga
      Distancia
      Centro Nacional AT&T
      Información En Español
      Lunes A Viernes: 8 AM A 9 PM
      Llamada Gratuita Marque '1'
      Y Después 800 235-0900
    Teléfonos Para Empresas
      Sistemas De Facsímile Y
      Procesamiento De Datos
    Información En Inglés
    Llamada Gratuita Marque '1'
      Y Después 800 247-7000
    Centro De Ventas De Larga
      Distancia Para Empresas
    Información En Inglés
    Llamada Gratuita Marque '1'
      Y Después 800 222-0400
    Asistencia De Operadora De
     AT&T En Español
    Marque '0' O '00' El Número Al
    Que Desea Llamar Y Diga
    "AT&T Español" A La Operadora
    Reparación Y Mantenimiento
      Servicio De Reparación De Larga Distancia
      Llamada Gratuita Marque '1'
      Y Después 800 222-3000

 **Comprensión**

 Play student tape: *Las oficinas de Inmigración y Naturalización*

Marque el número 1. Escucha la información en tu cassette y escribe las frases que se emplean para indicar qué información se va a dar en cada sección.

> Ejemplo: *Para información sobre visados y pasaportes estadounidenses o para pedir formularios del servicio de Inmigración y Naturalización, marque el número 1.*

1. _____
con uno de nuestros oficiales, marque el número 2.

2. _____
del temario de mensajes del sistema "Pregúntele a Inmigración", marque el número 3.

3. _____
al mensaje de Inmigración que usted necesita, marque el número 4.

4. _____
de un caso o de una solicitud pendiente, marque el número 5.

 **Después de escuchar**

Aprende mecánica automotriz en seis meses. Lee el anuncio siguiente y usa las frases de la página 184 como modelo para escribir cuatro mensajes en la página siguiente para el servicio que ofrece Mecánica Automotriz.

> Ejemplo: *Para información sobre nuestros programas de seis meses, marque el número 1.*

1. _____

_____

2. _____

_____

3. _____

_____

4. _____

_____

SEGUNDO ENCUENTRO

Pregúntele a Inmigración

Tarea: Complete this section *(Segundo encuentro)* before going on to the *Segundo encuentro* section on page 225 of your in-class textbook.

Antes de escuchar

¿Qué son? Escribe una explicación breve o una definición en español para los términos y las frases siguientes.

1. día feriado _____

_____

2. extranjeros ilegales _____

_____

3. inmigrantes _____

_____

4. visitante temporal _____

_____

5. tarjeta verde _____

_____

 **Comprensión**

Play student tape: *Pregúntele a Inmigración*

A. Más información. Escucha el cassette y después contesta las preguntas brevemente en español.

1. ¿Dónde está ubicado el edificio federal Celebrese? _____

_____

2. ¿A qué horas están abiertas las oficinas? _____

_____

3. ¿Cuál es el horario de la sección de examinadores e inspectores? _____

_____

4. ¿Para qué día es necesario tener una cita para ser atendido? _____

_____

5. ¿Qué número hay que marcar para oír la lista del temario de mensajes? _____

_____

B. ¿Qué número hay que marcar? Ahora escucha el cassette de nuevo y escribe los números que hay que marcar para obtener información sobre los temas siguientes.

1. el Acta de Inmigración de 1990 _____

2. cómo obtener una tarjeta verde _____

3. visados de inmigrante, adopciones, asilo y residencia permanente _____

4. el Servicio de Inmigración y Naturalización y las políticas especiales de inmigración _____

5. estudiantes extranjeros _____

6. visitantes temporales y otras clasificaciones de no inmigrante _____

7. permiso para viajar fuera de los Estados Unidos _____

8. cómo reemplazar una tarjeta verde _____

9. ciudadanía y naturalización _____

10. oír de nuevo el directorio de mensajes _____

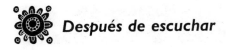 *Después de escuchar*

¿Sí o no? ¿Estás de acuerdo con permitir el ingreso de inmigrantes a los Estados Unidos? Escribe cinco argumentos a favor o en contra de este tema tan controversial.

1. _____

   _____

   _____

2. _____

   _____

   _____

3. _____

   _____

   _____

4. _____

   _____

   _____

5. _____

   _____

   _____

CUARTA ETAPA: ¡A redactar!

 Phrases/functions: Describing objects; describing people; describing weather.
Vocabulary: Colors.
Grammar: Adjective agreement; adverbs; suffixes; verbs: *infinitive*.

Phrases/functions
- writing an introduction
- linking ideas
- sequencing events
- making transitions
- writing an essay
- writing a conclusion

Tarea: Complete these sections (*Antes de redactar, Introducción a la escritura, Modelo,* and *Bosquejo*) before going on to the *Lectura* section on page 228 of your in-class textbook.

 Antes de redactar

A. **Genera ideas.** Elige un tema aplicable a la poesía, tal vez uno de los temas que utiliza Sandra María Esteves en su obra poética (la cultura, la dignidad, etc.) o un tema tradicional (el amor, la naturaleza, etc.).

tema _____

B. **Vocabulario esencial.** Escribe una lista de palabras y frases que se relacionen con tu tema.

_____   _____
_____   _____
_____   _____
_____   _____
_____   _____
_____   _____

INTRODUCCIÓN A LA ESCRITURA

 La poesía

Hoy en día, la poesía sigue siendo una forma literaria tan popular como lo fue en el pasado. La poesía es una forma de expresión artística que se basa en el uso de la palabra, la rima y la cadencia del verso. Dentro de este género hay un sinfín de subgéneros, por ejemplo:

- **balada:** composición poética en la que se refieren hechos legendarios o misteriosos
- **canto:** poema corto del género heroico
- **épica:** poema narrativo extenso de acción bélica, empresas nobles y personajes heroicos
- **lírica:** subgénero de poesía en que el autor expone sus sentimientos
- **metafísica:** poema que trata la esencia de la realidad, de la vida y del universo
- **verso libre:** poema en el que varían la cadencia y la rima

 Modelo

Aunque muchas personas creen que es difícil escribir poemas, el *cinquain* (poema de cinco versos) se escribe dentro de un esquema sencillo.

- **primera línea:** declaración del tema en una palabra (un sustantivo)
- **segunda línea:** descripción del tema en dos palabras (dos adjetivos o un sustantivo + un adjetivo)
- **tercera línea:** descripción de una acción del tema en tres palabras (tres infinitivos o una frase de tres palabras)
- **cuarta línea:** expresión de una emoción sobre el tema en cuatro palabras
- **quinta línea:** resumen del tema en una palabra (un sustantivo)

Estudia el siguiente poema de cinco líneas. Observa la organización y las categorías gramaticales de las palabras.

> Rey
> Imperioso, imperturbable
> Manda, domina, impone
> No me hace caso
> Gato

Bosquejo

Ahora, usa las líneas a continuación para escribir el bosquejo para un poema de cinco versos sobre el tema que elegiste en *Genera ideas* (página 190).

un sustantivo	_____
dos adjetivos	_____
tres infinitivos	_____
frase de cuatro palabras	_____
un sustantivo	_____

 Redacción

Tarea: Complete these sections *(Redacción* and *Sugerencias para usar la computadora)* before going on to the *Enlace* section on page 233 of your in-class textbook. Plan to work with a partner during your next class to complete the *Enlace* activities in your textbook.

Agrégale más información y más versos a tu poema de cinco versos. No te olvides del tono de tu poema; puede ser sentimental, heroico o satírico, como quieras. Puedes utilizar una rima (por ejemplo, r**osa**/c**osa**; ti**empo**/vi**ento**) o, si prefieres, verso libre (sin rima). Escribe tu poema en una hoja aparte.

 Sugerencias para usar la computadora

La mayoría de las procesadoras de palabras modernas proveen una variedad de tipografía así como la posibilidad de combinar formas geométricas, símbolos especiales y dibujos con el texto. Experimenta con tu procesadora de palabras para mejorar tus composiciones.

Revise your composition and create a final draft, using your partner's comments and the check-list from the *Redacción* activity of the *Enlace* section on page 235 of your in-class textbook. Then complete this section (*Mi diario personal*) before beginning *Capítulo 7* of your in-class textbook.

Mi diario personal

En las líneas siguientes, escribe tus planes para el futuro. Usa el tiempo futuro o *ir a* + infinitivo en las oraciones.

Mi diario

CAPÍTULO 7

Las noticias

Propósitos

Tema: **Gente en las noticias**

Primera etapa: **Preparación**

Estudio de palabras: Sinónimos

Lectura: "Misterios de nuestro mundo"

Segunda etapa: **Estructuras**

Primera estructura: El pretérito perfecto del indicativo

Segunda estructura: El pretérito perfecto del subjuntivo

Tercera etapa: **¡A escuchar!**

Sugerencias para escuchar mejor: Cómo usar claves visuales

Primer encuentro: ¿Qué tiempo hace?

Segundo encuentro: Índices de consumo

Cuarta etapa: **¡A redactar!**

Introducción a la escritura: El resumen

Mi diario personal

PRIMERA ETAPA: Preparación

Tarea: Complete these sections (*Estudio de palabras* and *Lectura*) before going on to the *Así es* section on page 249 of your in-class textbook.

 ## ESTUDIO DE PALABRAS

Sinónimos

Spanish synonyms. In this chapter you have already practiced phrases that help you to describe actions and things in order to express an idea when you lack a specific word. For example, you could say *máquina para abrir latas* instead of *abrelatas* or *una persona que viene de otro mundo* for *extraterrestre*. Learning synonyms for words that you frequently use is another way to expand your vocabulary. Words that are similar, but not necessarily identical in meaning, will enable you to express yourself clearly.

Prácticas

A. Diferencias. Sin usar un diccionario, escribe el significado de los siguientes sinónimos. Después, escribe una oración completa con cada palabra.

Ejemplo: compañero   *alguien que trabaja, estudia o vive con otra persona, y comparte las mismas experiencias*
Mi compañero y yo fuimos de vacaciones a Acapulco.

amigo   *una persona con quien se tiene amistad*
Al verdadero amigo se conoce en la adversidad.

1. comida _____

_____

alimento _____

_____

2. bestia _____

_____

animal _____

_____

3. salario _____

_____

recompensa _____

_____

B. Investigación. Ahora, usando un diccionario, escribe dos sinónimos para cada palabra de la siguiente lista. Después, escribe una oración completa con cada sinónimo.

1. regalo _____ _____

_____

_____

2. consumidor _____ _____

_____

_____

3. comunicar _____ _____

_____

_____

4. engañar _____ _____

_____

_____

5. empresa _____ _____

_____

_____

 **LECTURA**

Introducción

¿Has visto o conoces a alguien que haya visto un objeto volador no identificado (OVNI)[1]? Muchos científicos rechazan la existencia de platillos voladores, seres extraterrestres y fenómenos anormales. Sin embargo, hay revistas como *Espacio y tiempo, Año cero* y *Más allá* que ofrecen historias y fotografías de encuentros con naves espaciales en tierra firme, bajo el mar y en el espacio. Los artículos en las páginas siguientes tratan de justificar algunas de estas observaciones.

 ***Antes de leer***

¿Cómo serán? Cada persona tiene una idea de cómo debe de ser un extraterrestre. Escribe una lista de cinco oraciones que describan a un ser de otra galaxia que nos podría visitar, usando el futuro de probabilidad (*Capítulo 6*).

Ejemplo: *Tendrá una cabeza muy grande y muy poco pelo.*

1. _____

_____

2. _____

_____

3. _____

_____

4. _____

_____

5. _____

_____

---

[1]OVNI *UFO*

 **¡A leer!**

A. Vocabulario esencial. Estudia las palabras y frases siguientes antes de leer "Misterios de nuestro mundo".

Misterios de nuestro mundo

acontecimiento *happening, event*
apresurarse *to hurry, hasten*
asombroso/asombrosa *astonishing, amazing*
avalar *to guarantee, endorse*
avistamiento *sighting*
bambolear *to sway, wobble*
dar tumbos *to stagger*

descartar *to reject, cast aside*
exitoso/exitosa *successful*
nave (f.) *ship*
percatarse de *to be aware of*
rastro *trace*
someterse *to submit, surrender*

B. OVNIs en la Florida. Lee el artículo "Misterios de nuestro mundo" en la página siguiente y escribe una lista de palabras que describan o se asocien con el OVNI.

Ejemplo: *una luz extraña*

_____   _____

_____   _____

_____   _____

_____   _____

_____   _____

_____

C. Comprensión. Contesta las preguntas siguientes brevemente en español.

1. ¿Dónde y cuándo apareció el OVNI? _____

_____

2. ¿Quién lo vio? _____

_____

3. ¿Qué pensó que era al principio? _____

_____

4. ¿Por qué entró a su casa otra vez? _____

_____

5. ¿Qué pasó cuando fue a tomar una foto desde otra perspectiva? _____

_____

6. ¿Quiénes corroboraron su relato? _____

_____

7. ¿A qué pruebas se sometió el observador? _____

_____

_____

Misterios de Nuestro Mundo
Un Pueblo Entero, Visitado por OVNIs en la Florida

Nunca se ha tenido tanta evidencia sobre un caso de OVNIs como en el de Gulf Breeze, en La Florida. Los acontecimientos, puros y simples, fueron así: Era la noche del 11 de noviembre de 1987, la hora de la cena, cuando Ed Walters, sentado frente a la ventana de su despacho, miró hacia fuera y se percató de un OVNI bajo la forma de una luz extraña que brillaba a través de un pino en el jardín de su casa. Cerca de esta comunidad floridana se encuentra una estación naval aérea de aviones y helicópteros que frecuentemente animan los cielos, tanto de día como de noche. Al principio pensó que se trataba de uno de esos aparatos, pero inmediatamente lo descartó por tener una cualidad muy especial, distinta a las jamás vistas por él. Salió al jardín por la puerta frontal, y fuere lo que fuere que había visto instantes antes, aún se encontraba ahí brillando. El aire estaba en silencio. Se apresuró a buscar una vieja cámara Polaroid y tomó una primera foto. Parecía tan grande como las casas encima de las cuales se mantenía bamboleándose a unos doscientos pies, en el más perfecto silencio. Las luces de la nave lo tenían fascinado y salió corriendo, dando tumbos hasta la calle para tomar una foto desde otra perspectiva más de cerca. De pronto sintió como un golpe en todo el cuerpo y experimentó que no se podía mover. Descubrió que se encontraba dentro de una luz azul y que todo él se veía azul. De pronto sus pies se elevaron en el aire y una voz en su cabeza le dijo que no le harían daño. Inmediatamente cayó al suelo y en lo que se levantaba oyó el ruido de un avión jet que regresaba a la base naval cercana. Miró al cielo y no vio rastro alguno de la nave.

Estos avistamientos continuaron y fueron compartidos por su familia y corroborados por cientos de habitantes —políticos, clérigos, soldados y gente ordinaria de clase media— del área de Gulf Breeze. Las fotos fueron publicadas en el periódico local. La veracidad de estos acontecimientos viene también avalada por varias pruebas poligráficas, detector de mentiras, «tests» psicológicos y regresiones hipnóticas a las que se sometió voluntariamente. Por demás, el testigo principal, Ed Walters, es un exitoso constructor de viviendas, miembro de la Junta de Planificación Urbana de Gulf Breeze. La documentación de este caso, así como el número de fotos, es impresionante. Más asombroso aún es el número de interrogantes que despierta. Sólo el tiempo nos dará la respuesta.

DANIEL DE LA AURORA

Después de leer

A. Consejos para cazar OVNIs. Lee el artículo siguiente y escribe una lista con los objetos que hay que llevar cuando uno va a cazar OVNIs.

Consejos para ir a 'cazar OVNIs'

Por STEVE SILK
The Hartford Courant

Antes de elevar sus ojos al cielo, los investigadores de OVNIs sugieren que se informe para tener alguna idea de cómo se comportan. Aprenda a reconocer las luces de los aviones para que no confunda un F-15 con un OVNI. Indague en los periódicos y los noticieros en busca de informes sobre avistamientos.

La mayoría de los avistamientos ocurren en las primeras horas de la tarde. Y aunque no existe una época del año que resulte óptima para detectar OVNIs, la mayoría son vistos durante el verano. (Pero eso posiblemente se deba a que hay más personas al aire libre, dice David Boras, asistente del director del Centro J. Allen Hynek para Estudios de OVNIs en Chicago.)

John White, escritor y editor de Connecticut que realiza una conferencia anual sobre OVNIs, tiene estos consejos para cualquiera que emprenda la búsqueda de OVNIs:

• Prepárese a tomar fotografías o a hacer grabaciones de video. Tenga listos los binoculares.

• Prepárese para calcular las dimensiones del artefacto, así como su velocidad y altitud. Tome medidas angulares para medir el tamaño de cualquier objeto volador que vea. Para hacerlo, extienda una moneda colocada entre sus dedos pulgar e índice a todo lo que le da el brazo para ver cuánto cubre del horizonte. Compare lo que la moneda cubre con los objetos cubiertos por cualquier OVNI.

• Tenga lista una grabadora de sonido. Se dice que los OVNIs producen un zumbido agudo o vibrante. A veces hay un retumbar bastante alto cuando el vehículo pasa, a veces es un zumbido bajo, dicen los investigadores.

• Lleve papel y lápiz para hacer anotaciones y registrar observaciones hechas por otros testigos. Haga diagramas detallando lo que vio. Haga una observación aérea de la zona, incluyendo marcas naturales, luces elevadas y cualquier cosa que pueda ser relevante.

• Esté al tanto de los aeropuertos locales.

---

objeto   **uso**

1. _____   para grabar el sonido del OVNI

2. _____   para tomar notas

3. _____   para captar la imagen del OVNI

4. _____   para calcular las dimensiones del OVNI

B. Sugerencias. Escribe dos sugerencias más para poder confirmar avistamientos.

1. _____

_____

2. _____

_____

C. ¿Sí o no? Escribe cuatro razones que expliquen por qué crees o no crees en los OVNIs.

1. _____

_____

_____

2. _____

_____

3. _____

_____

_____

4. _____

_____

_____

SEGUNDA ETAPA: Estructuras

Tarea: Complete this section (*Primera estructura*) before going on to the *Primera función* section on page 257 of your in-class textbook. In addition you may also wish to review the grammatical terms in *Appendix A* of this book before beginning the *Primera estructura*.

 PRIMERA ESTRUCTURA

El pretérito perfecto del indicativo

The present perfect tense is generally easy for native speakers of English to learn. In Spanish, just as in English, the present perfect is a **compound tense** composed of two parts: the **auxiliary verb** and the **past participle.** In English, the auxiliary verb **(to have)** for the present perfect tense is either **have** or **has.** The past participle often ends in **-en (spoken, driven)** or **-ed (worked, looked).** Some examples of the present perfect are: **I have spoken, he has driven, we have worked, they have looked.**

In Spanish, the auxiliary verb for the present perfect tense is the present tense of the verb *haber* (to have), and the participle usually ends in *-ado* or *-ido*. The following two charts show the present tense of *haber* and the formation of regular past participles in Spanish.

El presente de *haber*

he	hemos
has	habéis
ha	han

Formación de participios regulares

-ar	hablar	→	habl**ado**	*spoken*
-er	leer	→	le**ído**	*read*
-ir	vivir	→	viv**ido**	*lived*

Recuerda: Second and third conjugation verbs whose stem ends in -a, -e, or -o will have an accented *í* in the past participle; for example: *caer → caído, leer → leído, oír → oído.*

▲   Both English and Spanish have several irregular past participles. In English, for example, the past participle of **look** is **looked,** but the irregular past participle of **took** is **taken.** In Spanish, some of the most frequently used verbs have irregular past participles. Your best bet is to memorize these forms.

Participios irregulares

abrir →	abierto	hacer →	hecho	resolver →	resuelto
cubrir →	cubierto	imprimir →	impreso	romper →	roto
decir →	dicho	morir →	muerto	ver →	visto
escribir →	escrito	poner →	puesto	volver →	vuelto

Recuerda: Remember that any compound of these irregular participles will also be irregular, for example: *descubrir → descubierto, prescribir → prescrito, imponer → impuesto, devolver → devuelto.*

▲ Now that you have learned how to conjugate *haber* and to form the past participle in Spanish, you are ready to put the two together to make the present perfect tense. Notice that the participle ending is always -o and it never changes.

El pretérito perfecto del indicativo

-ar	-er	-ir	dormirse (reflexivo)
he hablado	he hecho	he partido	me he dormido
has hablado	has hecho	has partido	te has dormido
ha hablado	ha hecho	ha partido	se ha dormido
hemos hablado	hemos hecho	hemos partido	nos hemos dormido
habéis hablado	habéis hecho	habéis partido	os habéis dormido
han hablado	han hecho	han partido	se han dormido

▲ Although Spanish uses the present perfect wherever English does, the opposite is not true. Many times, English requires the past tense where Spanish uses the present perfect. In addition, it is probably safe to say that the Spanish present perfect is not used as commonly in Latin America as it is in Spain. Now, let's take a closer look at the uses of the present perfect indicative.

▲ The present perfect relates events in the recent past.

*¿**Han visto** la carta del director?*   **Have** they **seen** the boss's letter?

▲ The present perfect is used in negative time phrases with *hace... que.*

*Hace mucho tiempo que **no** los **he visto.***   I **haven't seen** them in a long time.

▲ The present perfect is also used to express past events that had a bearing on the present.

*Estoy triste porque **no he pasado** el examen.*   I'm sad because I **didn't pass (haven't passed)** the test.

Prácticas

A. Reforma en México. Lee la pregunta y respuesta siguientes y subraya los nueve verbos en el presente perfecto del indicativo. Después, escribe las formas equivalentes de los verbos en inglés.

> —Usted ha combatido eficazmente la inflación, que está a punto de bajar a un dígito, y ha modernizado el país. Pero recientemente la Secretaría (ministerio) de Salud ha dado la cifra de que en México hay cinco millones de niños desnutridos. ¿Hay un México próspero y del Primer Mundo y un México Pobre y del Tercer Mundo?
> —Tenemos todavía desigualdades serias en el país. Por eso hemos seguido la estrategia de reforma económica con reforma social. Hemos puesto en marcha el Programa Solidaridad y en sólo 35 meses hemos llevado agua potable a ocho millones de personas, electricidad a 11 millones; hemos duplicado las clínicas de salud en zonas rurales, arreglado 50.000 escuelas en todo el país y mejorado los salarios de los maestros, entre otras cosas.

1. _____

2. _____

3. _____

4. _____

5. _____

6. _____

7. _____

8. _____

9. _____

B. Verbos, verbos. ¿Qué han hecho últimamente las siguientes personas? Escribe la forma indicada de los verbos en el pretérito perfecto. Después, escribe una oración completa con cada uno.

Ejemplo: yo / cerrar   *He cerrado la puerta con llave.*

1. yo / hablar _____

2. tú / estudiar _____

3. él / dar _____

4. nosotras / conocer _____

5. vosotros / entender _____

6. ellas / vender _____

7. yo / ir _____

8. tú / vivir _____

9. ella / conducir _____

10. nosotros / ver _____

11. vosotras / poner _____

12. ustedes / decir _____

C. San fermines. Una de las atracciones de la fiesta de San Fermín, en Pamplona, España, es los toros, que corren libremente por las calles del pueblo. Lee el siguiente pasaje satírico (del diario *El País*) y completa los espacios basándote en el dibujo. Usa el pretérito perfecto del verbo adecuado.

Este elegante y alusivo modelo de gorra _____ (traer, tener, temer) una

acogida notable entre el público americano que se lo _____ (quitar, quedar,

quemar) de las manos a los vendedores callejeros. "En una mañana _____

(valer, costar, vender) cerca de 300", me _____ (conocer, comentar, celebrar) el

dueño de un puesto. "Sí, es que _____

(ser, estar, haber) un artículo muy goloso", añade.

CH. Mis actividades. ¿Estás cansado/cansada? ¿Agotado/agotada por las actividades universitarias? Escríbele unas líneas a un amigo/una amiga explicándole lo que has hecho últimamente.

Querido/Querida _____ :

_____

_____

_____

_____

_____

Con cariño,

_____

SEGUNDA ESTRUCTURA

El pretérito perfecto del subjuntivo

Tarea: Complete this section *(Segunda estructura)* before going on to the *Segunda función* section on page 259 of your in-class textbook. In addition, you may wish to review the grammatical terms in *Appendix A* of this book before beginning the *Segunda estructura*.

The present perfect subjunctive is a compound tense consisting of a conjugated form of the verb *haber* plus a past participle. In the *Primera estructura*, you studied the formation of past participles and the present indicative of *haber*. In order to form the present perfect subjunctive, you follow the same rule for participle formation. Therefore, the only new information you need is the present subjunctive of *haber*. The following box shows examples of regular and reflexive verbs in the present perfect subjunctive.

El pretérito perfecto del subjuntivo

-ar	-er	-ir	irse (reflexivo)
haya estudiado	haya comido	haya vivido	me haya ido
hayas estudiado	hayas comido	hayas vivido	te hayas ido
haya estudiado	haya comido	haya vivido	se haya ido
hayamos estudiado	hayamos comido	hayamos vivido	nos hayamos ido
hayáis estudiado	hayáis comido	hayáis vivido	os hayáis ido
hayan estudiado	hayan comido	hayan vivido	se hayan ido

Recuerda: The past participle is formed by removing the infinitive ending and adding *-ado* (for *-ar* verbs) or *-ido* (for *-er* or *-ir* verbs). Notice that some verbs, such as *caer, leer, oír,* and *traer,* have a written accent: *caído, leído, oído, traído.*

▲ The present perfect subjunctive may be used after a verb or phrase that expresses **an emotional reaction, a value judgment,** or **a nonspecific subject or state.** The present perfect subjunctive refers to events of the recent past and is preceded by a **present** indicative verb. For example:

present   present perfect subjunctive
Me **sorprende** que ustedes **hayan llegado** a tiempo.
It **surprises** me that you (all) **have arrived** on time.

In this example, you can clearly see the relationship of the events expressed by the present perfect with the present time.

▲ The above example demonstrates the use of the present perfect subjunctive after a verb that expresses an **emotional reaction.** Now, study the following examples of the present perfect subjunctive in **a value judgment** and **a nonspecific subject or state.**

Es posible que **hayan salido** sin sus paraguas.
It is possible that they **have left** without their umbrellas.

Dudamos que **hayas comprado** un auto deportivo.
We **doubt** that you **have bought** a sports car.

No conozco a nadie que **haya viajado** por Turquía.
I **don't know** anyone who **has travelled** through Turkey.

Prácticas

A. ¿Qué crees? Escribe la forma indicada de cada verbo en el pretérito perfecto del subjuntivo. Luego, añade las palabras necesarias para completar la oración.

Ejemplo: yo dudo que / tú / leer   *Yo dudo que tú hayas leído el periódico.*

1. yo dudo que / él / investigar _____

_____

2. nosotros no creemos que / ustedes / resolver _____

_____

3. es importante que / ella / proteger _____

_____

4. él se alegra de que / usted / conocer _____

_____

5. ella no se sorprende de que / nosotros / creer _____

_____

6. es improbable que / vosotras / conseguir _____

_____

B. Edición "irreverente". De vez en cuando el respetado periódico español *El País* ofrece una edición "irreverente". Lee las noticias breves de *El país imaginario* y completa los siguientes comentarios con la forma apropiada del pretérito perfecto del subjuntivo del verbo indicado.

HOY, DOMINGO

El CDS apoyará
a la izquierda
de la derecha y
a la derecha
de la izquierda

Se le dispara
involuntariamente el arma
reglamentaria y acribilla
a su suegra a balazos

Vacaciones en cautividad
Cómo desprenderse de niños y
ancianos internándolos en instituciones especializadas durante
el verano.

Simposio internacional
sobre la paella en Marbella

Felipe González,
satisfecho con
la autocrítica
de su partido
"Hasta en esto somos los mejores", dijo el presidente.

1. Es dudoso que el CDS _____

_____

(apoyar) a la izquierda de la derecha.

2. No es posible que un hombre le

_____

_____ (disparar) a su suegra.

3. Es improbable que ellos _____

_____

(proponer) el internamiento de niños y
ancianos en instituciones durante el
verano.

4. Me sorprende que _____

_____

(tener) lugar un simposio internacional
sobre la paella.

C. ¿Qué comentas? Completa las oraciones siguientes usando el pretérito perfecto del subjuntivo.

1. No conocemos a nadie que _____

2. Es dudoso que _____

3. ¿Te sorprende que _____?

4. Me alegro de que _____

5. No es verdad que _____

6. Los profesores no creen que _____

7. ¿Hay alguien de tu familia que _____?

8. Es estupendo que _____

CH. Tipos de fobia. Lee el artículo sobre las fobias y expresa tus reacciones. Completa las oraciones siguientes creativamente usando el pretérito perfecto del subjuntivo.

Ejemplo: Me sorprende que *hayan identificado tantas fobias.*

Tipos de fobia

Los antiguos tratados de psiquiatría incluían siempre larguísimas y llamativas listas de fobias, con nombres derivados de sus etimologías griegas o latinas. Así, agorafobia, el temor a los espacios abiertos, claustrofobia a los cerrados, entomofobia a los insectos, nictofobia a la noche... En la actualidad, los investigadores del comportamiento humano prefieren hablar de *trastornos fóbicos,* y su clasificación es bastante escueta. La *American Psychiatric Association,* distingue los siguientes:

Fobia simple, que sería el miedo persistente a una situación o a un objeto. Las fobias hacia los animales suelen aparecer a edades tempranas, sobre los 4 ó 5 años, mientras que otras, como el miedo a las tormentas, la oscuridad o los lugares cerrados, mucho más tarde.

Fobia social. En ella, el sujeto tiene miedo a hallarse en público y a quedar en ridículo, de modo que los demás puedan burlarse de él o rechazarle. Las fobias más comunes se traducen en miedo a hablar en público, estremecimientos ante la simple presencia de otros, temor a atragantarse cuando se come en compañía o imposibilidad de asistir a fiestas. En algunos casos, para aliviar su ansiedad, pueden hacer uso de alcohol o tranquilizantes.

Agorafobia, que puede tener lugar con o sin crisis de angustia: al enfermo le es imposible abandonar su hogar, tiene miedo de quedarse solo y siente verdadero pánico ante la idea de encontrarse en un ambiente extraño en el que, si algo sucediera, se hallaría solo e indefenso sin posibilidad de escapar al desastre. Así, el agorafóbico se ve imposibilitado de ir a teatros, cines, tiendas, restaurantes o utilizar cualquier tipo de transportes como autobuses, trenes o aviones. **C**

---

1. Me sorprende que _____

2. Es raro que _____

3. Es curioso que _____

4. Me da pena que _____

5. No me gusta que _____

6. Es importante que _____

7. Es probable que _____

TERCERA ETAPA: ¡A escuchar!

Tarea: Complete these sections (*Sugerencias para escuchar mejor* and *Primer encuentro*) before going on to the *Primer encuentro* section on page 264 of your in-class textbook.

⦿⦿⦿⦿⦿⦿⦿⦿

Sugerencias para escuchar mejor

Cómo usar claves visuales. As you listen to the radio or watch television, you have probably noticed that the top news stories are repeated several times during the day. Although the media assumes the public has a familiarity with the topics, such as an awareness of relevant local issues or political events, you can learn to compensate for this lack of background knowledge by learning to rely on the visual cues that are frequently presented with the reports. By paying attention to maps, charts, photos, illustrations, and other visuals, you will be able to interpret the verbal messages more successfully and draw logical conclusions. Study the visual on the following page before listening to your student tape.

 PRIMER ENCUENTRO

¿Qué tiempo hace?

 Antes de escuchar

A. ¿Qué tiempo hace? Identifica cada uno de los símbolos siguientes según el ejemplo.

Ejemplo: ☀ *soleado*

_____ 1.

_____ 2.

_____ 3.

_____ 4.

_____ 5.

_____ 6.

_____ 7.

a. nubes y sol

b. nublado

c. muy nuboso

ch. tormenta

d. lluvia

e. nieve

f. viento

B. Comunidades y provincias. Antes de escuchar tu cassette, estudia el mapa con los nombres de las comunidades y provincias y completa los espacios en blanco eligiendo la palabra o frase adecuada de la lista siguiente.

norte Menorca los Pirineos
Ibiza las Canarias Mallorca
este centro las Baleares

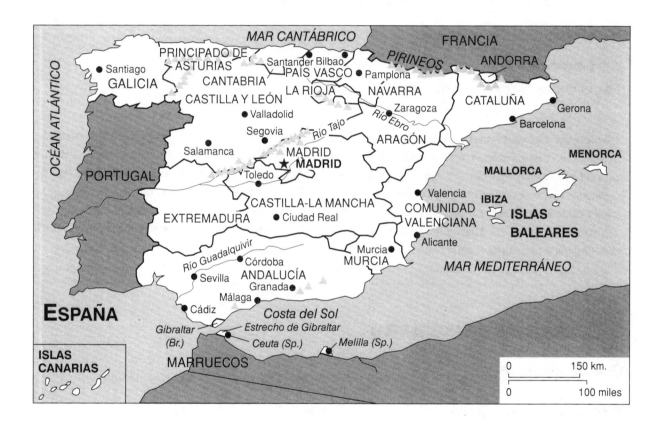

1. Dos grupos de islas españolas son _____ y _____.

2. La Comunidad Valenciana está en el _____ del país.

3. Las tres islas mayores de las Baleares son _____,

_____ y _____.

4. La cordillera de montañas entre España y Francia es _____.

5. La cordillera Cantábrica está en el _____ del país.

6. Madrid está en el _____ del país.

 **Comprensión**

Play student tape: *¿Qué tiempo hace?*

¿Qué tiempo hace? Ahora, escucha tu cassette y describe el tiempo en las comunidades siguientes.

1. Valencia _____

   _____

2. Islas Baleares (Mallorca, Menorca, Ibiza) _____

   _____

3. País Vasco, Asturias _____

   _____

Después de escuchar

El tiempo de hoy. Usando algunas de las frases que acabas de escuchar y los símbolos en la página 211, dibuja un mapa de tu estado a continuación y escribe una breve descripción del tiempo de hoy en la página siguiente.

_____

_____

_____

_____

_____

SEGUNDO ENCUENTRO

Índices de consumo

Tarea: Complete this section *(Segundo encuentro)* before going on to the *Segundo encuentro* section on page 267 of your in-class textbook.

Antes de escuchar

Índices de consumo. Los índices de consumo de cultura, vivienda, vestido, alimentación y servicios públicos varían de país a país. Mira los dibujos siguientes y escribe los productos y servicios que representan.

otros gastos	electrodomésticos	vivienda	alimentación
servicios médicos	cultura	vestido	transporte

1. _____

2. _____

3. _____

4. _____

5. _____

6. _____

7. _____

8. _____

 *Comprensión*

Play student tape: *Índices de consumo*

A. Los precios subieron. Ahora, escribe las categorías mencionadas en tu cassette. Luego, escribe el índice de consumo para cada categoría.

categoría	índice
1. *alimentación*	*ha bajado el 0,2%*
2.	
3.	
4.	
5.	
6.	
7.	
8.	

B. Información adicional. Ahora, escribe una breve explicación de lo que está incluido en las siguientes categorías.

Ejemplo: alimentación   *precios registrados en los mercados y supermercados*

1. menaje

2. vivienda

3. otros gastos

4. cultura

5. transporte

C. Comprensión. Ahora escucha el cassette otra vez y contesta las preguntas siguientes en español.

1. ¿Cuál es el índice total de inflación para este mes?

2. ¿De qué mes es el informe?

3. ¿Cuánto subió el precio de los electrodomésticos?

4. ¿En qué categoría está incluido el servicio de hostelería? _____

_____

5. ¿Qué grupo tiene la mayor tasa de inflación? _____

_____

6. ¿Qué grupo tiene la menor tasa de inflación? _____

_____

Después de escuchar

Economía personal. Ahora, calcula aproximadamente cuánto dinero gastas cada mes en las categorías siguientes, dando una explicación breve para cada categoría.

Ejemplo: vivienda   *300 dólares de alquiler*
74 dólares de electricidad, agua, luz
100 dólares de teléfono

1. vestido _____

_____

_____

2. alimentación _____

_____

_____

3. cultura _____

_____

_____

4. transporte _____

_____

_____

5. vivienda _____

_____

_____

6. servicios médicos _____

_____

_____

7. electrodomésticos _____

_____

_____

8. otros gastos _____

_____

_____

CUARTA ETAPA: ¡A redactar!

Phrases/functions: Talking about films; writing about an author/narrator; writing about characters; writing about the structure (of a work); writing about theme, plot, or scene.
Vocabulary: Media: newsprint, photography & video, television & radio; poetry, prose.
Grammar: Relatives and antecedents; relatives: cuyo/a, el/la cual, el/la que, lo cual, lo que, quien; verbs: *subjunctive (agreement);* verbs: *passive.*

Phrases/functions

- writing an introduction
- linking ideas
- sequencing events

- making transitions
- writing an essay
- writing a conclusion

Tarea: Complete these sections (*Antes de redactar, Introducción a la escritura, Modelo,* and *Bosquejo*) before beginning the *Lectura* section on page 271 of your in-class textbook.

Antes de redactar

Genera ideas. Elige un libro, una película, una telenovela, una obra de teatro, una conferencia o una exhibición deportiva a la que asististe recientemente. Luego, haz una lista de los momentos más importantes de cada evento.

Ejemplo: *Una telenovela: General Hospital*
           Momentos importantes: 1. *Jenny y Sly fueron al café Kelly's.*
                           2. *Felicia se disfrazó y buscó al hermano de Jagger.*
                           3. *Catherine le robó 250.000 dólares a Ned... etc.*

_____

_____

_____

_____

_____

INTRODUCCIÓN A LA ESCRITURA

El resumen

Un tipo de redacción muy útil es el resumen; es decir, una breve recapitulación de los sucesos y detalles más importantes de una narración o exposición más larga. El resumen es una forma de expresión escrita común a muchas disciplinas que se usa para condensar la información fundamental de una situación u obra de manera práctica. Algunas aplicaciones de este tipo de expresión son:

- En el periodismo, **la reseña** es una exposición crítica o literaria.

- En el teatro, **la sinopsis** es un repaso de la trama.

- En las ciencias, **el compendio** es una recolección condensada y bien organizada de materiales.

- En el derecho, **el expediente** es una declaración de los elementos principales de una causa legal.

Por razones de espacio, un resumen debe ser siempre claro y directo. El autor de un resumen debe concentrarse en presentar solamente los elementos esenciales del tema y evitar la tentación de incluir detalles secundarios. Aunque el resumen típicamente no incorpora las opiniones subjetivas del autor, hay algunos resúmenes que permiten expresar opiniones personales como por ejemplo la reseña. Generalmente, un resumen se escribe en el tiempo presente. Es importante tener en cuenta las siguientes sugerencias antes de escribir un resumen.

- Capta la atención del lector desde las primeras palabras, expresando la idea principal al principio del resumen. Sigue el principio de la "pirámide invertida"; la idea principal va primero y los detalles siguen en orden de importancia.

- Basa el contenido en las preguntas claves: ¿qué?, ¿quién?, ¿cómo?, ¿cuándo?, ¿dónde? y ¿por qué?

- Evita los adjetivos de opinión (por ejemplo *inspirado*, *profundo*, *elocuente*). Permite que el lector haga su propia evaluación.

- No uses palabras innecesarias. Explica lo que más le interesa al lector.

A continuación hay una lista de frases que se utilizan en un resumen.

Frases para resumir

El propósito fundamental es...	*The main purpose is . . .*
La idea principal es...	*The main idea is . . .*
La obra consiste en...	*The work consists of . . .*
La obra se caracteriza por...	*The work is characterized by . . .*
Un aspecto importante es...	*An important aspect is . . .*

 **Modelo**

Estudia el siguiente resumen y contesta las seis preguntas claves.

Libro del mes

LA SEGUNDA HIJA
John Saul
Colección Suspenso
Vergara Editores.

Si usted es amante del suspenso, La Segunda Hija es la novela ideal para dar gusto a sus ansias de lectura. Cada relato de este autor produce desde el primer momento un escalofrío de aprehensión. La trama enlaza la vida de dos niñas que no habían sospechado ser hermanas; una de ellas vivía en el este de EE.UU. y la otra en el oeste, diferentes perfiles sicológicos y distintas aspiraciones. La desolada región de Maine es el escenario de esta historia de suspenso sicológico del maestro del terror. Teri, la niña que pierde a su madre en un espantoso incendio, viaja a la costa de Maine a encontrarse con su padre, quien había formado una nueva familia integrada por la ex nodriza de la niña y una hija de ambos llamada Melissa. El padre de Teri y Melissa comienza a contarles la historia de un joven que rompe su compromiso matrimonial por temor a perder su herencia. D'Arcy Malloy, la protagonista de la historia, al no poderse quitar el anillo, decide contarse la mano, y entregársela a su ex novio con anillo incluido y desaparece para siempre. Al escuchar esto, Teri y Melissa se asustan, ya que antes Melissa había contado a su hermana que tenía una amiga imaginaria llamada D'Arcy.

En la soledad de la noche, cuando todos descansan, la presencia de un alma, lentamente comienza a ejecutar una horrible venganza...

Concepción Villeda V.

---

1. ¿Quién? _____

_____

2. ¿Qué? _____

_____

3. ¿Cuándo? _____

_____

4. ¿Dónde? _____

_____

5. ¿Por qué? _____

_____

6. ¿Cómo? _____

_____

Bosquejo

A. Preguntas claves. Vuelve al tema que elegiste en *Genera ideas* (página 217), y usa las siguientes líneas para escribir el bosquejo de tu resumen.

tema _____

¿Quién? _____

_____

¿Qué? _____

_____

¿Cuándo? _____

_____

¿Dónde? _____

_____

¿Por qué? _____

_____

¿Cómo? _____

_____

B. Pirámide invertida. Ahora, usa la organización descendente de la pirámide invertida para planear la organización de tu resumen. Recuerda que el resumen comienza con la idea principal y los detalles siguen en orden descendente de importancia.

_____

    _____

       _____

         _____

           _____

             _____

               _____

 *Redacción*

Tarea: Complete these sections (*Redacción* and *Sugerencias para usar la computadora*) before going on to the *Enlace* section on page 278 of your in-class text. Plan to work with a partner during your next class to complete the *Enlace* activities in your textbook.

En una hoja aparte escribe un resumen del tema que ya elegiste. No te olvides de incorporar frases adecuadas para resumir.

 Sugerencias para usar la computadora

Si tu computadora utiliza un programa que utiliza ventanas (*windows*) puedes usar esta función para escribir un resumen. Busca una copia del texto original en la computadora. Luego, abre otra ventana y comienza a resumir. Puedes tener las dos ventanas abiertas a la vez.

Tarea: Revise your composition and create a final draft, using your partner's comments and the checklist from the *Redacción* activity of the *Enlace* section on page 279 of your in-class textbook. Then complete this section (*Mi diario personal*) before beginning *Capítulo 8* of your in-class textbook.

Mi diario personal

¿Hay ocasiones en tu vida que se parecen a las noticias que se leen en los periódicos sensacionalistas? En las siguientes líneas, cuenta una situación sensacionalista de tu propia vida.

Mi diario

CAPÍTULO 8

Fiestas y tradiciones

Propósitos

Tema: **Fiestas, festivales y celebraciones**

Primera etapa: **Preparación**

Estudio de palabras: Antónimos

Lectura: "Cuando Valencia arde..."

Segunda etapa: **Estructuras**

Primera estructura: El pretérito pluscuamperfecto del indicativo

Segunda estructura: El pretérito pluscuamperfecto del subjuntivo y el condicional perfecto

Tercera etapa: **¡A escuchar!**

Sugerencias para escuchar mejor: Cómo aprovechar otros materiales auténticos

Primer encuentro: Pensamientos de una fallera

Segundo encuentro: A Pamplona

Cuarta etapa: **¡A redactar!**

Introducción a la escritura: Repaso de la redacción

Mi diario personal

PRIMERA ETAPA: Preparación

Tarea: · · · · · Complete these sections (*Estudio de palabras* and *Lectura*) before going on to the *Así es* section on page 296 of your in-class textbook.

 ESTUDIO DE PALABRAS

Antónimos

Spanish antonyms. In the previous chapter you practiced expanding your vocabulary by learning synonyms. Using natural word associations such as antonyms (words with meanings that are opposite of each other) is another useful technique. For example: *caliente–frío, bajo–alto,* and *negro–blanco.* Learn these natural word groupings and place them in a personalized context so that when one word is mentioned, the other instantly comes to mind. For example: *Mi hermano es alto pero mi hermana es baja.*

Prácticas

A. Contrastes. Escribe un antónimo para cada una de las palabras siguientes. Después, escribe oraciones originales usando cinco de las palabras nuevas.

1. inútil _____
2. alto _____
3. antiguo _____
4. casarse _____
5. apagar _____

6. ampliar _____
7. grueso _____
8. urbano _____
9. bonito _____
10. oscuro _____

oraciones

1. _____
2. _____
3. _____
4. _____
5. _____

B. Opuestos. Escribe el antónimo correspondiente para cada palabra subrayada.

Ejemplo: La fiesta <u>terminará</u> a las ocho.　　　　　*empezará*　　　　　

1. Juanito <u>abrió</u> todas las cajas.

2. Cuando entré al cuarto las luces estaban <u>encendidas</u>.

3. Nosotros <u>entramos</u> al salón de baile a las once.

4. Esperamos terminar la fiesta antes de del <u>mediodía</u>.

5. Durante la Navidad muchas personas <u>envían</u> tarjetas.

6. Las fiestas de Halloween son muy <u>divertidas</u>.

7. Los disfraces eran muy <u>baratos</u>.

8. Durante nuestras vacaciones los días eran <u>calurosos</u>.

9. La banda tocó canciones <u>tradicionales</u>.

10. El diseño de las máscaras mexicanas es muy <u>sencillo</u>.

11. Bernardo baila <u>muy bien</u>.

12. El postre y el pastel están <u>sabrosos</u>.

C. Al revés. Una de las ilusiones visuales más famosas es este dibujo de las dos mujeres. Escribe una breve descripción de las dos personas (una joven y la otra vieja) que ves en la ilustración.

 **LECTURA**

Introducción

El 12 de marzo, comienza en Valencia, España, una de las fiestas más coloridas del mundo —las fallas[1] de San José. En esta fiesta, el incomparable espíritu satírico español se mezcla con el sentido artístico para ofrecer un espectáculo de fuegos artificiales, figuras de proporción gigantesca hechas de madera y cartón, celebraciones, desfiles y corridas de toros. Pueden llegar a haber más de 400 fallas distribuidas por toda la ciudad. Estas fallas miden entre cuatro y diez metros de altura. Antes de leer sobre la historia de las fallas, haz las siguientes actividades.

 **Antes de leer**

A. Tres fallas especiales. Las fallas son construcciones de madera y cartón que se queman la noche de la fiesta de San José. Lee las descripciones de estas tres fallas y haz una lista de los temas que están representados en ellas.

Ejemplo: *las dificultades de los agricultores en la sociedad moderna*

Descripción

• Un grueso ángel es elevado hacia las alturas por unas palomas, mientras se apoya en la cabeza de una señora antigua que corona un reloj rococó. Viene a decirnos que lo pasado fue mejor, y que lo que ahora consumimos está adulterado.

• Una cadena atada a la manecilla del reloj intenta parar el rápido paso del tiempo, estando sujeta a un vehículo espacial en el otro extremo.

• Dos agricultores cultivan sus campos con latas, mientras continúan las dificultades para la distribución de sus productos en los mercados.

• Los impuestos y los gastos están representados por unos grandes castillos, mientras que los niños se divierten con películas y entretenimientos muy poco apropiados para su edad.

• Cada una de las escenas se ha titulado con el nombre de alguna película de las más conocidas, como homenaje al cine español y al Óscar que éste ha conseguido recientemente.

_____

_____

_____

_____

Falla: Avda. A. Reino de Valencia   *Lema: "Volver a empezar"*
Artista: José Luis Ferrer Vicent   **Presidente:** Vte. Martí Díez

---

[1] falla   *a large wooden and papier-mâché structure*

Descripción

• Sobre una gran nave espacial se encuentran las figuras de dos marcianos que aterrizan en la plaza.

• Estos personajes nos traen la solución a los problemas que nos acarrea la gasolina que se acaba. Por tanto, una de ellas es que vayamos todos en bicicleta, que además de ser un sano deporte es un medio de transporte muy económico, como lo demuestra una familia.

• Otra de las soluciones es la energía solar. El sol no pasa recibos como la Hidroeléctrica. Por tanto, los señores de la Hidro como los del petróleo los representa la falla como dos mendigos pidiendo limosna (ciencia ficción).

_____

_____

_____

_____

Falla: *Plaza de la Merced*   **Lema:** *"La solución"*
Artista: Miguel Santaeulalia   **Presidente:** Ricardo Rosell Vidal

Descripción

• Critica la falla que todo está ya rabiosamente adulterado. El pan, el vino, el aceite, la leche, el aire... todo se encuentra desnaturalizado. Hasta los mismos frutos no crecen en su propia naturaleza.

• Vivimos como autómatas programados.

• Nos levantamos a las siete. Comemos a la una y a la hora justa nos sentamos ante el televisor para que nos diga lo que tenemos que hacer y decir y al mismo tiempo contemplar el desarrollo de las ciudades acometidas por la polución en un ambiente de marabunta y de ruidos.

• Y vemos también al sorprendido motorista que ve acomplejado con su metabolismo cómo el hijo le ha nacido con una rueda en vez de pies.

• Y continúan los temas diversos en torno a nuestra "naturaleza".

_____

_____

_____

_____

Falla: *Plaza del Pilar*   **Lema:** *"Naturaleza muerta"*
Artista: Alfredo Ruiz Ferrer   **Presidente:** Víctor Monzón Jarque

B. Errores. El joven extranjero en el chiste comete varios errores. Después de leer el chiste, corrige esos errores. Usa las líneas para escribir tu texto corregido.

—A mí gustar las fallas. Ser mucho graciosas estas figuras tan grotescas y tan extravagantes...

_____

_____

_____

_____

_____

_____

_____

_____

_____

 *¡A leer!*

A. Vocabulario esencial. Estudia las palabras y frases siguientes antes de leer "Cuando Valencia arde...".

Cuando Valencia arde...

aligerar *to eliminate*	lumbre (f.) *firelight*
antorcha *torch*	patrón (m.) *patron saint*
arder *to burn*	planificar *to plan*
castillos *fireworks displays*	prender fuego *to set on fire*
ceniza *ashes*	reclutar *to gather*
cohetes (m.pl) *rockets (firecrackers)*	regocijo *rejoicing, joy*
fuegos artificiales *fireworks*	taller (m.) *workshop*
hoguera *bonfire*	trastos *useless objects*
inservible *useless*	víspera *on the eve before*
leña *firewood*	

Las fallas valencianas, una fiesta en la que el fuego
se convierte en protagonista para regocijo
y celebración de todo un pueblo, llegan durante
la semana del 15 al 19 de marzo a su momento
de mayor esplendor. En torno a la figura de su fallera
mayor, los valencianos retoman el rito del fuego
para convertirse en cenizas el trabajo
de todo un año de preparación.

Cuando Valencia arde...

La falla se remonta, al decir de los eruditos, al siglo XV. Su origen viene estrechamente relacionado con la necesidad que tenían los carpinteros valencianos de aligerar sus talleres de los trastos inservibles acumulados durante un año. Este gremio tenía la costumbre, una vez llegada la primavera las vísperas de San José, su patrón, de sacar a la calle restos de madera sobrante conjuntamente con los objetos inútiles de las casas prendiendo una gran "falla", en valenciano, hoguera, antorcha, o fuego en definitiva.

Crítica y humor

El "parot" adornado con prendas viejas, culminaba la inmensa lumbre convirtiéndose a lo largo de los años en el actual "ninot"[1]. Es así como poco a poco "la falla" sustituyó al simple montón de leña seca y objetos depreciados para convertirse en lo que es en la actualidad; una hoguera artística y urbana que representa la crítica satírica, libre y bienintencionada de todo con una gracia y un humor inigualables.

Esta costumbre suponía una forma de ridiculizar con alegorías costumbres controvertidas, hábitos y actitudes de los vecinos del barrio; una escenificación de la que —por sutil y justa— nadie podía darse por aludido. La falla moderna, que ha ampliado universalmente su capacidad de crítica, puede calificarse como un alto tribunal del pueblo que se juzga a sí mismo y al resto de sus convecinos, al compás de los acontecimientos relevantes de la actualidad.

En su sentencia iconoclasta condena al fuego todos los vicios y defectos de la sociedad, desde los engaños políticos hasta los problemas sociales de más interés del momento y opta por su erradicación desde la purificación de la hoguera.

Las fallas se organizan por barrios de forma que en cada uno de ellos se plantan generalmente varias; prácticamente en cada cruce de calle o plaza proliferando más en los barrios antiguos. Para organizarlas se forma una "comissió", agrupación independiente que rige sus propias costumbres y está formada por afiliados, todos vecinos del barrio o de la calle, de la

que toma nombre la falla, y colaborando en distintas formas a la fiesta: reclutando nuevos adeptos (apuntá), vendiendo lotería para recaudar fondos o recogiendo, una vez finalizadas las fiestas, una contribución voluntaria de casa en casa (arreplegá) para iniciar la preparación de la falla del año próximo.

"Nit del Foc"[2]

En el último segundo del día 19 de marzo y primero del 20, a las doce de la noche, se queman todas y cada una de las fallas instaladas. Valencia es en este momento una inmensa hoguera, después vendrán los castillos, luz, color y multitud de cohetes iluminarán el cielo oscuro. Cientos de miles de espectadores alzan sus rostros hacia lo alto, donde se desintegra en belleza la imaginación de los pirotécnicos, verdaderos profesionales en su oficio.

La fiesta terminará con una ovación y Valencia se irá recogiendo muy poco a poco porque en la calle la gente se resiste a que la fiesta acabe.

B. Comprensión.

Contesta las preguntas brevemente en español.

1. ¿Cuándo comenzaron las fallas? _____

_____

2. ¿Cuál es el origen de las fallas? _____

_____

[1]ninot   *wooden and cardboard figure*
[2]Nit del Foc   *Night of Fire (last night of fallas)*

3. ¿Quién es el santo patrón de los carpinteros? _____

_____

4. ¿Cómo son las fallas modernas? _____

_____

5. ¿Quiénes organizan las fallas? _____

_____

6. ¿Qué es una "comissió"? _____

_____

7. ¿Cómo se obtiene dinero para construir las fallas? _____

_____

8. ¿Cuándo se queman las fallas? _____

_____

 **Después de leer**

A. ¿Qué es una falla? En la tarjeta postal a continuación explícale a alguien lo que es una falla.

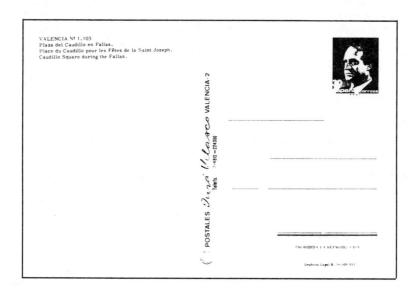

B. Diversiones en Valencia. Lee este programa de fiestas de Valencia. Luego, escríbele a alguien una tarjeta postal contándole lo que se puede hacer en Valencia durante la época de las fallas.

Programa de fiestas

Día 18, lunes

11 horas. Homenaje al poeta Maximiliano Thous en su monumento, en el cruce de las calles Sagunto con Maximiliano Thous.

12 horas. Homenaje al maestro Serrano, que tendrá lugar en la calle a él dedicado.

12 horas. «Mascletá»[1] en la Avenida del Antiguo Reino de Valencia, a cargo de la Pirotecnia Caballer.

14 horas. «Mascletá» en la Plaza del Ayuntamiento a cargo de Pirotecnia Caballer.

16 horas. Ofrenda de flores a la Virgen de los Desamparados de los sectores: La Roqueta–Arracapins, Benimamet–Burjasot–Beniferri, Olivereta, Zaidía, Mislata, Benicalap, Campanar, (Malvarrosa, Cabañal, Betero), Algirós, Poblados del Sur, Quatre Carreres, El Carmen, Plaza del Remedio–Gran Vía, Casas Regionales, Fallera Mayor de Valencia, Junta Central Fallera.

23 horas. Gran parada Mora, organizada por falla Almirante Cadarso–Conde Altea.

1 horas. «Nit del Foc» en el cauce del río Turia a cargo de Pirotecnia Caballer, patrocinada por El Corte Inglés.

Día 19, martes

10 horas. Misa en honor del Patriarca San José en la Iglesia de las Escuelas Pías, en la calle Carniceros, ofrecida por la Junta Central Fallera y el Gremio de Carpinteros, con la asistencia de las falleras mayores y sus Cortes de Honor. Misa cantada por la Coral Polifónica Valentina, dirigida Mariano Segura.

12 horas. En el puente de San José, ofrenda de flores por las Falleras Mayores y sus Cortes de Honor ante la imagen del patriarca.

14 horas. «Mascletá» en la Plaza del Ayuntamiento a cargo de Pirotecnia Caballer.

21,30 horas. Disparo de castillo infantil en la demarcación de la falla Cuba–Buenos Aires, a cargo de la Pirotecnia Boro Peñalver «El gato».

22 horas. Cremá[2] de las fallas infantiles.

22,30 horas. «Cremá» de la falla infantil que haya obtenido el primer premio de la Sección Especial, en este caso Espartero–Ramón y Cajal.

23 horas. «Cremá» de la falla infantil de la Plaza del Ayuntamiento, a cargo de Pirotecnia Caballer.

00 horas. «Cremá» de todas las fallas de Valencia.

00,30 horas. «Cremá» de la falla que haya obtenido el primer premio de la Sección especial.

1 horas. Castillo de Fuegos artificiales en la Plaza del Ayuntamiento y «Cremá» de la falla de dicha Plaza, a cargo de Pirotecnia Caballer.

VALENCIA Nº 1.103
Plaza del Caudillo en Fallas.
Place du Caudillo pour les Fêtes de la Saint Joseph.
Caudillo Square during the Fallas.

POSTALES *José Vilasaco* VALENCIA-2

Telfs. 214512 – 224396

PROHIBIDA LA REPRODUCCIÓN

Depósito Legal B.

[1]mascletá   *midday fireworks*
[2]cremá   *burning of the fallas*

SEGUNDA ETAPA: Estructuras

Tarea: ⋯⋯⋯⋯⋯⋯⋯⋯⋯⋯⋯⋯⋯⋯⋯⋯⋯⋯⋯⋯⋯⋯⋯⋯
Complete this section *(Primera estructura)* before going on to the *Primera función* section on page 303 of your in-class textbook. In addition, you may also wish to review the grammatical terms in *Appendix A* of this book before beginning the *Primera estructura.*

 ## PRIMERA ESTRUCTURA

El pretérito pluscuamperfecto del indicativo

The **past perfect indicative** is usually used to describe actions or events that took place before another action or event in the past. The former event, or the event that happened further into the past, is expressed with the past perfect indicative. The latter event is usually expressed with the preterite or the imperfect. Study the following examples, paying close attention to the past tenses that describe the events and actions.

preterite   past perfect indicative
*Cuando yo **llegué** a la iglesia la ceremonia **había terminado.***
When I **arrived** at the church, the ceremony **had ended.**

             preterite   past perfect indicative
*Cuando yo **fui a comprar** el ramo de flores para el Día de la Madre, el florista ya **había vendido** el último.*
When I **went** to buy the bouquet of flowers for Mother's Day, the florist **had** already **sold** the last one.

            imperfect   past perfect indicative
*Cuando tú **hacías** las compras de Navidad, yo todavía no **había pagado** todas las deudas del año anterior.*
When you **were doing** your Christmas shopping, I still **had** not **paid** last year's bills.

Forming the past perfect indicative. The past perfect tense *(pluscuamperfecto)* is a compound tense that is formed with the imperfect form of *haber* plus a past participle. Study the following examples.

El pretérito pluscuamperfecto del indicativo

-ar	-er	-ir	irse (reflexivo)
había empezado	había vuelto	había vivido	me había ido
habías empezado	habías vuelto	habías vivido	te habías ido
había empezado	había vuelto	había vivido	se había ido
habíamos empezado	habíamos vuelto	habíamos vivido	nos habíamos ido
habíais empezado	habíais vuelto	habíais vivido	os habíais ido
habían empezado	habían vuelto	habían vivido	se habían ido

Prácticas

A. ¿Qué habían hecho? Escribe oraciones completas usando los verbos indicados en el pluscuamperfecto del indicativo.

Ejemplo: tú / leer / cuando / yo / llegar   *Ya habías leído el periódico cuando llegué.*

1. él / viajar / cuando / tú / llamar _____

_____

2. nosotros / celebrar / cuando / tus padres / visitarnos _____

_____

3. ustedes / salir / cuando / el teléfono / sonar _____

_____

4. tú / bailar / cuando / la banda / comenzar a tocar _____

_____

5. yo / hacer / cuando / mi profesora / pedir _____

_____

B. Del presente al pasado. Cambia las siguientes oraciones del presente al pasado, según el ejemplo.

Ejemplo: Yo llamo a Carmen. Ella salió.
    Cuando yo llamé a Carmen, ella ya había salido.

1. Llegamos al centro. El desfile se terminó. _____

_____

2. Tú quieres reunirte con tus amigos. Ellos se marcharon. _____

_____

3. Ellos se preparan para echar arroz. Los novios salieron. _____

_____

4. Entro a la iglesia. La ceremonia empezó. _____

_____

5. Salimos a comprar recuerdos. Muchas tiendas cerraron. _____

_____

C. Excusas. Después de la fiesta de quince años de María, muchas personas se disculparon. Completa cada oración con sus excusas.

Ejemplo: No entré a la casa porque *toda la gente ya había llegado.*

1. No llamamos porque _____

2. Mi amigo no quiso ir porque _____

3. No pudimos preparar la comida porque _____

4. No comí nada porque _____

5. Nos fuimos temprano porque _____

6. No traje un regalo porque _____

 SEGUNDA ESTRUCTURA

El pretérito pluscuamperfecto del subjuntivo y el modo potencial compuesto

Tarea: Complete this section *(Segunda estructura)* before going on to the *Segunda función* section on page 305 of your in-class textbook. In addition, you may wish to review the grammatical terms in *Appendix A* of this book before beginning the *Segunda estructura*.

Recuerda: For additional information on the formation of the past participle, see *Appendix E* of this book.

The past perfect subjunctive. Like the subjunctive, the past perfect subjunctive follows the normal patterns for expressing the subjunctive in **cause-and-effect** relationships, **nonspecific** situations, and **emotional** reactions. You may use the past perfect subjunctive when the action of the verb in the subordinate clause occurred prior to the action in the main clause of the sentence. Usually, the verb in the main clause of the sentence is in the imperfect or the preterite, although there are no absolute rules. Study the following examples.

  imperfect   past perfect subjunctive
No **había** nadie en la clase que **hubiera visto** la Semana Santa de Sevilla.
There **was** no one in the class who **had seen** Holy Week in Seville.

  preterite   past perfect subjunctive
Nos **sorprendió** que los vendedores no **hubieran preparado** sus quioscos.
It **surprised** us that the vendors **had** not **prepared** their stands.

    imperfect   past perfect subjunctive
Griselle me **miraba** como si yo la **hubiera insultado.**
Griselle **looked** at me as if I **had insulted** her.

▲ **Forming the past perfect subjunctive.** The past perfect subjunctive is formed by combining the imperfect subjunctive of *haber* plus the **past participle.** For example:

El pretérito pluscuamperfecto del subjuntivo

-ar	-er	-ir	dormirse (reflexivo)
hubiera dado	hubiera creido	hubiera vivido	me hubiera dormido
hubieras dado	hubieras creido	hubieras vivido	te hubieras
hubiera dado	hubiera creido	hubiera vivido	se hubiera
hubiéramos dado	hubiéramos creido	hubiérmos vivido	nos hubiéramos
hubierais dado	hubierais creido	hubierais vivido	os hubierais
hubieran dado	hubieran creido	hubieran vivido	se hubieran

Prácticas

A. ¿Alegría, sorpresa, tristeza o susto? Completa las siguientes oraciones creativamente, usando la forma indicada del pretérito pluscuamperfecto del subjuntivo. Para el principio de cada oración, usa expresiones con verbos como sorprender, agradar, entristecer, asustar y alegrar.

Ejemplo: él / terminar   *Me sorprendió que él hubiera terminado su tarea a tiempo.*

1. tú / llegar _____

2. ella / llamar _____

3. usted / volver _____

4. nosotros / levantarse _____

5. ustedes / salir _____

6. ellos / acostarse _____

B. Preparativos para una boda. ¿Qué hacían las personas siguientes en preparación de la boda? Completa las oraciones usando el pretérito pluscuamperfecto del subjuntivo.

Ejemplo: La madrina / esperar / la modista / terminar su vestido
    La madrina esperaba que la modista hubiera terminado su vestido.

1. el novio / temer / la agencia de viajes / no hacer las reservaciones del avión _____

_____

2. los padres / desear / los invitados / responder a las invitaciones _____

_____

3. el florista / tener miedo de que / las flores / no estar preparadas _____

_____

4. la novia / querer / el restaurante / confirmar el menú _____

_____

5. los novios / esperar / el sacerdote / llegar a tiempo _____

_____

C. **Síntesis.** Usando el pretérito pluscuamperfecto del subjuntivo, describe en cinco oraciones completas diferentes cosas o actividades que te hubiera gustado hacer y no hiciste el año pasado.

Ejemplo: *El año pasado habría llegado a la fiesta de Halloween a tiempo si mi disfraz no se me hubiera roto.*

1. _____

_____

2. _____

_____

3. _____

_____

4. _____

_____

5. _____

_____

The conditional perfect. The conditional perfect is frequently combined with the past perfect subjunctive in sentences that include *si* clauses expressing **contrary-to-fact** situations in the past. In the following examples, notice that the main clause is in the **conditional perfect** and that the *si* clause is in the **past perfect subjunctive.**

past perfect subjunctive   conditional perfect
Si **hubiéramos invertido** nuestro dinero mejor, **nos habríamos hecho** millonarios.
If we **had invested** our money in a better way, we **would have become** millionaires.

past perfect subjunctive   conditional perfect
Si ustedes **hubieran salido** a tiempo, no **se habrían perdido** el desfile.
If you (all) **had left** on time, you **would** not **have missed** the parade.

▲ **Forming the conditional perfect.** The conditional perfect is formed by taking the conditional of *haber* and adding the **past participle.**

El modo potencial compuesto

-ar	-er	-ir	irse (reflexivo)
habría estudiado	habría leído	habría insistido	me habría ido
habrías estudiado	habrías leído	habrías insistido	te habrías ido
habría estudiado	habría leído	habría insistido	se habría ido
habríamos estudiado	habríamos leído	habríamos insistido	nos habríamos ido
habríais estudiado	habríais leído	habríais insistido	os habríais ido
habrían estudiado	habrían leído	habrían insistido	se habrían ido

Prácticas

A. Oraciones originales. Escribe oraciones completas usando los verbos indicados en el pretérito pluscuamperfecto del subjuntivo y en el modo potencial compuesto.

Ejemplo: tener / ir   *Si no hubiera tenido un examen, habría ido a la fiesta.*

1. tener / ir _____

2. leer / creer _____

3. visitar / ver _____

4. venir / vivir _____

5. invitar / celebrar _____

6. estar / conmemorar _____

7. practicar / jugar _____

8. recibir / asistir a _____

B. ¿Qué habría pasado? Completa las oraciones siguientes con tu solución personal, usando el modo potencial compuesto.

Ejemplo: Si hubieras ido a Tenerife, *habrías participado en el grito de Carnaval.*

1. Si hubieras olvidado reservar una habitación en un hotel, _____

   _____

2. Si no hubieras traído suficiente dinero, _____

   _____

3. Si hubieras recibido una invitación para una fiesta particular en la casa de alguien famoso, _____

   _____

4. Si hubieras perdido tu pasaporte, _____

   _____

5. Si alguien te hubiera invitado a cenar, pero después hubieras recibido una invitación para salir con

   otros amigos la misma noche, _____

   _____

C. Síntesis. A todo el mundo le gusta vivir la vida a su manera, pero si miramos hacia atrás a veces nos arrepentimos de lo que hemos o no hemos hecho. En las líneas siguientes, escribe cinco oraciones completas en las que expreses lo que habrías hecho si hubieras tenido la oportunidad.

Ejemplo: *Si hubiera tenido la oportunidad, habría estudiado medicina.*

1. _____

   _____

2. _____

   _____

3. _____

   _____

4. _____

   _____

5. _____

   _____

TERCERA ETAPA: ¡A escuchar!

Tarea: Complete these sections *(Estrategia* and *Primer encuentro)* before going on to the *Primer encuentro* section on page 309 of your in-class textbook.

Sugerencias para escuchar mejor

Cómo aprovechar otros materiales auténticos. You have probably invested over 150 hours in Spanish classes working on your language skills. Now that you have completed your language program, you should continue to develop your language proficiency in order not to lose the language skills that you have acquired. Is that possible if you choose not to enroll in additional language, literature, or culture classes? Of course! But where can one find Spanish materials to listen to? First of all, check the university or public library for stories, plays, songs, or speeches in Spanish. Perhaps the public broadcasting channel on the local radio station dedicates a few hours a week to language programs or music from Spanish-speaking countries.

Another good alternative is the foreign film section where you rent videos. And if you have access to a satellite dish, or the all-Spanish networks *Telemundo* and *Univision,* tape a few Spanish soap operas or variety shows to watch when you have spare time. Although listening to Spanish cannot help you to develop your communication skills with people in face-to-face situations, listening to authentic materials will help you to retain the skills you have worked so hard to gain!

In this last section, you will hear two interviews. As you listen to your student tape, remember the listening strategies you have practiced and use those that are appropriate for each activity. In the first *Encuentro* a young woman describes her role as a *fallera mayor* in Valencia. In the second *Encuentro* you will learn a little about the running of the bulls in Pamplona.

PRIMER ENCUENTRO

Pensamientos de una fallera

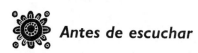

Antes de escuchar

Aspiraciones. Cada año muchas mujeres y muchos hombres participan en concursos en distintas disciplinas para representar a su región o país. Escribe una lista de palabras o frases que utilizarías para describir estos concursos.

concursos	descripción
Mr. Universo	*hombres que practican el físico-culturismo.*

Comprensión

🔊 Play student tape: *Pensamientos de una fallera*

A. Una fallera mayor. Ser fallera mayor implica algo más que ser reina de una feria o ganadora de un concurso de belleza. La fallera mayor es la representante de toda Valencia y sus obligaciones incluyen ayudar a los falleros y a la comisión fallera a promocionar las fallas de toda la ciudad. Después de escuchar la entrevista con Mónica Balaguer, fallera mayor de Valencia, completa las oraciones de una manera lógica.

1. Mónica Balaguer es de _____

2. Cuando la llamaron del ayuntamiento, Mónica estaba escuchando _____

_____

3. A Mónica le gustan el ambiente que se vive en la calle y _____

4. Mónica piensa que se debe gastar más dinero en la fiesta en sí que en _____

_____

5. Mónica indica que en las fallas todo lo organiza _____

_____

6. Mónica piensa que, en realidad, el hombre no tiene un papel reducido porque es él quien _____

_____

7. Cuando Mónica termina en la facultad, estudia y _____

_____

8. A Mónica le da mucha pena que terminen las fiestas porque piensa que estas fallas

_____

B. Preguntas, preguntas. Ahora, escucha la entrevista de nuevo y contesta estas preguntas.

1. ¿Cómo es Mónica Balaguer? _____

_____

2. ¿Cuántos años tiene Mónica? _____

_____

3. ¿Por cuántos días le corresponde a Mónica representar el título de "fallera mayor"? _____

_____

4. ¿Dónde estaba Mónica cuándo recibió la noticia de que había sido elegida "fallera mayor"? _____

_____

5. ¿Qué es lo que más le gusta a Mónica de la fiesta fallera? _____

_____

6. ¿Qué sugerencias da Mónica para atraer a más gente joven? _____

_____

7. Normalmente, ¿quiénes organizan las fallas? _____

_____

8. ¿Cómo pasa Mónica su tiempo libre? _____

_____

9. ¿Qué quiere estudiar Mónica? _____

_____

10. ¿Qué va a hacer Mónica cuando la fiesta termine? _____

_____

Después de escuchar

A. **¿Estás de acuerdo?** Escribe ocho razones para explicar por qué estás o no estás de acuerdo con los concursos como el de Miss América o Mr. Universo.

1. _____

2. _____

3. _____

4. _____

5. _____

6. _____

7. _____

8. _____

B. **Inscríbete.** Escríbele una carta a un amigo o a una amiga para explicarle por qué debe o no debe inscribirse en un concurso como Miss América o Mr. Universo.

Querido/Querida _____ :

_____

_____

_____

_____

_____

_____

_____

Con cariño,

_____

SEGUNDO ENCUENTRO

A Pamplona

Tarea: Complete this section *(Segundo encuentro)* before beginning the *Segundo encuentro* section on page 313 of your in-class textbook.

 Antes de escuchar

A. ¿Peligroso o divertido? ¿Consideras las actividades siguientes peligrosas o divertidas? Escribe dos oraciones para cada evento explicando tu posición.

1. las carreras de autos _____

_____

_____

2. escalar montañas _____

_____

_____

3. la exploración de cuevas _____

_____

_____

4. el submarinismo _____

_____

_____

5. *bungee jumping* _____

_____

_____

B. Nacido el 7 de julio. Ernest Hemingway, el famoso novelista estadounidense, explicó en su obra *The Sun Also Rises* que hay muchos norteamericanos que participan cada año en la fiesta de San Fermín. El siguiente pasaje de Juan Ballesta, periodista español, es una visión irónica de un americano en los Sanfermines. Después de leer el pasaje, escribe tres oraciones para defender o criticar los "encierros" de los Sanfermines.

AMERICANO. Poco antes del encierro[1], veo al americano que se sentaba junto a mí en el vuelo desde Madrid. Lleva un periódico enrollado en la mano y tiene la cara verdosa[2]. Por la tarde me lo encuentro en el bar Iruña. Parece como si se hubiese limado[3] la frente, la punta de la nariz y la barbilla.

defensa o crítica de los Sanfermines

1. _____

2. _____

3. _____

---

[1]encierro *running of the bulls*
[2]verdoso/verdosa *greenish*
[3]limado *scraped*

 *Comprensión*

Play student tape: *A Pamplona*

A. **¿Cómo son los Sanfermines?** Escucha de nuevo en tu cassette la descripción que Susana hace de las actividades de la fiesta de San Fermín. Después, contesta las preguntas siguientes en español.

1. ¿Qué es el chupinazo y dónde tiene lugar? _____

_____

2. ¿Cómo son los encierros? ¿Cuánto tiempo duran? _____

_____

3. ¿Qué hacen los gigantes y los cabezudos? _____

_____

4. ¿Qué bailan los mozos y las mozas pamplónicos? _____

_____

5. ¿Cómo concluyen las fiestas? _____

_____

B. **Los Sanfermines.** Susana, originaria de Pamplona, cuenta las actividades de la fiesta de San Fermín en Pamplona. Escucha tu cassette y escribe la fecha y cinco de las actividades mencionadas.

fecha _____

actividades 1. _____

2. _____

3. _____

4. _____

5. _____

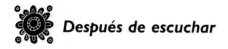 *Después de escuchar*

Una experiencia arriesgada. Escribe un párrafo para describir la experiencia más arriesgada de tu vida.

_____

_____

_____

_____

_____

_____

_____

_____

_____

_____

_____

_____

_____

_____

_____

_____

_____

_____

_____

CUARTA ETAPA: ¡A redactar!

 Phrases/functions: Describing objects; describing the past; describing people; persuading; comparing & contrasting.
Vocabulary: Refer to the vocabulary in the chapter corresponding to your composition's topic/theme.
Grammar: Verbs: *subjunctive (agreement), compound tenses usage.*

Phrases/functions

- writing an introduction
- linking ideas
- sequencing events

- making transitions
- writing an essay
- writing a conclusion

Tarea: Complete these sections (*Antes de redactar, Introducción a la escritura, Modelo,* and *Bosquejo*) before going on to the *Lectura* section on page 317 of your in-class textbook.

 ## Antes de redactar

Recuerda: Before beginning *Genera ideas*, review *tema, Capítulo 1; punto de vista, Capítulo 2;* and *tono, Capítulo 5.*

Genera ideas. Elige una de las composiciones que ya escribiste en este curso. Después, identifica el tema, el tipo de escritura (descripción, narración, etc.), el punto de vista y el tono.

título _____

tema _____

tipo de escritura _____

punto de vista _____

tono _____

INTRODUCCIÓN A LA ESCRITURA

Repaso de la redacción

En este último capítulo de **De paseo** vas a repasar todo lo que has aprendido acerca de la redacción. Para comenzar, recuerda los tipos de escritura y las técnicas ya presentados.

capítulo	tipos de escritura	técnicas
1	descripción	organización
2	narración	trasfondo; primer plano
3	persuasión	frases y palabras de transición
4	crítica	comparación y contraste; causa y efecto; reacciones personales
5	carta	organización de una carta
6	poema	organización de un poema de cinco líneas
7	resumen	frases para resumir; preguntas claves; pirámide invertida

Los tipos de escritura, por convención, se categorizan como descripción, narración y exposición. Estos diferentes tipos de escritura tienen características específicas. A veces, en textos más largos, estos tipos de escritura se pueden combinar para lograr un estilo más original. La narración, por ejemplo, contiene típicamente mucha descripción y la descripción puede incorporar elementos de la exposición o del resumen. Del mismo modo, una carta puede tratar de persuadir o criticar a alguien y un poema puede narrar o describir un suceso. Así, los tipos de escritura que hemos estudiado no son puros sino que coinciden en muchos aspectos. Las obras que combinan distintas técnicas y distintos tipos de escritura son por lo general mucho más interesantes para el lector.

Modelo

Estudia este modelo e identifica el tipo de escritura y la función principal de cada párrafo en la página siguiente.

Todas las culturas han desarrollado un sentido cíclico del tiempo basándose en la observación de los astros y las estaciones. Al conformar sus calendarios respectivos, encontramos reiteradamente que los nombres y fechas de los "meses" alternan con los cultos dedicados a deidades asociadas a los astros, a las etapas claves para la actividad productiva agrícola, pesquera, cinegética o silvícola y a acontecimientos sociales e históricos que son inmortalizados.

De esta manera, se establece una relación integral entre la mitología, el conocimiento astronómico y la creación de cronologías y calendarios basados en cómputos matemáticos. Los mitos son la simbolización de las experiencias más trascendentales de cada grupo, y se muestran dinámicos y cambiantes al incorporar nuevos elementos; así, los calendarios se renuevan o permanecen de acuerdo con la ordenación que es considerada.

Un caso ilustrativo del vínculo entre calendarios y medio ambiente es el de los conca'ac o seris, un grupo seminómada del noroeste de México que combina la caza-recolección con la pesca. El astro regidor es Venus (o la estrella polar), su año y ciclo festivo inicia con la llegada de la tortuga caguama de "siete picos" a las costas de Sonora, en junio. Los nombres de los meses subsecuentes se basan en los bancos de peces que predominan en un momento dado, alternado con las temporadas de la cacería de determinado animal, con la aparición de ciertas flores y plantas desérticas y con el inicio y término de los ciclos de vida fundamentales para este grupo.

Así, calendarios y fiestas están íntimamente ligados por el hecho de que llevan implícita la celebración de ciclos en sus diferentes fases, la conmemoración de fechas y la realización de ceremonias para afianzar los mitos y héroes.

Generalmente, los calendarios y las fiestas tienen otra dimensión aparte de la colectiva que acabamos de reseñar, y que consiste en las mismas reglas aplicadas al individuo, a la familia y a los ciclos de vida que la sociedad marca como importantes: nacimiento, pubertad, casamiento, muerte.

párrafo	tipo de escritura	función
1	exposición	mostrar relación entre astros, actividad productiva y otros acontecimientos
2		
3		
4		
5		

Ahora, identifica los siguientes elementos del modelo.

tema _____

punto de vista _____

tono _____

Bosquejo

Toma la composición que elegiste en *Genera ideas* (página 247) y piensa en cómo puedes mejorarla combinándola con otras técnicas y otros tipos de escritura. Luego, escribe tu plan para reorganizar la composición en las siguientes líneas. No te olvides de usar como guía los bosquejos que has escrito en los capítulos anteriores.

tipo de escritura original _____

nuevas técnicas y tipos de escritura _____

plan (bosquejo) para transformar la composición original

_____

_____

_____

_____

_____

_____

_____

_____

_____

_____

_____

_____

_____

_____

_____

 Redacción

Tarea: Complete these sections (*Redacción* and *Sugerencias para usar la computadora*) before going on to the *Enlace* section on page 322 of your in-class textbook. Plan to work with a partner during your next class to complete the *Enlace* activities in your textbook.

En una hoja aparte, escribe la nueva versión de tu composición. No te olvides de incorporar las nuevas técnicas de escritura. Elige, entre las demás técnicas presentadas en este **Diario de actividades,** todas las que mejor sirvan a tus propósitos.

 Sugerencias para usar la computadora

Si has escrito todas las composiciones de este curso en disquete, ahora tienes la oportunidad perfecta para aprovechar al máximo la procesadora de palabras. Busca el texto de tu composición original y haz una copia. Usando la copia, utiliza las técnicas que has estudiado y crea una o dos versiones nuevas. Imprime copias y llévalas a clase para revisarlas.

Tarea Revise your composition and create a final draft using your partner's comments and the checklist from the *Redacción* activity of the *Enlace* section on page 322 of your in-class textbook. Then go on to this section (*Mi diario personal*).

Mi diario personal

En las siguientes líneas escribe una narración y una descripción de la mejor (o la peor) fiesta o celebración de tu vida.

Mi diario

Spanish-English Glossary

Abreviaturas

adj	adjetivo	*interr* interrogativo
adv	adverbio	*prep* preposición
aux	auxiliar	*pron* pronombre
conj	conjunción	*s* sustantivo
interj	interjección	*v* verbo

A

a *prep* to
abarrotar *v* to pack, jam, overstock
abonar *v* to credit, award
abono *s* fertilizer
abstener *v* to abstain
abuela *s* grandmother
aburrir *v* to bore
acabar *v* to have just, finish
acariciar *v* to caress
Día de la Acción de Gracias *s/m* Thanksgiving
aclarar *v* to clarify
aconsejar *v* to advise
acontecimiento *s* event, happening
acotar *v* to remark, say
acudir *v* to gather together
acuerdo *s* agreement
además *adv* besides, in addition, furthermore
aderezado *adj* covered with salad dressing
adiestrar *v* to train
a diferencia de *prep* unlike
adivinar *v* to guess
adquirir (ie, i) *v* to acquire
aficionarse *v* to become fond
a fin de que *adv* in order that, so that
afrontar *v* to defy, confront
ágape *s/m* banquet
agarrarse *v* to catch (a disease)
agobiante *adj* tiresome
agorero *adj* ominous, superstitious
agradar *v* to please, gratify
aguja *s* needle
ahora *adv* now
  hasta ahora *adv* until now
ahorrar *v* to save (money)
ahumado *adj* smoked
aja *s* needle

ajetreo *s* tiredness
ajo *s* garlic
ala *s* wing
a la milanesa *adj, adv* breaded
alcanzar *v* to reach
al contrario *adv* on the contrary
  al final *adv* at the end
  al fin y al cabo *adv* after all
  al igual que *prep* just as, like
  al principio *adv* in (at) the beginning
a lo mejor *adv* probably
alegrarse *v* to be happy
aletear *v* to flutter
alguien *pro* someone, anyone
aliciente *s/m* incentive
alimento *s* food
alrededor *s/m* surroundings
alud *s/m* avalanche
alumbrado *s* lighting
alzar *v* to raise
amamantar *v* to breast-feed
amasar *v* to make a dough
ambiente *s/m* environment, atmosphere
  medio ambiente *s* environment
amenazado *adj* threatening
amenazar *v* to threaten
a menos que *adv* unless
amigo *s* friend
amplificar *v* to amplify, enlarge
andar *v* to walk
anexo *s* enclosure, attachment
animar *v* to pick up, stimulate
ansioso *adj* anxious
antepasado *s* ancestor
anteriormente *adv* previously, formerly
antes *adv* before
  antes de (que) *prep; conj* before
apaisado *adj* oblong, broader than its height
aplanear *v* to flatten
aportar *v* to contribute
aporte *s/m* contribution
aprender *v* to learn
  aprender de memoria *v* to memorize
aprendizaje *s/m* learning
apresurarse *v* to be in a hurry

aprobar (ue) *v* to pass a course

apunte *s/m* note

apuro *s* hurry, haste

en aquel entonces *adv* in those days

hasta aquí *adv* until this point

arcilla *s* clay

arder *v* to burn

arma *s* weapon

armonía *s* harmony

arpa *s* harp

arraigar *v* to settle down

arreglar *v* to arrange

arreglo *s* musical arrangement

arrobo *s* ecstasy

arveja *s* pea

ascendencia *s* ancestry

asco *s* disgust

asegurar *v* to assure

asemejarse a *v* to be like

así *adv* thus, so

asir *v* to grasp

asistencia *s* attendance

asombroso *adj* astonishing, amazing

ataúd *s/m* coffin

atenerse *v* to rely on

atentado *adj* attempted

atole *s/m* child's beverage

atraco *s* armed robbery

atraer *v* to attract

atragantarse *v* to swallow

atraso *s* retardation, delay

atravesar (ie) *v* to cross

aumentar *v* to increase, augment

aumento *s* increase, raise

aunque *conj* although

avalar *v* to guarantee, endorse

aventajado *adj* outstanding, advantageous

avergonzado *adj* ashamed

averiguar *s* to find out, guess

aviso *s* warning, advice

avistamiento *s* sighting

azafrán *s/m* saffron (a spice)

B

bachiller/bachillera *s* student who has completed requirements for admission into advanced university program

bachillerato *s* undergraduate program

bajo *s* bass guitar; *adj* short, low

balbuceo *s* stammer, stutter

balde *s/m* bucket

bambolear *v* to sway, wobble

bandeja *s* tray

barrio *s* neighborhood

barro *s* mud

basura *s* trash

batalla *s* battle

batería *s* drum kit

bautizo *s* baptism

beca *s* scholarship

becario *s* scholarship student

bien *adv* well

bisabuelo/bisabuela *s* great-grandfather, great-grandmother

bisonte *s/m* bison

blanco *adj* white

bocado *s* bite, morsel

boda *s* wedding

bodega *s* wine cellar

bolsa *s* stock exchange

borinqueño/borinqueña *s; adj* Puerto Rican

borroso *adj* blurred, fuzzy

brebaje *s/m* unpleasant liquid, brew

broma *s* joke

bueno *adj* good

buitre *s/m* buzzard

buscar *v* to look for, search for

búsqueda *s* search, pursuit

C

cabalgata *s* parade

caballo *s* horse

caber *v* to fit

cadena *s* network, channel

caer *v* to fall

   caer bien to like, suit

   caer mal to dislike, not suit

calabacín *s/m* squash, pumpkin, zucchini

calabaza *s* pumpkin, squash

calavera *s* skull

calentar (ie) *v* to heat, warm

calificar *v* to grade, correct papers

calle *s/f* street

callejero *adv* pertaining to the streets

camerino *s* dressing room

caminar *v* to walk

camino *s* road

tienda de campaña *s* tent

campo *s* country, rural area, field; area of study

canela *s* cinnamon

capa *s* layer

cargamento *s* cargo, load

cariño *s* affection

carnaval *s/m* celebration three days before Lent

carta *s* letter

cartel *s/m* poster, sign

carrera *s* career; professional studies; race

carretera *s* highway

casi *adv* almost

castañuela *s* castanet

castillo *s* castle

cataclismo *s* catastrophe

catedrático *s* university professor

caudal *s/m* flow

cazuela *s* casserole

cazuelita *s* small serving dish

cebo *s* bait

cebolla *s* onion

centella *s* spark

centro *s* center, downtown

cerebro *s* brain

ceremonioso *adj* formal

cerner (ie) *v* to sift

ciervo *s* deer

cilantro *s* coriander (a spice)

cisne *s/m* swan

ciudadano *s* citizen

ciudadela *s* citadel, fortress

clavo *s* clove (a spice)

cobre *s/m* copper

cohete *s/m* rocket, firework

cola *s* tail; line

colar (ue) *s* to strain

colocar *v* to place, put

comal *s/m* griddle

comitiva *s* procession

como *prep* as, like

cómo *adv* how

compás *s/m* rhythm

competencia *s* competition, competence

competitividad *s/f* competitiveness

complejo *adj* complex

complemento *s* object

comportamiento *s* behavior

comprobar (ue) *v* to prove

con *prep* with

  con tal de que *conj* provided that

conducir *v* to drive

conejo *s* rabbit

conferencia *s* lecture

conjunto *s* band

conocer *v* to know, meet

conote *s/m* rocket, firework

conseguir (i) *v* to obtain, get

consejero *s* adviser

consejo *s* advice

consiguiente *adj* consequent, resulting

constatar *v* to prove

construir *v* to construct

contar (ue) *v* to tell, count

contenedor *s/m* container

contener *v* to contain

contraer *v* to contract

al contrario *adv* on the contrary

en contraste *adv* in contrast

contribuir *v* to contribute

conurbano *s* industrial belt of Buenos Aires

convenir *v* to convene

convite *s/m* open house

convivir *v* to live together

copetón/copetona *s* well-dressed person

correa *s* strap

corregir (i, i) *v* to correct

cortejo *s* procession

costal *s/m* sack

cotidiano *adj* everyday, daily

coyuntura *s* joint

crecer *v* to grow

crecimiento *s* growth

creer *v* to believe

cremá *s* burning of the fallas

criarse *v* to grow up

crudo *adj* raw

cuadra *s* block

cual *adj* which, what

cuál *interr* which, what

cuando *adv* when

cuándo *interr* when

cuánto *interr* how much, how many

  cuánto hace que *interr* how long has it been

  en cuánto a *prep* as to, with regard to

Cuaresma *s* Lent

cuate *s* buddy, pal

cubiertos *s* silverware

cucharada *s* tablespoon

cucharadita *s* teaspoon

cuchichear *v* to whisper

cuento *s* short story

cuero *s* leather

cuerpo *s* body

cueva *s* cave

culpar *v* to blame

cumpleaños *s/m* birthday

cumplir *v* to fulfill, complete

cursilería *s* tackiness

curtido *adj* pickled

CH

chamuscado *adj* scorched, singed

chancho *s* pig

charla *s* chat
chicano/chicana *s; adj* Mexican American
chorizo *s* spicy sausage

D

dar *v* to give
  dar tumbos *v* to stagger
  dar una conferencia *v* to lecture
dato *s* datum
decir *v* to say, tell
  querer decir *v* to mean
de esta manera *adv* in this way
defunción *s/f* death
dejar *v* to let, leave, allow
delito *s* misdemeanor
del mismo modo *adv* similarly
deporte *s/m* sport
derecha *s* right
derrochar *v* to waste
desafiante *adj* defiant
desamparo *s* helplessness, abandonment
desarme *s/m* disarmament
desarrollo *s* development
desbaratar *v* to ruin
descartar *v* to reject, discard, cast aside
desconocer *v* to be unfamiliar with
desconocido *adj* unknown
desde *prep* since
  desde hace *prep* for
desear *v* to wish, want, desire
desechar *v* to discard, throw away
desempleo *s* unemployment
desfile *s/m* parade
desigualdad *s/f* inequality
despedida *s* closing (of a letter)
desperdiciar *v* to waste
desperdicio *s* waste, remains
desplomarse *v* to collapse
desplumar *v* to pluck
desprender *v* to take off
desprendimiento *s* landslide, avalanche
después *prep* after
  después (de) que *conj* after
destruir *v* to destroy
detener *v* to detain
detenido *adj* detained
detestar *v* to detest
detritos *s* waste products
deuda *s* debt
devolver (ue) *v* to return
día *s/m* day

Día de la Acción de Gracias *s* Thanksgiving
Día de la Raza *s* Columbus Day (October 12)
Día de los Difuntos *s* All Souls' Day (November 2)
día feriado *s/m* holiday
dibujo *s* drawing, sketch
a diferencia de *prep* unlike
diferenciarse *v* to differ from
Día de los Difuntos *s/m* All Souls' Day (November 2)
diluvio *s* flood
dios *s* god
diosa *s* goddess
dirección *s/f* address
dirigente *s/mf* leader, head
dirigir *v* to direct
diseñar *v* to design
diseño *s* design
disgustar *v* to annoy, displease
disminución *s/f* decrease, reduction
disminuir *v* to diminish
distinto *adj* distinct, different from
diversidad *s/f* diversity
divertirse (ie, i) *v* to have a good time, enjoy
doblar *v* to turn
doler (ue) *v* to hurt, ache
donde *adv* where
dónde *interr* where
dorarse *v* to turn brown
dormir (ue, u) *v* to sleep
dudar *v* to doubt
dueño/dueña *s* owner
durante *adv* during

E

e *conj* and
efemérides *s/f* historical dates
ejemplo *s* example
elegir (i, i) *v* to choose
elevar *v* to raise
embargar *v* to seize
sin embargo *adv* nevertheless
embriagado *adj* enraptured
embriagante *adj* intoxicating
embriagarse *v* to get drunk
empleo *s* employment
empresa *s* business
en *prep* in, on, at
  en aquel entonces *adv* in those days
  en contraste *adv* in contrast
  en caso de que *conj* in case
  en cuanto a *prep* as to, with regard to
  en esa época *adv* in that era

en fin *adv* finally

en resumen *adv* in summary

enamorarse *v* to fall in love

encabezamiento *s* salutation (of a letter)

encantar *v* to delight, love

encoger de hombros *v* to shrug one's shoulders

encontrar (ue) *v* to find, encounter

enchufar *v* to plug in

enfrentarse *v* to face, confront

engañar *v* to cheat, deceive

enlazar *v* to harness

enojar *v* to anger

ensayar *v* to practice

ensayo *s* essay

enseñanza *s* teaching

enseñar *v* to teach

enterarse *v* to find out

enterrar (ie) *v* to bury

entonces *adv* then, next

   en aquel entonces *adv* in those days

entrada *s* ticket

entre *prep* among, between

entregar *v* to hand in

entrenamiento *s* training

entusiasmar *v* to enthuse

envase *s/m* container

envenenar *v* to poison

enviar (í) *v* to send

epazote *s/m* Mexican herb

en esa época *adv* in that era

equipo *s* team

equivocado *adj* mistaken

érase una vez *adv* once upon a time

erguido *adj* erect, straight

erizarse *v* to get goose bumps

escabeche *s/m* sauce, pickle

escalera *s* staircase

escalinata *s* staircase

escasez *s/f* scarcity, shortage

escena retrospectiva *s* flashback

escenario *s* setting

escoger *v* to choose

escurrirse *v* to slip out

esmerarse *v* to be painstaking

especialización *s/f* major

especializarse *v* to major

especie *s/f* species

esperanza *s* hope

esperar *v* to wait (for), hope (for), expect

espolvorear *v* to sprinkle

esposa *s* spouse, wife

esquela *s* death, obituary notice

establecer *v* to establish

estar *v* to be

   estar de oyente *v* to audit

   estar en paro *v* to be unemployed

   estar seguro *v* to be sure

estrago *s* havoc, damage

estrenar *v* to perform for the first time

estrés *s/m* stress

estrofa *s* division of a poem consisting of several lines

estudiantil *adj* student

estudio *s* study

éter *s/m* heavens

evitar *v* to avoid

éxito *s* hit (song)

exitoso *adj* successful

explicar *v* to explain

exponer *v* to expose

F

facultad *s/f* academic unit

faltar *v* to lack

   faltar a clase *v* to miss class

falla *s* power outage

Fallas de San José *s* Festival of Saint Joseph

fallecer *v* to die

farfullar *v* to chatter, jabber

fascinar *v* to fascinate

favorecer *v* to favor

fecha *s* date

feria *s* fair

   día feriado *s/m* holiday

festejar *v* to celebrate

festín *s/m* banquet

festivo *adj* holiday

fiesta *s* party, celebration

fin *s/m* end

   al fin y al cabo *adv* after all

   en fin *adv* finally

al final *adv* at the end

finalmente *adv* finally

firma *s* signature

flautín *s/m* piccolo

flecha *s* arrow

flor *s/f* flower

   Pascua Florida *s* Easter

fomentar *v* to encourage, promote

forastero/forastera *s* outsider

fortalecer *v* to strengthen

fortaleza *s* fortress

freír (i, i) *v* to fry

fuego *s* fire

fuerza *s* force

G

galería *s* principal hall, gallery
gallo *s* rooster
gente *s/f* people
globo *s* balloon
golosina *s* treat
golpear *v* to hit, beat
grabación *s/f* recording
grabado *adj* taped
grabar *v* to record
Día de la Acción de Gracias *s/m* Thanksgiving
gruñir *v* to grumble, murmur angrily
guaje *s* gourd
guarnición *s/f* trimming, garnish
guayaba *s* guava (a fruit)
guayabera *s* loose-fitting man's shirt
guerra *s* war
guerrero *s* warrior
guiso *s* stew
gustar *v* to like

H

haber *v aux* to have
había una vez *adv* once upon a time
hace *adv* ago
   hace casi almost . . . ago
   hace mas de more than . . . ago
   hace menos de less than . . . ago
   hace mucho que a long time ago
   hace poco que a short while ago
hacer *v* to do, make
   hacer cola *v* to form a line
   hacer hincapié *v* to stress, emphasize
hallar *v* to find
hallazgo *s* finding, discovery
hasta *adv* until
   hasta ahora *adv* until now
   hasta aquí *adv* until this point
   hasta que *conj* until
hervir (ie) *v* to boil
hígado *s* liver
   pataleta al hígado *s* indigestion
hijo *s* child, son
hilera *s* row
hispanohablante *s/mf* Spanish-speaker; *adj* Spanish-speaking
hocico *s* snout, muzzle
hogar *s/m* home
hogareño *adj* homey
hoguera *s* bonfire
holgura *s* comfort
hombro *s* shoulder
homenaje *s/m* homage

horario *s* schedule
hornear *v* to bake
huacal *s/m* cage
huelga *s* strike
huerta *s* orchard
hueso *s* bone

I

idioma *s/m* language
igual *adj* equal
   al igual que *prep* just as, like
imagen *s/f* image
importar *v* to matter, be important
impregnar *v* to saturate
impreso *s* pamphlet
inagotable *adj* endless
inconveniente *s/m* disadvantage, difficulty
increpar *v* to scold, reprimand
indemnizar *v* to award (court case)
indicación *s/f* direction
indígena *s/mf* Native American; *adj* indigenous
inerme *adj* defenseless
infantil *adj* children's
infarto *s* heart attack
informática *s* computer science
informe *s/m* report
ingeniero *s* engineer
ingreso *s* income; entry
inscribirse *v* to enroll
inscripción *s/f* registration, enrollment
insoportable *adj* unbearable
insospechado *adj* unexpected
instruido *adj* well-educated
interesar *v* to interest
internado *s* boarding school student; internship
intervenir *v* to intervene
introducir *v* to insert
inundación *s/f* flood
invasor *s/mf* invader
investigación *s/f* research
ir *v* to go *(voy)*
izquierda *s* left

J

jabalí *s/m* wild boar
jamaica *s* hibiscus flower
jaula *s* cage
jerga *s* slang
jitomate *s/m* tomato
juicio *s* court
junto *adv* together
juramento *s* oath

L

laboral *adj* work
ladrón *s/m* thief
lagartija *s* lizard
laico *adj* secular
larga duración *adj* long-play
laurel *s/m* bay leaf
leña *s* firewood
libra *s* pound
libre *adj* free
libro *s* book
licenciatura *s* bachelor's degree
licuadora *s* blender
limo *s* slime
limpiaparabrisas *s/m* windshield wiper
locutor/locutora *s* announcer
lograr *v* to achieve
logro *s* achievement
loseta *s* floor tile
luego *adv* then
    luego que *conj* then

LL

llama *s* flame
llamar *v* to call
llanto *s* weeping
llegar *v* to arrive
    llegar a un acuerdo *v* to come to an agreement
llevar *v* to carry, take, wear

M

machismo *s* male chauvinism
madera *s* wood
madrugada *s* early morning
maestría *s* master's degree; teaching degree
maguey *s/m* cactus
maíz *s/f* corn, maize
malgastar *v* to waste
malo *adj* bad, evil
mandar *v* to send
manecilla *s* hand (of a watch)
de esta manera *adv* in this way
manifestación *s/f* demonstration
manjar *s/m* food
mano *s/f* hand
manta *s* blanket
mantener *v* to maintain
máquina *s* machine
marcar *v* to dial
maremoto *s* tidal wave
marimba *s* variety of xylophone
mariposa *s* butterfly

más *adj* more
mascletá *s* midday fireworks during Festival of Saint Joseph
materia *s* school subject
matrícula *s* tuition
matricularse *v* to register, enroll
mayoría *s* majority
mediante *prep* by means of
medida *s* measurement
medio ambiente *s* environment
medir (i, i) *v* to measure
medrar *v* to prosper, thrive
mejilla *s* cheek
menos *adj* fewer, less
mensaje *s/m* message
mentir (ie, i) *v* to lie
mercado *s* market
merecer *v* to deserve
    merecer la pena *v* to be worth the trouble
mestizaje *s/m* racial mixture (indigenous and white)
metate *s/m* stone utensil for grinding corn
meter *v* to put (into)
    meter ruido *v* to make noise
metro *s* subway
mezclar *v* to mix
miedo *s* fear
miembro *s* member
mientras *adv* while
miga *s* crumb
milagro *s* miracle
milpa *s* cornfield
a la milanesa *adj; adv* breaded
minoría *s* minority
misa *s* mass
    Misa del gallo *s* Midnight Mass
mismo *adj* same
    del mismo modo *adv* similarly
modo *s* means, manner
molestar *v* to bother
molido *adj* ground
monja *s* nun
moralizante *adj* moralizing
mostrar (ue) *v* to show
motriz *adj* motorized
multar *v* to fine
mundial *adj* world
muro *s* wall

N

nabo *s* turnip
nacimiento *s* birth
nalgada *s* spanking
naturaleza *s* nature

nave *s/f* ship

Navidad *s/f* Christmas

negar (ie) *v* to deny

negra *s/f* term of endearment or friendship

nevada *s* snowfall

ni *conj* neither, either

ninot *s* wooden or cardboard figure burned during Festival of Saint Joseph

nit de foc *s* night of fire (last night of Festival of Saint Joseph)

nivel *s/m* level

nocivo *adj* noxious, harmful

Nochebuena *s* Christmas Eve

nodriza *s* wet nurse

nota *s* grade

noticias *s* news

novelesco *adj* fictional

noviazgo *s* courtship

número *s* number

O

o *conj* either . . . or

obra *s* work

obtener *v* to obtain

ocultar *v* to hide

ofrenda *s* offering

oír *v* to hear

ojalá *interj* one hopes

olla *s* cooking pot

onda *s* wave, fad

opinar *v* to think, have an opinion

oponer *v* to oppose

oro *s* gold

otorgar *v* to hand over

otro *adj* another, other

oyente *s/mf* auditor, listener

P

padrino *s* godfather, godparent

paliza *s* spanking

palo *s* pole

palomar *s/m* pigeon coop

pandereta *s* tambourine

pandillero *s* gang member

panteón *s/m* realm of gods

panza *s* belly

papeleo *s* paperwork

para *prep* for, in order to

  para que *conj* so that

parada *s* bus stop

parecer *v* to seem

parecerse *v* to be like, resemble

parecido *adj* alike, similar

pareja *s* couple, pair

parilla *s* grill

estar en paro *v* to be unemployed

párroco *s* parish

pasar *v* to pass

  pasar lista *v* to take attendance

pasatiempo *s* pastime

Pascua Florida *s* Easter

pasto *s* grass

pata *s* foot, paw

pataleo *s* kicking

pataleta al hígado *s* indigestion

pauta *s* rule, guide, norm

paz *s/f* peace

pedir (i, i) *v* to ask for, request

peligroso *adj* dangerous

merecer la pena *v* to be worth the trouble

valer la pena *v* to be worth the trouble

pensar (ie) *v* to think

peña *s* get-together with music; rock

percatarse *v* to be aware of

perejil *s/m* parsley

periodista *s/mf* journalist

permanecer *v* to remain

pero *conj* but

perro *s* dog

personaje *s/m* character

pesadilla *s* nightmare

petate *s/m* sleeping mat

picada *s* snack; *adj* chopped

piedra *s* stone, rock

piloncillo *s* brown sugar

pío *s* peep

pitido *s* whistle

plata *s* silver

platillo *s* cymbal

plaza *s* place

población *s/f* population

poco *adj* little, not much

poder (ue) *v* to be able

polihedro *s* polyhedron

poner *v* to put, place

por consiguiente *adv* consequently

  por ejemplo *adv* for example

  por eso *adv* therefore

  por fin *adv* finally

  por lo tanto *adv* therefore

  por otra parte *adv* on the other hand

poroto *s* string bean

porque *conj* because

por qué *interr* why

portarse *v* to behave oneself

portavoz *s/m* spokesperson

porteño/porteña *s; adj* person who lives in Buenos Aires

porvenir *s/m* future

posdata *s* postscript

posgrado *adj* postgraduate

prender *v* to light

preocuparse *v* to worry

prestado *adj* loaned

préstamo *s* loan

prestar *v* to lend

   prestar atención *v* to pay attention

presupuesto *s* budget

prevenir *v* to prevent, prepare

primer(o) *adj* first

al principio *adv* in (at) the beginning

profesorado *s* professorship, teaching position

promedio *s* average

prometer *v* to promise

pronto *adj* quickly

proponer *v* to propose

propósito *s* purpose, objective

protagonista *s/mf* main character

proteger *v* to protect

protegido *s* pet; *adj* protected

prueba *s* quiz, test

publicar *v* to publish

puchero *s* stew, kettle

puesto *s* job

pulque *s/m* cactus liquor

punto *s* point

Q

que *conj* that, which

qué *adj* what, which

quejarse *v* to complain

querer (ie) *v* to wish, want, love

   querer decir *v* to mean

quien *pro* who

quién *interr* who

quinceañero *s* debutante ball (for 15 year-olds)

quirúrgico *adj* surgical

quizá(s) *adv* perhaps, maybe

R

rabieta *s* temper tantrum

raja *s* strip, slice

raspar *v* to scrape

rastro *s* trace

raudamente *adv* rapidly, swiftly

rayar *v* to scratch

Día de la Raza *s/m* Columbus Day (October 12)

razón *s/f* right; reason

reciclaje *s/m* recycling

recoveco *s* recess

recto *adj* straight

recurso *s* resource

rechazar *v* to reject

red *s/f* net, network

regalar *v* to give as a gift

regidor/regidora *s* council member

rellenar *v* to stuff, fill, fill out

remaduro *adj* very ripe

repasar *v* to review

reponer *v* to repose

requerir (ie, i) *v* to require

requisito *s* requirement

res *s/f* beef

resultado *s* result

resumen *s/m* summary

   en resumen *adv* in summary

retener *v* to retain

reunirse *v* to meet

revoltijo *s* jumble

Reyes Magos *s/m* Three King's Day (January 6)

riesgo *s* risk

rima *s* rhyme

robo *s* robbery

romería *s* pilgrimage

rozagante *adj* lively

ruido *s* noise

   meter ruido *v* to make noise

S

saber *v* to know

sabio *adj* wise

sacar *v* to take out

   sacer buenas/malas notas *v* to get good/bad grades

   sacer prestado *v* to check out

sacerdote *s/m* priest

sala *s* living room

salir *v* to leave *(salgo)*

   salir bien/mal en un examen to pass/fail a test

salud *s/f* health

saludo *s* greeting

salvar *v* to save (a life)

sancocho *s* boiled mixture, dessert, stew

santiago *s* celebrant of St. James Day

Viernes Santo *s/m* Good Friday

sartén *s/f* skillet

secuestrado *adj* kidnapped

seguir (i, i) *v* to follow, continue

segundo *adj* second

semáforo *s* stoplight

semejante *adj* similar

sencillo *s* single (record)
sendero *s* path
sentir (ie, i) *v* to feel
señor *s/m* lord, Sir
sequía *s* drought
ser *v* to be
serio *adj* serious
serpiente *s/f* snake
si *conj* if
siempre *adv* always
sin *prep* without
   sin embargo *adv* nevertheless
   sin que *conj* without
sindicato *s* trade union
sino *conj* but
sirviente *s* servant
sobrar *v* to be left out
sobremesa *s* after-dinner chat
sobresalir *v* to stand out, excel, be outstanding
sobrevivir *v* to survive
solicitar *v* to apply
solicitud *s/f* application
sollozo *s* sob
sombra *s* shadow
someterse *v* to submit, surrender
sonrosado *adj* blushing
sordo *adj* hearing impaired
sorprender *v* to surprise
sostener *v* to sustain
suceso *s* event
sueldo *s* salary
suelo *s* soil, floor, dirt
sugerir (ie, i) *v* to suggest
sumergirse *v* to submerge
superar *v* to overcome
supervivencia *s* survival
suponer *v* to suppose

T

tablero *s* bulletin board
tablón *s* bulletin board
tachado *adj* crossed out
tal *adj* such, such a
tallado *adj* carved
taller *s/m* workshop
también *adv* also
tambor *s/m* drum
tampoco *adv* neither, not either, either
tan *adv* so
   tan pronto como *conj* as soon as
tanto *adj* so much
taquilla *s* box office

tardeada *s* afternoon gathering
tarea *s* homework, task
tarjeta *s* card
tasca *s* coffee shop, bar
taza *s* cup
técnico *s* technician
tela *s* cloth, fabric
telera *s* pastry shell
telón *s/m* theater curtain
temer *v* to fear
tener *v* to have
   tener que ver con *v* to have to do with
   tener razón *v* to be right
tercer(o) *adj* third
terremoto *s* earthquake
tertulia *s* get-together for conversation
testigo *s* witness
tiempo *s* time, weather
tienda de campaña *s* tent
tifón *s/m* typhoon
tilma *s* blanket
tira *s* strip
titular *s/m* headline
título *s* degree
tocar *v* to play a musical instrument
todo *adj* all
tomar *v* to take, drink
tomillo *s* thyme
toro *s* bull
torpe *adj* stupid
trabajo *s* work, paper
traducir *v* to translate
traer *v* to bring
trama *s* plot
trampa *s* trick
trastorno *s* damage
tratarse de *v* to deal with, speak about
traviata *s* hors d'oeuvre
trazo blanco *s* white line
tribu *s/f* tribe
trimestre *s/m* quarter
truchas *s* fake, false (colloquial)
tumba *s* tomb
dar tumbos *v* to stagger

U

u *conj* or
ubicación *s/f* location
universitario *adj* university

V

valer (la pena) *v* to be worth (the trouble)

varón *s/m* male
vasija *s* container
vástago *s* offspring
vencido *adj* expired
venir *v* to come
ventaja *s* advantage
ver *v* to see
  tener que ver con *v* to have to do with
verdad *s* truth
verde *s/m, adj* green
vez *s/f* time, occasion
  érase una vez *adv* once upon a time
vía *s* way, road
vida *s* life
vidrio *s* glass
vientre *s/m* womb

Viernes Santo *adj* Good Friday
vista *s* view
vivir *v* to live
volador *adj* flying
volverse *v* to become

Y
y *conj* and
ya *adv* already
  ya que *conj* since, in as much as
yeso *s* plaster

Z
zafia *s* common, coarse person
zapallo *s* squash
zapote *s/m* sopadilla tree or fruit

English-Spanish Glossary

Abreviations

adj	adjective	*interr*	interrogative
adv	adverb	*n*	noun
aux	auxiliary	*prep*	preposition
conj	conjunction	*pron*	pronoun
interj	interjection	*v*	verb

A

abandonment *n* abandono
able *v* poder (ue)
about *prep* de, acerca de, sobre
abstain *v* abstener
academic unit *n* facultad *f*
ache *v* doler (ue)
achieve *v* lograr
achievement logro
acquire *v* adquerir (ie, i)
in addition to *adv* además, también
address *n* dirección *f*
admission *n* entrada
advanced *adj* avanzado
advantage *n* ventaja
advantageous *adj* aventajado
advice *n* consejo
advise *v* aconsejar
adviser *n* consejero
affection *n* cariño
after *adv* después; *conj* después (de) que
  after all *adv* al fin y al cabo
  after-dinner conversation *n* sobremesa
afternoon *n* tarde *f*
ago *adv* hace + *period of time*
agreement *n* acuerdo
alike *adj* semejante
allow *v* dejar, permitir
All Soul's Day (November 2) *n* Día de los Difuntos *m*
almost *adv* casi
already *adv* ya
also *adv* también
although *conj* aunque
always *adv* siempre
amazing *adj* asombroso
among *prep* entre
amplify *v* ampliar

ancestor *n* antepasado/antepasada
ancestry *n* ascendencia
and *conj* y, e
anger *v* enojar
announcer *n* locutor/locutora
annoy *v* disgustar
another *adj* otro
anxious *adj* ansioso
anyone *pro* alguien
application *n* solicitud *f*
apply *v* solicitar
area *n* área *m*
armed robbery *n* atraco
arrange *v* arreglar
arrangement *n* arreglo
arrive *v* llegar
arrow *n* flecha
art *n* arte *mf*
as *prep* como
  as if *conj* como si
  as soon as *conj* luego que, tan pronto como
  as to *prep* en cuanto a
ashamed *adj* avergonzado
ask *v* preguntar
assure *v* asegurar
astonishing *adj* asombroso
at *prep* en
  at the end *adv* al final
atmosphere *n* ambiente *m*
attachment *n* unión
attempt *v* intentar, tratar de
attempted *adj* atentado
attendance *n* asistencia
attract *v* atraer
auditor *n* oyente *mf*
augment *v* aumentar
avalanche *n* alud; desprendimiento *m*
average *n* promedio
avoid *v* evitar
award *n* recompensa
aware *adj* consciente
  be aware *v* percatarse

B

bachelor *n* bachiller/bachillera

bachelor's degree *n*   licenciatura
person who holds bachelor's degree *n*   licenciado
bad *adj*   malo
bait *n*   cebo
bake *v*   hornear
ball *n*   pelota
balloon *n*   globo
band *n*   conjunto
banquet *n*   festín; ágape *m*
baptism *n*   bautizo
bar *n*   tasca
bass guitar *n*   bajo
battle *n*   batalla
bay leaf *n*   laurel *m*
be *v*   ser, estar
  be aware *v*   percatarse
  be happy *v*   alegrarse
  be important *v*   importar
  be leftover *v*   sobrar
  be painstaking *v*   esmerarse
  be sure *v*   estar seguro
  be unemployed *v*   estar en paro
green bean *n*   poroto
because *conj*   porque
  because of *prep*   a causa de, por
beef *n*   res *f*
before *adv*   antes; *conj*   antes de que
in the beginning *adv*   al principio
behave *v*   portarse
behavior *n*   comportamiento
believe *v*   creer
belly *n*   panza
besides *prep*   además de
between *prep*   entre
birth *n*   nacimiento
birthday *n*   cumpleaños *m*
bison *n*   bisonte *m*
bite *v*   morder (ue)
bitter *adj*   amargo
blame *v*   culpar
blanket *n*   manta, tilma
blender *n*   licuadora
block *n*   cuadra
blurred *adj*   borroso
blushing *adj*   sonrosado
boar *n*   jabalí *m*
boarding school student *n*   internado
body *n*   cuerpo
boil *v*   hervir (ie)
bone *n*   hueso
bonfire *n*   hoguera
book *n*   libro

bore *v*   aburrir
bother *v*   molestar
box office *n*   taquilla
brain *n*   cerebro
breaded *adj; adv*   a la milanesa
breast-feed *v*   amamantar
brew *n*   brebaje *m*
bring *v*   traer (traigo), llevar
brown *adv*   moreno
bucket *n*   balde *m*
buddy *n*   cuate *m*
budget *n*   presupuesto
bull *n*   toro
bulletin board *n*   tablero, tablón *m*
burn *v*   arder
bury *v*   enterrar (ie)
business *n*   empresa
bus stop *n*   parada
but *conj*   pero, sino
butterfly *n*   mariposa
buzzard *n*   buitre *m*
by *prep*   para, por

C

cactus *n*   maguey *m*
cage *n*   huacal *m*, jaula
call *v*   llamar
card *n*   tarjeta
cardboard *n*   cartón *m*
career *n*   carrera
caress *v*   acariciar
carry *v*   llevar
carved *adj*   talledo
case *n*   caso
casserole *n*   caserola, cazuela
castanet *n*   castañuela
cast aside *v*   desechar, descartar
castle *n*   castillo
catch (a disease) *v*   agarrarse
cave *n*   cueva
celebrate *v*   celebrar
celebration *n*   fiesta
center *n*   centro
channel *n*   canal *m*, cadena
character *n*   personaje *m/f*
chat *n*   charla
  after-dinner chat *n*   sobremesa
chauvinism *n*   machismo
cheat *v*   engañar
cheek *n*   mejilla
child *n*   hijo
choose *v*   escoger, elegir (i, i)

chopped *adj* picado
Christmas *n* Navidad *f*
  Christmas Eve *n* Nochebuena
cinnamon *n* canela
citadel *n* ciudadela
citizen *n* ciudadano
clarify *v* aclarar
clay *n* arcilla
closing (of a letter) *n* despedida
cloth *n* tela
clove (a spice) *n* clave *m*
coffee *n* café
  coffee shop *n* tasca
coffin *n* ataúd *m*
collapse *v* desplomarse
Columbus Day (October 12) *n* Día de la Raza
come *v* venir (ie) (vengo)
comfort *n* holgura
common person *n* zafia
competence *n* eficiencia, competencia
complain *v* quejarse
complete *adj* completo
complex *adj* complejo
computer *n* computadora, ordenador *m*
confront *v* enfrentarse, afrontar
consequent *adj* consiguiente
consequently *adv* por consiguiente
construct *v* construir
contain *v* contener
container *n* envase, contenedor *m*, vasija
continue *v* seguir (i, i)
on the contrary *adv* al contrario
in contrast *adv* en contraste
contribute *v* contribuir
contribution *n* contribución *f*
convene *v* convenir
conversation *n* conversación *f*, charla
copper *n* cobre *m*
coriander *n* cilantro
corn *n* maíz *m*
cornfield *n* milpa
correct (papers) *v* calificar
council member *n* regidor/regidora
count *v* contar (ue)
country *n* país *m*
couple *n* pareja
court *n* juicio
courtship *n* noviazgo
credit *v* abonar
cross *n* cruce *m*
crumb *n* miga
cup *n* taza

curtain *n* telón
cymbal *n* platillo

D

daily *adj* cotidiano
damage *n* estrago, trastorno
dangerous *adj* peligroso
date *n* fecha
  historical dates *n* efemérides *f/pl*
datum *n* dato
day *n* día *m*
  in those days *adv* en aquel entonces
death *n* esquela, defunción *f*
debt *n* deuda
deceive *v* engañar
decrease *n* disminución *f*
deer *n* ciervo
defenseless *adj* inerme
defiant *adj* desafiante
degree *n* título
  bachelor's degree *n* licenciatura
  person who holds bachelor's degree *n* licenciado
delay *n* atraso
delight *v* encantar
demonstration *n* demostración *f*
deny *v* negar (ie)
deserve *v* merecer
design *n* diseño; *v* diseñar
desire *v* desear
dessert *n* postre *m*
detain *v* detener
detained *adj* detenido
detest *v* detestar
development *n* desarrollo
dial *v* marcar
die *v* fallecer
differ *v* diferir (ie)
different *adj* distinto
difficulty *n* inconveniente *m*
diminish *v* disminuir
dinner *n* cena
direct *v* dirigir
direction *n* indicación *f*
disadvantage *n* desventaja
disarmament *n* desarme *m*
discard *v* descartar, desechar
discovery *n* hallazgo
disease *n* enfermedad *f*
dish *n* plato
  serving dish *n* cazuelita
dislike *v* caer mal
displease *v* disgustar

distinct *adj* distinto
diversity *n* diversidad *f*
division *n* división *f*
do *v* hacer
  do with *v* tener que ver con
dog *n* perro
doubt *v* dudar
dough *n* masa
  make a dough *v* amasar
downtown *n* centro
drawing *n* dibujo
dressing *n* aderezo
  covered with salad dressing *adj* aderezado
  dressing room *n* camerino
drought *n* sequía
drum *n* tambor
  drum kit *n* batería

E
early morning *n* madrugada
earthquake *n* terremoto
Easter *n* Pascua Florida
ecstacy *n* arrobo
educated *adj* instruido
either *adv* tampoco; *conj* o
emphasize *v* hacer hincapié
employment *n* empleo
enclosure *n* anexo
encounter *v* encontrar (ue)
encourage *v* fomentar
at the end *adv* al final
in the end *adv* al fin y al cabo
endless *adj* inagotable
endorse *v* avalar
engineer *n* ingeniero
enjoy *v* divertirse (ie)
enlarge *v* amplificar
enraptured *adj* embriagado
enroll *v* inscribirse, matricularse
enrollment *n* inscripción *f*
enthuse *v* entusiasmar
entry *n* entrada
environment *n* medio ambiente
equal *adj* igual
era *n* época
  in that era *adv* en esa época
erect *adj* erguido
essay *n* ensayo
event *n* acontecimiento, suceso
everyday *adj* cotidiano
evil *n* mal *m*
example *n* ejemplo

for example *conj* por ejemplo
excel *v* sobresalir
exchange *n* cambiar
  stock exchange *n* bolsa
expect *v* esperar
expire *v* vencer
explain *v* explicar
expose *v* exponer

F
fabric *n* tela
face *v* enfrentarse
fact *n* hecho
fad *n* novedad *f*
fail *v* salir mal en un examen
fair *n* feria
fake *n* truchas (*colloquial*)
fall *v* caer
  fall in love *v* enamorarse
fascinate *v* fascinar
fear *n* miedo
feel *v* sentirse (ie, i)
fertilizer *n* abono
fewer *adj* menos
fictional *adj* novelesco
field burned during fallas *n* campo
wood or cardboard figures *n* ninots (valenciano)
fill *v* rellenar
finally *adv* en fin, finalmente
find *v* hallar
  find out *v* averiguar
finding *n* hallazgo
fine *v* multar
finish *v* acabar
fire *n* fuego
firewood *n* leña
fireworks *n* mascletá, cohete *m*
first *adj* primer(o)
fit *v* caber
flame *n* llama
flatten *v* aplanar
flood *n* diluvio, inundación *f*
floor *n* suelo
flow *n* caudal *m*
flower *n* flor *f*
flutter *v* aletear
flying *adj* volador
follow *v* seguir (i, i)
be fond *v* aficionarse
food *n* alimento, manjar *m*
foot *n* pata
for *prep* para, por

for example *conj* por ejemplo
for that reason *adv* por eso
force *n* fuerza
formal *adj* ceremonioso
formerly *adv* anteriormente
fortress *n* fortaleza
free *adj* libre
friend *n* amigo
from *prep* de
fruit *n* fruta, fruto
fry *v* freír (i, i)
fulfill *v* cumplir
furthermore *adv* además
future *n* porvenir *m*
fuzzy *adj* borroso

G

gang *n* pandilla
  gang member *n* pandillero
garlic *n* ajo
garnish *n* guarnición *f*
gathering *n* reunión *f*
get drunk *v* embriagarse
get good/bad grades *v* sacar buenas/malas notas
get goose bumps *v* erizarse
get together *v* acudir
get-together (for conversation) *n* tertulia
give *v* dar
glass *n* vidrio
go *v* ir (voy)
god *n* dios/diosa
godfather *n* padrino
gold *n* oro
good *adj* bueno
  Good Friday *n* Viernes Santo
get goose bumps *v* erizarse
gourd *n* guaje *m*
grade *n* calificación *f,* nota; *v* calificar
grandmother *n* abuela
grasp *v* asir
grass *n* pasto
gratify *v* agradar
great-grandfather *n* bisabuelo
great-grandmother *n* bisabuela
green *s* verde *m; adj* verde
  green bean *n* poroto
greeting *n* saludo
griddle *n* comal *m*
grill *n* parrilla
grinding stone *n* metate *m*
ground *n* suelo

grow *v* crecer
  grow up *v* criarse
growth *n* crecimiento
grumble *v* gruñir
guarantee *v* avalar
guess *v* adivinar
guide *n* guía

H

hall *n* galería
hand *n* mano *f; (watch)* manecilla
  hand over *v* otorgar
happening *n* acontecimiento, suceso
be happy *v* alegrarse
harmful *adj* nocivo
harmony *n* armonía
harness *v* enlazar
harp *n* arpa
haste *n* apuro
have *v aux* haber
  have an opinion *v* opinar
havoc *n* estrago
head *n* dirigente *mf*
headline *n* titular *m*
health *n* salud *m*
hear *v* oír (oigo)
hearing impaired *adj* sordo
heart attack *n* infarto
heat *v* calentar (ie)
heavens *n* eter *m*
helplessness *n* desamparo
hibiscus *n* jamaica
hide *v* ocultar
highway *n* carretera
historical dates *n* efemérides *f/pl*
hit *v* golpear; *n (song)* exito
holiday *n* día feriado; *adj* festivo
homage *n* homenaje *m*
home *n* hogar *m*
homework *n* tarea
homey *adj* hogareño
hope *n* esperanza
hors d'oeuvre *n* traviata
horse *n* caballo
house *n* casa
  open house *n* convite *m*
how *adv* cómo
  how long *interr* cuanto hace que
  how much, how many *interr* cuánto
hurry *v* apresurarse
hurt *v* doler (ue)

I

if *conj*   si
image *n*   imagen *f*
be important *v*   importar
in *prep*   en
    in addition *adv*   además, también
    in case *conj*   en caso de que
    in contrast *adv*   en contraste
    in order that *conj*   a fin de que
    in summary *adv*   en resumen
    in that era *adv*   en esa época
    in the beginning *adv*   al principio
    in the end *adv*   al fin y al cabo
    in this way *adv*   de esta manera
    in those days *adv*   en aquel entonces
incentive *n*   aliciente *m*
income *n*   ingreso
increase *v*   aumentar
indigenous *adj*   indígena
indigestion *n*   pataleta al hígado
inequality *n*   desigualdad
insert *v*   introducir (introduzco)
intervene *v*   intervenir (intervengo)
into *prep*   en
intoxicating *adj*   embriagante
invader *n*   invasor *mf*

J

jabber *v*   farfullar
jam *v*   abarrotar
job *n*   trabajo
joint *n*   coyuntura
joke *n*   broma
journalist *n*   periodista *mf*
jumble *n*   revoltijo
just as *prep*   al igual que

K

kettle *n*   puchero
kicking *n*   pataleo
kidnapped *adj*   secuestrado
know *v*   saber; *(a person)*   conocer

L

lack *v*   faltar
landslide *n*   desprendimiento
language *n*   idioma *m*, lengua *f*
layer *n*   capa
leader *n*   dirigente *mf*
learn *n*   aprender
learning *n*   aprendizaje *m*
leather *n*   cuero

leave *v*   dejar, salir
lecture *n*   conferencia
left *n*   izquierda
lend *v*   prestar
Lent *n*   Cuaresma; carnaval *m (pre-Lenten festival)*
less *adj*   menos
let *v*   dejar
letter *n*   carta
level *n*   nivel *m*
lie *v*   mentir (ie, i)
life *n*   vida
light *v*   prender
lighting *n*   alumbrado
like *prep*   al igual que; *v*   caer bien, gustar
line *n*   trazo, cola
liquid *n*   brebaje *m*
liquor *n*   pulque *m*
listener *n*   oyente *mf*
little *adj*   poco
live *v*   vivir
    live (together) *v*   convivir
liver *n*   hígado
living room *n*   sala
lizard *n*   lagarto
load *n*   cargamento
loan *n*   préstamo
location *n*   ubicación *f*
long-play *adj*   de larga duración
look for *v*   buscar
lord *n*   señor *m*
love *v*   amar, querer (ie), encantar
low *adj*   bajo

M

machine *n*   máquina
main character *n*   protagonista *mf*
maintain *v*   mantener
maize *n*   maíz *m*
major *n*   especialización *f*
majority *n*   mayoría
make *v*   hacer
male *n*   varón *m*
manner *n*   manera
market *n*   mercado
mass *n*   misa
    Midnight Mass *n*   Misa del gallo
master's degree *n*   maestría
mat *n*   petate *m*
matter *v*   importar
maybe *adv*   quizá(s), tal vez
mean *v*   querer (ie) decir
means *n*   manera, modo

measure *v* medir (i)

measurement *n* medida

meet *v* encontrar (ue), reunirse, conocer (conozco)

member *n* miembro

memorize *v* aprender de memoria

message *n* mensaje *m*, recado

Mexican American *n* chicano/chicana; *adj* chicano

midnight *n* medianoche *f*

   Midnight Mass *n* Misa del gallo

minority *n* minoría

miracle *n* milagro

misdemeanor *n* delito

miss (class) *v* faltar

mistaken *adj* equivocado

mix *v* mezclar

mixture *n* mezcla

moralizing *adj* moralizante

more *adj; adv* más

morsel *n* bocado

motorized *adj* motriz

much *adj; adv* mucho

mud *n* barro

murmur angrily *v* gruñir

music *n* música

muzzle *n* hocico

N

native *n* indígena *mf; adj* indígena

nature *n* naturaleza

needle *n* aguja

neighborhood *n* barrio

neither *conj* ni

net *n* red *f*

network *n* cadena, red *f*

nevertheless *adv* sin embargo

news *n* noticias

next *adj* próximo, siguiente

night *n* noche *f*

nightmare *n* pesadilla

noise *n* ruido

norm *n* norma

note *n* apunte *m*

now *adv* ahora

   until now *adv* hasta hora

noxious *adj* nocivo

number *n* número

nun *n* monja

O

oath *n* juramento

obituary notice *n* esquela

object (grammatical) *n* complemento

objective *n* propósito

oblong *adj* apaisado

obtain *v* conseguir (i), obtener

occasion *n* vez *f*

of *prep* de

offering *n* ofrenda

offspring *n* vástago

ominous *adj* agorero

on *prep* en

   on the contrary *adv* al contrario

once upon a time *adv* érase una vez, había una vez

onion *n* cebolla

open house *n* convite *m*

oppose *v* oponer (opongo)

or *conj* o

orchard *n* huerta

other *adj* otro

outsider *n* forastero/forastera

outstanding *adj* sobresaliente

overcome *v* superar

overstock *v* abarrotar

owner *n* dueño/dueña

P

pack *v* aborrotar

pair *n* pareja

pal *n* cuate *m*

pamphlet *n* impreso

paper *n* papel, trabajo, informe *m*

paperwork *n* papeleo

parade *n* cabalgata, desfile *m*

parsley *n* perejil *m*

parrish *n* párroco *m*

party *n* fiesta

pass (a course) *v* aprobar (ue)

   pass (an exam) *v* salir bien en un examen

pastime *n* pasatiempo

pastry shell *n* telera

paw *n* pata

pay attention *v* prestar atención

pea *n* arveja

peace *n* paz *f*

people *n* gente *f*

perform for the first time *v* estrenar

perhaps *adv* quizá(s), tal vez

pet *n* mascota, protegido

piccolo *n* flautín *m*

pickled *adj* curtido, en escabeche

pick up *v* animar

pig *n* chancho

pigeon *n* pichón *m*

   pigeon coop *n* palomar *m*

pilgrimage *n* romería
place *v* colocar, poner
plaster *n* yeso
play an instrument *v* tocar
please *v* agradar
plot *n* trama
pluck *v* desplumar
plug in *v* enchufar
poem *n* poema *m*
until this point *adv* hasta aquí
poison *v* envenenar
pole *n* palo
population *s* población *f*
poster *n* cartel *m*
postgraduate *adj* posgrado
postscript *n* posdata
pot *n* olla
pound *n* libra
power outage *n* falla
practice *v* ensayar
previously *adv* anteriormente
priest *n* sacerdote *m*
probably *adv* a lo mejor
procession *n* desfile *m;* cabalgata, comitiva
professor *n* catedrático/catedrática
professorship *n* profesorado
program *n* programa *m*
   undergraduate program *n* bachillerato
promise *n* promesa; *v* prometer
promote *v* promover (ue)
prosper *v* medrar
protect *v* proteger (protejo)
protected *adj* protegido
prove *v* probar (ue), constatar
provided that *conj* con tal (de) que
publish *v* publicar
pumpkin *n* calabacín *m,* calabaza
purpose *n* propósito
pursuit *n* búsqueda
put *v* colocar, poner (pongo)
   put in *v* meter

Q
quarter *adj* cuarto
quickly *adv* pronto
quiz *n* prueba

R
rabbit *n* conejo
race *n* raza
raise *n* aumento; *v* alzar, elevar
rapidly *adv* raudamente

raw *adj* crudo
reach *v* alcanzar
realm of gods *n* panteón *m*
for that reason *adv* por eso
recess *n* recoveco
record *v* grabar
recording *n* grabación *f*
recycling *n* reciclaje *m*
reduction *n* disminución *f*
with regard to *adv* con respeto a
register *v* inscribirse, matricularse
registration *n* inscripción *f*
reject *v* rechazar
rely on *v* atenarse (me atengo)
remain *v* quedar
remains *n* desperdicio
remark *v* acotar
report *n* informe *m*
repose *v* reponer (repongo)
reprimand *v* increpar
request *v* pedir (i, i)
require *v* requerir (ie, i)
requirement *n* requisito
research *n* investigación *f*
resemble *v* parecerse
resource *n* recurso
result *n* resultado
resulting *adj* consiguiente
retain *v* retener
retardation *n* atraso
return (an object) *v* devolver (ue)
review *v* repasar
rhyme *n* rima
rhythm *n* ritmo
right *n* derecha
ripe *adj* remaduro
risk *n* riesgo
road *n* vía
robbery *n* robo
   armed robbery *n* atraco
rock *n* piedra
rocket *n* cohete *m*
row *n* hilera
ruin *v* desbaratar
rule *n* pauta

S
sack *n* costal *m*
saffron (a spice) *n* azafrán *m*
salary *n* sueldo
salutation *n* saludo
same *adj* mismo

sapodilla tree or fruit *n* zapote *m*
saturate *v* penetrar
sauce *n* salsa
sausage (spicy) *n* chorizo
save *v* *(money)* ahorrar, *(life)* salvar
say *v* decir (digo), acotar
scarcity *n* escasez *f*
schedule *n* horario
scholarship *n* beca
   scholarship student *n* becario
boarding school student *n* internado/internada
science *n* ciencia
scold *v* regañar
scorched *adj* chamuscado
scrape *v* raspar
scratch *v* rayar
search *n* búsqueda; *v* buscar
second *adj* segundo
secular *adj* laico
see *v* ver (veo)
seem *v* parecer
seize *v* embargar
send *v* enviar
serious *adj* serio
servant *n* sirviente/sirvienta
serving dish *n* cazuelita
setting *n* escenario
settle down *v* arraigar
several *adj* varios
shadow *n* sombra
ship *n* nave *f*
short *adj* bajo
   short story *n* cuento
shortage *n* escasez *f*
shoulder *n* hombro
show *v* mostrar (ue)
shrug *v* encoger (encojo) de hombros
sift *v* cerner (ie)
sighting *n* avistamiento
signature *n* firma
silver *n* plata
silverware *n* cubierto
similar *adj* parecido
similarly *adv* del mismo modo
since *adv* desde, desde hace
singed *adj* chamuscado
single (record) *n* sencillo
sketch *n* dibujo
skillet *n* sartén *f*
skull *n* calavera
slang *n* jerga
sleep *v* dormir (ue)

slice *n* raja
slime *n* limo
slip out *v* escurrirse
smoked *adj* ahumado
snack *n* picada
snake *n* serpiente *f*
snout *n* hocico
snowfall *n* nevada
so *adv* así
   so that *conj* a fin de que
sob *n* sollozo
soil *n* suelo
someone *pro* alguien
son *n* hijo
Spanish-speaking *adj* hispanohablante
spark *n* centella
speak *v* decir
species *n* especie *f*
spice *n* especia
spokesperson *n* portavoz *mf*
sport *n* deporte *m*
spouse *n* esposo/esposa
sprinkle *v* espolvorear
squash *n* calabaza, calabacín *m*, zapallo
stagger *v* dar tumbos
staircase *n* escalera, escalinata
stammer *n* balbuceo
stand out *v* sobresalir, destacarse
stanza *n* estrofa
stew *n* puchero, sancocho, guiso
stock exchange *n* bolsa
stone *n* piedra
stop *n* parada
straight *adj* recto, erguido
strain *v* colar (ue)
strap *n* correa
street *adj* callejero
strengthen *v* fortalecer
stress *n* estrés *m*; *v* hacer hincapié
strike *n* huelga
string bean *n* poroto
strip *n* raja
boarding school student *n* internado/internada
studies *n* carrera
study *n* estudio
stuff *v* rellenar
stupid *adj* torpe
stutter *n* balbuceo
subject *n* materia
submerge *v* sumergirse
submit *v* someterse
subway *n* metro

successful *adj* exitoso

such *adj* tal

sugar *n* azúcar *m; (brown sugar)* piloncilla

suggest *v* sugerir (ie)

summary *n* resumen *m*

  in summary *adv* en resumen

superstitious *adj* agorero

suppose *v* suponer

surgical *adj* cirúgico

surprise *n* sorpresa; *v* sorprender

surrender *v* someterse

surroundings *n* alrededor *m*

survival *n* sobrevivencia

survive *v* sobrevivir

sustain *v* sostener (sostengo)

swallow *v* atragantarse

swan *n* cisne *m*

sway *v* bambolear

swiftly *adv* raudamente

syllabus *n* programa *m*

T

tackiness *n* cursilería

tablespoon *n* cucharada

tail *n* cola

take *v* tomar

  take attendance *v* pasar lista

  take off *v* desprender

tambourine *n* pandereta

taped *adj* grabado

task *n* tarea

teach *v* enseñar

teaching *n* enseñanza

  teaching position *n* profesorado

team *n* equipo

teaspoon *n* cucharadita

technician *n* técnico/técnica

tell *v* decir

temper tantrum *n* rabieta

tent *n* tienda de campamento

test *n* prueba

than *conj* que

Thanksgiving *n* Día de la Acción de Gracias

that *pro* eso

then *adv* entonces

therefore *adv* por eso

thief *n* ladrón *m*

think *v* opinar, pensar (ie)

third *adj* tercer(o)

this *adj* este

threaten *v* amenazar

threatening *adj* amenazado

thrive *v* medrar

throw away *v* desechar

thus *adv* así

thyme *n* tomillo

ticket *n* entrada

tidal wave *n* maremoto

tile *n* loseta

time *n* tiempo, vez *f (occasion)*

  once upon a time *adv* érase una vez, había una vez

tiredness *n* ajetreo

tiresome *adj* agobiante

to *prep* a

together *adj* junto

tomb *n* tumba

trace *n* rastro

trade union *n* sindicato

train *v* adiestrar

translate *v* traducir

trash *n* basura

tray *n* bandeja

treat *n* golosino

tribe *n* tribu *f*

trick *n* trampa

trimming *n* guarnición *f*

truth *n* verdad *f*

tuition *n* matrícula

turn *v* doblar; *(golden brown)* dorarse

turnip *n* nabo

U

unbearable *adj* insoportable

undergraduate program *n* bachillerato

be unemployed *v* estar en paro

unemployment *n* desempleo

unexpected *adj* inesperado

unfamiliar *adj* desconocido

trade union *n* sindicato

unit *n* unidad *f*

university *adj* universitario

unless *conj* a menos que

unlike *adv* a diferencia de

until *adv* hasta; *conj* hasta que

  until now *adv* hasta ahora

  until this point *adv* hasta aquí

V

very *adv* muy

view *n* vista

W

wait *v* esperar

walk *v* caminar, andar

wall *n* muralla

want *v* desear, querer (ie)

war *n* guerra

warm *adj* caliente; *v* calentar (ie)

warning *n* aviso

warrior *n* guerrero

waste *v* malgastar, derrochar, desperdiciar; *n* detritos

wave *n* ola

way *n* vía

weapon *n* arma

wear *v* llevar

weather *n* tiempo

wedding *n* boda

weeping *n* llanto

well *adv* bien

   well-dressed person *n* copetón/copetona

wet nurse *n* nodriza

what *pro* que; *interr* qué

when *adv* cuando; *interr* cuándo

where *adv* donde; *interr* dónde

which *pro* cual, que; *interr* cuál

while *adv* mientras

whisper *v* cuchichear

whistle *n* pitido

white *n; adj* blanco

   white line *n* trazo blanco

who *pro* quien; *interr* quién

why *interr* por qué

wife *n* esposa

wild *adj* salvaje

windshield *n* parabrisas *m*

   windshield wiper *n* limpiaparabrisas *m*

wine *n* vino

wing *n* ala

wise *adj* sabio

wish *v* desear

with *prep* con

   with regard to *adv* con respecto a

without *prep* sin

witness *n* testigo

wobble *v* bambolear

womb *n* vientre *m*

wood *n* madera

work *n* trabajo, *(of art, etc.)* obra

   work force *n* fuerza laboral

workshop *n* taller *m*

world *n* mundo

worry *v* preocuparse

worth (the trouble) *v* valer (la pena)

X

xylophone *n* marimba

Y

year *n* año

Z

zucchini *n* calabacín *m*

Appendices

Appendix A
Grammar Glossary

Adjective *(adjetivo)*

Word that describes, delimits, or specifies a noun. Must agree with the noun it modifies in gender (masculine/feminine) and number (singular/plural).

> *El hombre es **alto.***

> *Las mujeres son **altas.***

- **possessive**   Showing possession or ownership of a noun.

> ***Mis** libros están en el auto.*

Adverb *(adverbio)*

Word that typically expresses notion of time, place, manner, degree, means, cause, result, exception, etc. Refers to verbs, adjectives, and other adverbs.

> *El alumno habla **rápidamente.***

Agreement *(concordancia)*

Grammatical correspondence in number (singular/plural), gender (masculine/feminine), person (first/second/third), etc.

> *Ángela **es** generosa.*

> *Nosotros **tenemos** mucho trabajo.*

Article *(artículo)*

Word that identifies nouns and indicates definiteness or indefiniteness.

- **definite**

> ***El** perro está en **la** sala.*

- **indefinite**

> *Hay **un** gato en mi jardín.*

Clause (cláusula)

Construction containing a subject and a predicate. Forms part of a sentence or a whole, simple sentence.

    subj   pred   subj   pred

[Yo quiero] [que ustedes reciclen los periódicos.]

- **complex sentence**   Sentence consisting of a main clause and a subordinate clause.

       main   subordinate

    [Es importante] [que compremos la gasolina sin plomo.]

- **dependent clause**   Synonym for subordinate clause.

- **independent clause**   Clause that makes sense on its own; functions like a simple sentence.

    Siempre reciclamos...

- **main clause**   Synonym for independent clause.

- **relative clause**   Subordinate clause that functions like an adjective.

    *Los alumnos **que estudian con el profesor Sánchez**...*

- **subordinate clause**   Clause that represents an incomplete thought; must be attached to a main clause.

    *...**cuando tengamos suficientes botes de aluminio**.*

Conjugation (conjugación)

The listing of all of the finite forms of a verb in a given tense.

    Present tense: ***quiero, quieres, quiere, queremos, queréis, quieren***

Conjunction (conjunción)

Word used as a connector between words, phrases, clauses, and sentences.

    *Los trabajadores **y** los dirigentes se reunieron.*

    *Vamos **tan pronto como** lleguen los boletos.*

Gender (género)

Masculine or feminine form. Articles, nouns, and adjectives reflect gender in Spanish.

    el profesor mexicano

    la profesora mexicana

Inflection *(inflexión)*

Altered form, such as a plural ending of nouns, verb ending for the various tenses, etc. Usually not found in the dictionary, so you must know the basic, uninflected form.

> *Me gust**an** los mirasol**es.***

Interjection *(interjección)*

Word or phrase that expresses emotion.

> *¡Dios mío!   ¡Cuidado!   ¡Bravo!*

Modify *(modificar)*

Describe, limit, or particularize a word, phrase, or clause. Refers to adjectives and adverbs.

> ***Las** Cruces es **una** ciudad **pequeña** pero **bonita**.*
>
> ***Los** alumnos entiendien **perfectamente bien**.*

Mood *(modo)*

Attitude of speaker toward his/her statement. Reflected by verb inflection. Spanish has various moods, for example, indicative and subjunctive.

- **indicative**   Expresses facts.
> *El verano pasado **fuimos** a México.*
>
> *La capital de Ecuador **es** Quito.*

- **subjunctive**   Expresses cause and effect, nonexperience, and emotional reactions.
> *Es bueno que Germán **prepare** una torta de chocolate.*

Noun *(sustantivo)*

Word that refers to persons, places, things, animals, states, and qualities. Can be used as the subject or object of a sentence.

> ***Columbus** es una **ciudad** de **Ohio**.*

Number *(número)*

Referring to one person or thing (singular) or more than one (plural). Nouns, pronouns, adjectives, and verbs reflect number in Spanish.

> ***Nosotros asistimos** a la **universidad**.*

Object (*complemento*)

Noun or pronoun that acts as goal or recipient of verb action or preposition.

- **direct**   Answers the questions **who(m)?** or **what?**

    *Mis primos compraron un **disco compacto.***

- **indirect**   Answers the questions **to (for) whom?**

    *Mi hermano **me** escribió una carta.*

Phrase (*frase*)

Sequence of two or more words without a finite verb used as a grammatical chunk. Phrases may take the form of nouns, adverbs, prepositions, adjectives, or verbs.

> ***En esa época** vivíamos en Nuevo México.*
>
> ***Los hermanos de Miros** viven en Browsville.*

Predicate (*predicado*)

One of two main parts of sentence consisting of the verb and accompanying words that relate to it.

> *Las fallas de San José **tienen lugar en Valencia.***

Preposition (*preposición*)

Word used typically before a noun or pronoun to form a phrase. Often expresses time, space, or other relationship.

> ***Por** la tarde la alumna trabaja **en** una oficina.*

Pronoun (*pronombre*)

Word that substitutes for or replaces a noun. Refers to persons or things.

> ***Ustedes** entienden bien el plan.*

- **reflexive**   Pronoun that expresses reciprocal action between verb and subject.

    *Cuando estoy sola, **me** hablo frecuentemente.*

Subject (*sujeto*)

One of two main parts of sentence consisting of the noun (or pronoun) and accompanying words that relate to it.

> ***Mis amigos*** *llegarán mañana.*

Verb (*verbo*)

Word that expresses an action, a state, or a relationship. Verbs are inflected for tense, aspect, voice, mood, and agreement with subject.

> *Los profesores* ***se reúnen*** *en el auditorio.*

- **auxiliary**   Finite verb that helps another verb (infinitive or gerund) express an action, emotion, etc.

  > *Ellos no* ***pueden*** *ir al centro hoy.*

- **finite**   Verb form inflected for person, number, and tense.

  > *Nos* ***divertíamos*** *en las fiestas de cumpleaños.*

- **gerund**   Verb form ending in *-ando* or *-iendo*. Suggests an act in progress. Also called present participle.

  > ***Caminando*** *por el parque, encontré unas flores bonitas.*

- **infinitive**   Basic verb form with no inflections.

  > ***hablar***   ***entender***   ***vivir***

- **intransitive**   Refers to a verb that cannot take an object.

  > *La alumna* ***se sienta*** *en el banco.*

- **participle**   Verb form used with auxilary verb to indicate perfect tenses. Also may be used as an adjective.

  > *Espero que los alumnos hayan* ***estudiado*** *para el examen.*
  > *El vaso* ***roto*** *es de mi hermana.*

- **tense**   Refers to time of action expressed by verb inflection, e.g., past, present, future.
- **transitive**   Refers to a verb that can take an object.

  > ***Estudiamos*** *la lección.*

Voice (*voz*)

Relationship between a verb and its subject.

- **active**   Action performed by subject.

  > *El secretario* ***envió*** *la carta.*

- **passive**   Subject undergoes action expressed by verb.

  > *La carta* ***fue enviada*** *por el secretario.*

Appendix B
Syllabification

Syllabification refers to the rules for dividing words into their basic units. In Spanish, a syllable consists of at least one vowel [(a), (e), (i), (o), (u)] and, usually, one or two consonants (the remaining letters of the alphabet).

li • ber • tad   i • gual • dad   e • lec • ción

When dividing Spanish words into syllables, it is helpful to think of **sounds** rather than letters. Spanish has one silent consonant (h), and some two-letter combinations that represent a single sound (gu, qu). The Spanish language also has sounds known as **dipthongs,** a combination of (i) or (u), known as weak vowels, with a strong vowel (a, e, o). Dipthongs are pronounced as a single sound and, when combined with a consonant, form a single syllable.

vo • lei • bol   ju • gáis   fue • ra

However, when a weak vowel is accented, the dipthong is broken and forms two separate syllables.

le • í • mos   rí • o

Tripthongs unite three vowels in a single syllable, a strong vowel (a, e, o) surrounded by two weak vowels (i, u).

en • viéis   pro • nun • ciáis

When dividing words into syllables, there are a few basic rules to remember:

• Every syllable has at least one vowel.

pla • cer

• When a consonant occurs between vowels, it forms a syllable with the vowel that follows it.

a • mi • gos

• When two consonants occur together, they are divided.

a • par • ta • men • to   man • za • na

However, (ch), (ll), and (rr) are considered single consonants and are not separated.

fe • rro • ca • rril

Certain other consonant clusters with (l) and (r) are not separated, either. Combinations with (l) are (bl), (cl), (fl), (gl), and (pl). Combinations with (r) are (br), (cr), (dr) (fr), (gr), (pr), and (tr).

blan • co   fle • cha   dra • ma   en • tre

Appendix C
Accent Marks

In Spanish, the use of written accent marks are closely related to the rules of syllabification. All Spanish words are classified into four categories, based on which syllable is stressed.

- Words stressed on the next-to-the last syllable (**llanas**):

li • bro

Llanas have a written accent when the word ends in a consonant, except for (*n*) or (*s*).

fá • cil

- Words stressed on the last syllable (**agudas**):

*ver • **dad***

Agudas have a written accent when the word ends in a vowel, (*n*), or (*s*).

*can • **ción***

- Words stressed on the second-to-the-last syllable (**esdrújulas**):

ár • bo • les

Esdrújulas always have a written accent.

- Words stressed on the third-to-the-last syllable (**sobresdrújulas**):

*en • **sé** • ña • nos • lo*

Sobresdrújulas always have a written accent.

- Some words have a written accent to differentiate their **grammatical use,** such as:

de	preposition	*se*	pronoun	*tu*	adjective
dé	verb	*sé*	verb	*tú*	pronoun
si	conjunction	*mi*	adjective	*el*	article
sí	pronoun, adverb	*mí*	pronoun	*él*	pronoun

- **Interrogative** words always have a written accent:

¿Quién?/¿Quiénes?   *¿Qué?*   *¿Cuándo?*   *¿Dónde?*   *¿Por qué?*   *¿Cómo?*
¿Cuánto?/¿Cuánta?/¿Cuántos?/¿Cuántas?

Appendix D
Punctuation

Spanish uses most of the same punctuation marks as English. However, there are a few important differences.

- A **question** begins with an upside-down question mark and ends with a rightside-up question mark.

¿Cómo esta usted?

- An **exclamation** begins with an upside-down exclamation mark and ends with a rightside-up exclamation mark.

¡No me digas!

- **Declarations** end with a period, just like English.

Hablé con mis profesores ayer.

- Short **citations** and **quotes** are sometimes set off with special quotation marks. The end quote goes inside the final punctuation mark.

Me gustó leer «el rap ¡ahora en español!».

Otherwise standard quotes are used as in this textbook.

¿Leíste el cuento "Coyote emplumado"?

- **Dialogue** (conversation) is set off by dashes. The final dash goes after the end punctuation.

—¡Ándale, pues, mi hijo! —Dijo mi abuelita.

Appendix E: Regular Verbs

Simple Tenses

Infinitive Present Participle Past Participle	Present Indicative	Imperfect	Preterite	Future	Conditional	Present Subjunctive	Past Subjunctive	Commands
hablar to speak hablando hablado	hablo hablas habla hablamos habláis hablan	hablaba hablabas hablaba hablábamos hablabais hablaban	hablé hablaste habló hablamos hablasteis hablaron	hablaré hablarás hablará hablaremos hablaréis hablarán	hablaría hablarías hablaría hablaríamos hablaríais hablarían	hable hables hable hablemos habléis hablen	hablara hablaras hablara habláramos hablarais hablaran	habla (no hables) hable hablemos hablad (no habléis) hablen
aprender to learn aprendiendo aprendido	aprendo aprendes aprende aprendemos aprendéis aprenden	aprendía aprendías aprendía aprendíamos aprendíais aprendían	aprendí aprendiste aprendió aprendimos aprendisteis aprendieron	aprenderé aprenderás aprenderá aprenderemos aprenderéis aprenderán	aprendería aprenderías aprendería aprenderíamos aprenderíais aprenderían	aprenda aprendas aprenda aprendamos aprendáis aprendan	aprendiera aprendieras aprendiera aprendiéramos aprendierais aprendieran	aprende (no aprendas) aprenda aprendamos aprended (no aprendáis) aprendan
vivir to live viviendo vivido	vivo vives vive vivimos vivís viven	vivía vivías vivía vivíamos vivíais vivían	viví viviste vivió vivimos vivisteis vivieron	viviré vivirás vivirá viviremos viviréis vivirán	viviría vivirías viviría viviríamos viviríais vivirían	viva vivas viva vivamos viváis vivan	viviera vivieras viviera viviéramos vivierais vivieran	vive (no vivas) viva vivamos vivid (no viváis) vivan

Compound Tenses

Present progressive

estoy estás está estamos estáis están	+ hablando / aprendiendo / viviendo

Present perfect indicative

he has ha hemos habéis han	+ hablado / aprendido / vivido

Present perfect subjunctive

haya hayas haya hayamos hayáis hayan	+ hablado / aprendido / vivido

Past perfect indicative

había habías había habíamos habíais habían	+ hablado / aprendido / vivido

Appendix F: Stem-Changing Verbs

Infinitive Present Participle Past Participle	Present Indicative	Imperfect	Preterite	Future	Conditional	Present Subjunctive	Past Subjunctive	Commands
acostarse *to go to bed* o→ue **acostándose** acostado	me **acuesto** te **acuestas** se **acuesta** nos acostamos os acostáis se **acuestan**	me acostaba te acostabas se acostaba nos acostábamos os acostabais se acostaban	me acosté te acostaste se acostó nos acostamos os acostasteis se acostaron	me acostaré te acostarás se acostará nos acostaremos os acostaréis se acostarán	me acostaría te acostarías se acostaría nos acostaríamos os acostaríais se acostarían	me **acueste** te **acuestes** se **acueste** nos acostemos os acostéis se **acuesten**	me acostara te acostaras se acostara nos acostáramos os acostarais se acostaran	**acuéstate** (no te **acuestes**) **acuéstese** nos acostemos acostaos (no **os acostéis**) **acuéstense**
dormir *to sleep* o→ue, u **durmiendo** dormido	**duermo** **duermes** **duerme** dormimos dormís **duermen**	dormía dormías dormía dormíamos dormíais dormían	dormí dormiste **durmió** dormimos dormisteis **durmieron**	dormiré dormirás dormirá dormiremos dormiréis dormirán	dormiría dormirías dormiría dormiríamos dormiríais dormirían	duerma duermas duerma durmamos durmáis duerman	durmiera durmieras durmiera durmiéramos durmierais durmieran	**duerme** (no **duermas**) **duerma** **durmamos** dormid (no **durmáis**) **duerman**
pedir *to ask for* e→i, i **pidiendo** pedido	**pido** **pides** **pide** pedimos pedís **piden**	pedía pedías pedía pedíamos pedíais pedían	pedí pediste **pidió** pedimos pedisteis **pidieron**	pediré pedirás pedirá pediremos pediréis pedirán	pediría pedirías pediría pediríamos pediríais pedirían	**pida** **pidas** **pida** **pidamos** **pidáis** **pidan**	**pidiera** **pidieras** **pidiera** **pidiéramos** **pidierais** **pidieran**	**pide** (no **pidas**) **pida** **pidamos** pedid (no **pidáis**) **pidan**
pensar *to think* e→ie **pensando** pensado	**pienso** **piensas** **piensa** pensamos pensáis **piensan**	pensaba pensabas pensaba pensábamos pensabais pensaban	pensé pensaste pensó pensamos pensasteis pensaron	pensaré pensarás pensará pensaremos pensaréis pensarán	pensaría pensarías pensaría pensaríamos pensaríais pensarían	**piense** **pienses** **piense** **pensemos** **penséis** **piensen**	**pensara** **pensaras** **pensara** **pensáramos** **pensarais** **pensaran**	**piensa** (no **pienses**) **piense** pensemos pensad (no penséis) **piensen**
sentir *to be sorry* e→ie, i **sintiendo** sentido	**siento** **sientes** **siente** sentimos sentís **sienten**	sentía sentías sentía sentíamos sentíais sentían	sentí sentiste **sintió** sentimos sentisteis **sintieron**	sentiré sentirás sentirá sentiremos sentiréis sentirán	sentiría sentirías sentiría sentiríamos sentiríais sentirían	**sienta** **sientas** **sienta** **sintamos** **sintáis** **sientan**	**sintiera** **sintieras** **sintiera** **sintiéramos** **sintierais** **sintieran**	**siente** (no **sientas**) **sienta** **sintamos** sentid (no **sintáis**) **sientan**

Infinitive / Present Participle / Past Participle	Present Indicative	Imperfect	Preterite	Future	Conditional	Present Subjunctive	Past Subjunctive	Commands
comenzar *to begin* e→ie z→c *before* e comenzando comenzado	**comienzo** **comienzas** **comienza** comenzamos comenzáis **comienzan**	comenzaba comenzabas comenzaba comenzábamos comenzabais comenzaban	**comencé** comenzaste comenzó comenzamos comenzasteis comenzaron	comenzaré comenzarás comenzará comenzaremos comenzaréis comenzarán	comenzaría comenzarías comenzaría comenzaríamos comenzaríais comenzarían	**comience** **comiences** **comience** **comencemos** **comencéis** **comiencen**	comenzara comenzaras comenzara comenzáramos comenzarais comenzaran	**comienza** (no **comiences**) **comience** **comencemos** comenzad (no **comencéis**) **comiencen**
conocer *to know* c→zc *before* a, o conociendo conocido	**conozco** conoces conoce conocemos conocéis conocen	conocía conocías conocía conocíamos conocíais conocían	conocí conociste conoció conocimos conocisteis conocieron	conoceré conocerás conocerá conoceremos conoceréis conocerán	conocería conocerías conocería conoceríamos conoceríais conocerían	**conozca** **conozcas** **conozca** **conozcamos** **conozcáis** **conozcan**	conociera conocieras conociera conociéramos conocierais conocieran	conoce (no **conozcas**) **conozca** **conozcamos** conoced (no **conozcáis**) **conozcan**
construir *to build* i→y y *inserted before* a, e, o **construyendo** construido	**construyo** **construyes** **construye** construimos construís **construyen**	construía construías construía construíamos construíais construían	construí construiste **construyó** construimos construisteis **construyeron**	construiré construirás construirá construiremos construiréis construirán	construiría construirías construiría construiríamos construiríais construirían	**construya** **construyas** **construya** **construyamos** **construyáis** **construyan**	**construyera** **construyeras** **construyera** **construyéramos** **construyerais** **construyeran**	**construye** (no **construyas**) **construya** **construyamos** construid (no **construyáis**) **construyan**
leer *to read* i→y *stressed* i→í leyendo **leído**	leo lees lee leemos leéis leen	leía leías leía leíamos leíais leían	leí leíste **leyó** leímos leísteis **leyeron**	leeré leerás leerá leeremos leeréis leerán	leería leerías leería leeríamos leeríais leerían	lea leas lea leamos leáis lean	**leyera** **leyeras** **leyera** **leyéramos** **leyerais** **leyeran**	lee (no **leas**) lea leamos leed (no **leáis**) lean

Appendix G: Spelling-Change Verbs (continued)

Infinitive / Present Participle / Past Participle	Present Indicative	Imperfect	Preterite	Future	Conditional	Present Subjunctive	Past Subjunctive	Commands
pagar *to pay* g→gu *before* e **pagando** pagado	pago	pagaba	**pagué**	pagaré	pagaría	**pague**	pagara	
	pagas	pagabas	pagaste	pagarás	pagarías	**pagues**	pagaras	paga (no **pagues**)
	paga	pagaba	pagó	pagará	pagaría	**pague**	pagara	**pague**
	pagamos	pagábamos	pagamos	pagaremos	pagaríamos	**paguemos**	pagáramos	**paguemos**
	pagáis	pagabais	pagasteis	pagaréis	pagaríais	**paguéis**	pagarais	pagad (no **paguéis**)
	pagan	pagaban	pagaron	pagarán	pagarían	**paguen**	pagaran	**paguen**
seguir *to follow* e→i, i gu→g *before* a, o **siguiendo** seguido	**sigo**	seguía	seguí	seguiré	seguiría	**siga**	**siguiera**	
	sigues	seguías	seguiste	seguirás	seguirías	**sigas**	**siguieras**	**sigue** (no **sigas**)
	sigue	seguía	**siguió**	seguirá	seguiría	**siga**	**siguiera**	**siga**
	seguimos	seguíamos	seguimos	seguiremos	seguiríamos	**sigamos**	**siguiéramos**	**sigamos**
	seguís	seguíais	seguisteis	seguiréis	seguiríais	**sigáis**	**siguierais**	seguid (no **sigáis**)
	siguen	seguían	**siguieron**	seguirán	seguirían	**sigan**	**siguieran**	**sigan**
tocar *to play, touch* c→qu *before* e **tocando** tocado	toco	tocaba	**toqué**	tocaré	tocaría	**toque**	tocara	
	tocas	tocabas	tocaste	tocarás	tocarías	**toques**	tocaras	toca (no **toques**)
	toca	tocaba	tocó	tocará	tocaría	**toque**	tocara	**toque**
	tocamos	tocábamos	tocamos	tocaremos	tocaríamos	**toquemos**	tocáramos	**toquemos**
	tocáis	tocabais	tocasteis	tocaréis	tocaríais	**toquéis**	tocarais	tocad (no **toquéis**)
	tocan	tocaban	tocaron	tocarán	tocarían	**toquen**	tocaran	**toquen**

Appendix H: Irregular Verbs

Infinitive / Present Participle / Past Participle	Present Indicative	Imperfect	Preterite	Future	Conditional	Present Subjunctive	Past Subjunctive	Commands
andar to walk, go andando andado	ando andas anda andamos andáis andan	andaba andabas andaba andábamos andabais andaban	**anduve** **anduviste** **anduvo** **anduvimos** **anduvisteis** **anduvieron**	andaré andarás andará andaremos andaréis andarán	andaría andarías andaría andaríamos andaríais andarían	ande andes ande andemos andéis anden	**anduviera** **anduvieras** **anduviera** **anduviéramos** **anduvierais** **anduvieran**	 anda (no **andes**) ande andemos andad (no **andéis**) anden
*caer to fall **cayendo** **caído**	**caigo** caes cae caemos caéis caen	caí caías caía caíamos caíais caían	caí **caíste** **cayó** **caímos** **caísteis** **cayeron**	caeré caerás caerá caeremos caeréis caerán	caería caerías caería caeríamos caeríais caerían	**caiga** **caigas** **caiga** **caigamos** **caigáis** **caigan**	**cayera** **cayeras** **cayera** **cayéramos** **cayerais** **cayeran**	 cae (no **caigas**) caiga **caigamos** caed (no **caigáis**) **caigan**
*dar to give dando dado	**doy** das da damos dais dan	daba dabas daba dábamos dabais daban	**di** diste **dio** **dimos** disteis dieron	daré darás dará daremos daréis darán	daría darías daría daríamos daríais darían	**dé** des **dé** demos deis den	diera dieras diera diéramos dierais dieran	 da (no **des**) **dé** demos dad (no **deis**) den
*decir to say, tell **diciendo** **dicho**	**digo** **dices** **dice** decimos decís **dicen**	decía decías decía decíamos decíais decían	**dije** **dijiste** **dijo** **dijimos** **dijisteis** **dijeron**	**diré** **dirás** **dirá** **diremos** **diréis** **dirán**	**diría** **dirías** **diría** **diríamos** **diríais** **dirían**	**diga** **digas** **diga** **digamos** **digáis** **digan**	**dijera** **dijeras** **dijera** **dijéramos** **dijerais** **dijeran**	 **di** (no **digas**) **diga** **digamos** decid (no **digáis**) **digan**
*estar to be estando estado	**estoy** **estás** **está** estamos estáis **están**	estaba estabas estaba estábamos estabais estaban	**estuve** **estuviste** **estuvo** **estuvimos** **estuvisteis** **estuvieron**	estaré estarás estará estaremos estaréis estarán	estaría estarías estaría estaríamos estaríais estarían	**esté** **estés** **esté** estemos estéis **estén**	**estuviera** **estuvieras** **estuviera** **estuviéramos** **estuvierais** **estuvieran**	 **está** (no **estés**) **esté** estemos estad (no **estéis**) **estén**

*Verb with irregular *yo* form in the present indicative

Appendix H: Irregular Verbs (continued)

Infinitive Present Participle Past Participle	Present Indicative	Imperfect	Preterite	Future	Conditional	Present Subjunctive	Past Subjunctive	Commands
*haber *to have* *(auxiliary verb)* habiendo habido	he has ha (hay) hemos habéis han	había habías había habíamos habíais habían	hube hubiste hubo hubimos hubisteis hubieron	habré habrás habrá habremos habréis habrán	habría habrías habría habríamos habríais habrían	haya hayas haya hayamos hayáis hayan	hubiera hubieras hubiera hubiéramos hubierais hubieran	
*hacer *to make, do* haciendo hecho	hago haces hace hacemos hacéis hacen	hacía hacías hacía hacíamos hacíais hacían	hice hiciste hizo hicimos hicisteis hicieron	haré harás hará haremos haréis harán	haría harías haría haríamos haríais harían	haga hagas haga hagamos hagáis hagan	hiciera hicieras hiciera hiciéramos hicierais hicieran	haz (no hagas) haga hagamos haced (no hagáis) hagan
*ir *to go* yendo ido	voy vas va vamos vais van	iba ibas iba íbamos ibais iban	fui fuiste fue fuimos fuisteis fueron	iré irás irá iremos iréis irán	iría irías iría iríamos iríais irían	vaya vayas vaya vayamos vayáis vayan	fuera fueras fuera fuéramos fuerais fueran	ve (no vayas) vaya vayamos id (no vayáis) vayan
*oír *to hear* oyendo oído	oigo oyes oye oímos oís oyen	oía oías oía oíamos oíais oían	oí oíste oyó oímos oísteis oyeron	oiré oirás oirá oiremos oiréis oirán	oiría oirías oiría oiríamos oiríais oirían	oiga oigas oiga oigamos oigáis oigan	oyera oyeras oyera oyéramos oyerais oyeran	oye (no oigas) oiga oigamos oíd (no oigáis) oigan
*poder *to be able, can* o→ue pudiendo podido	puedo puedes puede podemos podéis pueden	podía podías podía podíamos podíais podían	pude pudiste pudo pudimos pudisteis pudieron	podré podrás podrá podremos podréis podrán	podría podrías podría podríamos podríais podrían	pueda puedas pueda podamos podáis puedan	pudiera pudieras pudiera pudiéramos pudierais pudieran	

*Verb with irregular *yo* form in the present indicative

Appendix H: Irregular Verbs (continued)

Infinitive Present Participle Past Participle	Present Indicative	Imperfect	Preterite	Future	Conditional	Present Subjunctive	Past Subjunctive	Commands
*poner *to place, put* poniendo **puesto**	**pongo** pones pone ponemos ponéis ponen	ponía ponías ponía poníamos poníais ponían	**puse** pusiste **puso** pusimos pusisteis pusieron	**pondré** pondrás pondrá pondremos pondréis pondrán	**pondría** pondrías pondría pondríamos pondríais pondrían	**ponga** **pongas** **ponga** **pongamos** **pongáis** **pongan**	pusiera pusieras pusiera pusiéramos pusierais pusieran	**pon** (no **pongas**) **ponga** **pongamos** poned (no **pongáis**) **pongan**
*querer *to want, wish, love* e→ie queriendo quierdo	**quiero** **quieres** **quiere** queremos queréis **quieren**	quería querías quería queríamos queríais querían	**quise** quisiste **quiso** quisimos quisisteis quisieron	**querré** querrás querrá querremos querréis querrán	**querría** querrías querría querríamos querríais querrían	**quiera** **quieras** **quiera** queramos queráis **quieran**	quisiera quisieras quisiera quisiéramos quisierais quisieran	**quiere** (no **quieras**) **quiera** queramos quered (no **queráis**) **quieran**
*reír *to laugh* **riendo** reído	**río** **ríes** **ríe** **reímos** reís **ríen**	reía reías reía reíamos reíais reían	reí **reíste** **rió** **reímos** **reísteis** **rieron**	reiré reirás reirá reiremos reiréis reirán	reiría reirías reiría reiríamos reiríais reirían	**ría** **rías** **ría** **riamos** **riáis** **rían**	riera rieras riera riéramos rierais rieran	ríe (no **rías**) **ría** **riamos** reíd (no **riáis**) **rían**
*saber *to know* sabiendo sabido	**sé** sabes sabe sabemos sabéis saben	sabía sabías sabía sabíamos sabíais sabían	**supe** supiste **supo** supimos supisteis supieron	**sabré** sabrás sabrá sabremos sabréis sabrán	**sabría** sabrías sabría sabríamos sabríais sabrían	**sepa** **sepas** **sepa** **sepamos** **sepáis** **sepan**	supiera supieras supiera supiéramos supierais supieran	sabe (no **sepas**) **sepa** **sepamos** sabed (no **sepáis**) **sepan**
*salir *to go out, leave* saliendo salido	**salgo** sales sale salimos salís salen	salía salías salía salíamos salíais salían	salí saliste salió salimos salisteis salieron	**saldré** saldrás saldrá saldremos saldréis saldrán	**saldría** saldrías saldría saldríamos saldríais saldrían	**salga** **salgas** **salga** **salgamos** **salgáis** **salgan**	saliera salieras saliera saliéramos salierais salieran	**sal** (no **sepas**) **salga** salgamos salid (no **salgáis**) **salgan**

*Verb with irregular *yo* form in the present indicative

Appendix H: Irregular Verbs (continued)

Infinitive / Present Participle / Past Participle	Present Indicative	Imperfect	Preterite	Future	Conditional	Present Subjunctive	Past Subjunctive	Commands
ser *to be* siendo sido	soy	era	fui	seré	sería	sea	fuera	
	eres	eras	fuiste	serás	serías	seas	fueras	sé (no seas)
	es	era	fue	será	sería	sea	fuera	sea
	somos	éramos	fuimos	seremos	seríamos	seamos	fuéramos	seamos
	sois	erais	fuisteis	seréis	seríais	seáis	fuerais	sed (no seáis)
	son	eran	fueron	serán	serían	sean	fueran	sean
tener *to have* teniendo tenido	tengo	tenía	tuve	tendré	tendría	tenga	tuviera	
	tienes	tenías	tuviste	tendrás	tendrías	tengas	tuvieras	ten (no tengas)
	tiene	tenía	tuvo	tendrá	tendría	tenga	tuviera	tenga
	tenemos	teníamos	tuvimos	tendremos	tendríamos	tengamos	tuviéramos	tengamos
	tenéis	teníais	tuvisteis	tendréis	tendríais	tengáis	tuvierais	tened (no tengáis)
	tienen	tenían	tuvieron	tendrán	tendrían	tengan	tuvieran	tengan
traer *to bring* trayendo traído	traigo	traía	traje	traeré	traería	traiga	trajera	
	traes	traías	trajiste	traerás	traerías	traigas	trajeras	trae (no traigas)
	trae	traía	trajo	traerá	traería	traiga	trajera	traiga
	traemos	traíamos	trajimos	traeremos	traeríamos	traigamos	trajéramos	traigamos
	traéis	traíais	trajisteis	traeréis	traeríais	traigáis	trajerais	traed (no traigáis)
	traen	traían	trajeron	traerán	traerían	traigan	trajeran	traigan
venir *to come* viniendo venido	vengo	venía	vine	vendré	vendría	venga	viniera	
	vienes	venías	viniste	vendrás	vendrías	vengas	vinieras	ven (no vengas)
	viene	venía	vino	vendrá	vendría	venga	viniera	venga
	venimos	veníamos	vinimos	vendremos	vendríamos	vengamos	viniéramos	vengamos
	venís	veníais	vinisteis	vendréis	vendríais	vengáis	vinierais	venid (no vengáis)
	vienen	venían	vinieron	vendrán	vendrían	vengan	vinieran	vengan
ver *to see* viendo visto	veo	veía	vi	veré	vería	vea	viera	
	ves	veías	viste	verás	verías	veas	vieras	ve (no veas)
	ve	veía	vio	verá	vería	vea	viera	vea
	vemos	veíamos	vimos	veremos	veríamos	veamos	viéramos	veamos
	veis	veíais	visteis	veréis	veríais	veáis	vierais	ved (no veáis)
	ven	veían	vieron	verán	verían	vean	vieran	vean

*Verb with irregular *yo* form in the present indicative

Index

Page numbers are coded in the following manner:
Boldface numbers refer to the regular textbook material.
Boldface italic numbers refer to the textbook realia/art.
Lightface numbers refer to the regular *Diario de actividades* material.
Lightface italic numbers refer to the *Diario de actividades* realia/art.
Note: Practice pages are given for the *Diario de actividades* only.

Identification of main ideas, 131
Immigrants, *207*
Imperfect indicative
    formation, **55**; 39–40
    practice, 40–43
    usage, **54**; 39
Imperfect subjunctive
    formation, **180–81**; 147
    practice, 149–52
    usage, **179–80**; 148–49
Incas, **51, 52**; *43*
Indicative vs. subjunctive, **134, 139**; 113–14
Indirect commands, **105–06**
Indirect object pronouns
    formation, **98**; 79
    practice, 80–83
    usage, **98–99**; 78
Infinitive, used as a subject, **10**
Influencing others, **141–42, 158**
Information,
    asking for, **21–22**
    grids, 18
Instruments, musical (vocabulary), **7, 34**
Interrogatives, **21–22, 35**
Ir a + infinitive, **217**; *176*
    practice, 176–79
Iturriaga, José N., **317, 318**

J
Jews, Spanish, **209**, *209*

L
Learning, system of, *83*
Letter, business, *162*
Letter writing, 160–61
    practice, 162–63
Literary terms
    description, **108**
    essays, **317, 325**
    narration, **66, 67, 78**
    novels, **271–72, 282**
    poetry, **228–29, 237**
    rhetorical figures, **148–49, 159**
    short stories, **27, 35**
    tone, **189, 199**
López y Fuentes, Gregorio, **148, 149**

M
Machu Picchu, 47–48
Macondo, **204**
Main ideas, identification of, 131
Map
    Spain, 212
    Spanish-speaking world, **205**
    using, 119
Mars
    colonization, **278**

flight music, *18*
Memory improvements, 138
Mexico, chronological table, **60**
Mexico City, 117–18
Miami, *Calle Ocho*, **235, 286**
Microsurgery, Peru, *136*
Mission, Spanish, **226**
Moche civilization, **56**
Motivation of students, 70, *71*
Movie ads, *12*
Mujica Gallo, Miguel, 52
Museo de Oro de Perú, 52
Music, **2, 8**; *5, 27*
    vocabulary, **7, 8, 9, 34**
Musical instruments (vocabulary), **7, 34**

N
Narration, **66, 67, 78**; *59, 60–61*
Nature (vocabulary), **127, 157**
News, **240, 241**
Newspaper
    directory, **244**; *209*
    vocabulary, **244, 246, 247, 280, 281**
Nonspecific situations (with subjunctive), **180, 259**; 114, 115, 149, 208, 234
Note-taking, 84–85, 184
    practice, 85–87
Nouns
    endings, **5**
    plural, **40**
Novels, **271–72, 282**

O
Obituaries, Spanish, *167*
Object pronouns
    direct
        formation, **98**; 78
        practice, 80–83
        usage, **98–99**; 78
    double, **99**; 79
        practice, 80, 82–83
    indirect
        formation, **98**; 79
        practice, 80–83
        usage, **99**; 78
    prepositional, **99**
Opinions, expressing, **15, 34**
Oral information, taking down, 18

P
Pamplona, 243–45
Para/por, **249–52, 281**
Past perfect indicative,
    formation, **303–04**; 232
    practice, 233–34
    usage, **303**; 232

Diario Credits

7 *La Familia*, Marzo, Vol. 12, p. 54; 12 *Cable guía*, Octubre, 1992, pp. 61–63; 27 *Más*, Abril, 1993, p. 71; 33 *Cronistas de las Indias*, Ancora Ediciones, 1982, p. 28; 36 *Muy interesante*, Año VIII, No. 2, p. 42; 38 *Muy interesante*, Año VIII, No. 2, p. 42; 50 reproducido con autorización del diario *ABC*; 55 *El País*, 17–11–91, p. 24; 59 *Geomundo*, Marzo, 1988, p. 203; 71 reproducido con autorización del diario *ABC*, 6–1–91, p. 92; 73 reproducido con autorización del diario *ABC*, 29–12–91, p. 91; 75 Diario de Juarez, 31–10–91, p. E1; 83 *Vanidades*, Noviembre, 1992, p. 29; 93 *Las fronteras*, Deciembre, 1992, p. 4; 106 *Gente*, 12–3–92, p. 60; 112 *Conocer*, 1993, p. 51; 116 *La opinión*, 26–1–92, p. 5F; 120 reproducido con autorización del diario *ABC*, 28–7–92, pp. 31–33; 128 *El País*, 1–12–91, p. 19; 136 *El comercio*, 27–10–91, p. E6; 137 reproducido con autorización del diario *ABC*, 23–8–92, p. 87; 139 *Muy Interesante*, Año VII, No. 87, p. 62; 146 *Contenido*, Mayo, 1989, p. 91; 146 reproducido con autorización del diario *ABC*, 26–5–91, p. 26; 173 *Más*, Primavera, 90, p. 28; 175 Telva, No. 614, Junio, 1990, p. 171; 182 *Más*, Septiembre and Marzo, 1992; p. 72, p. 92; 200 *Hola*, 7–3–91, p. 119; 201 *Nuevo Herald*, 31–1–93; p. 5E; 205 *Cambio 16*, 20–7–92, p. 58; 206 *Cambio 16*, 20–7–92, p. 92; 209 *El País*, 12–7–87, p. 81; 210 *Conocer*, Año 1, No. 105, p. 41; 211 *El Mundo*, 16–4–93, p. 68; 212 *El Mundo*, 16–4–93, p. 68; 214 *Vanguardia*, 16–4–93, p. 49; 219 *Muy Interesante*, Año IX, No. 12, p. 30; 226 *Casal*, 1984, p. 21; 227 *Coet*, 1982, p. 15; 228 *Festivitat*, 1981, p. 26; 228 *Coet*, 1982, p. 16; 229 *Coet*, 1989, p. 10; 231 reproducido con autorización del diario *ABC*, 17–3–91, p. 81; 244 *Cambio 16*, 20–7–92, p. 88; 248 *México desconocido*, No. 9, p. 54.